陈桂棣　春桃◎著

小岗村 XIAOGANGCUN 的 DE 故事 GUSHI

华文出版社

目　录

第二章　突破禁区

凤阳县小岗生产队的包干到户，完全是农民群众冒着杀头坐牢的风险自发搞起来的，它不仅直接地表达了亿万中国农民最迫切的诉求，更体现出了今天中国最需要的敢于冲决长期以来极左路线的重重禁锢与束缚，杀出一条血路的大无畏的改革精神！

第三章　风雨兼程

严宏昌真的有些搞不懂了，难道就因为自己是大包干的带头人，就这不许干，那不许干，一干就会影响到小岗村的声誉？他做梦都想让小岗人富起来，可他什么也不是，有劲使不上呀！

第四章　好事多磨

严宏昌就像被人当众扒光了衣服；他甚至越来越怕各地的客人认出自己就是当年的“带头人”，有几次，夜里梦到被人羞辱，他一下被惊醒，惊出了一身冷汗，也委屈得泪洒枕巾。

第五章　证明自己

走下主席台时，严宏昌发现自己的眼睛潮湿了。这是压抑了多年的心中的狂澜一次掩饰不住的流露。同时，他还感到，整个人也好像成了喷泉，渴望立刻喷射出去，跃出一个梦寐以求的速度和高度。

第六章　祸起萧墙

严宏昌说："小岗的出名，就出在带头搞了'大包干'。'大包干'的三句话，如今已是家喻户晓：'缴足国家的，留够集体的，剩下都是自己的。'想不到后来的麻烦，也就出在这三句话上……"

第七章　壮士暮年

小岗村事件，从根本上讲，不是十八户或二十户农民创造了历史。就算小岗人不挺身而出，也会有大岗人挺身而出，前赴后继，直到成功。因为他们的诉求代表了历史的进步。这是人民赢得的胜利，是人民创造了历史！

“中国改革第一村”——小岗村，和当年不怕杀头坐牢也要“分田到户”的带头人严宏昌，早已是名扬天下了。新华通讯社《半月谈》杂志在中国改革开放三十周年出的一期特刊曾这样评述：当小岗村十八户农民“趁着夜色，走进那座破败的农家茅屋时，他们没有想到，这个普通的冬日夜晚，其实正是中国农村改革的黎明”，是他们“催生了中国农村的一轮大变革，孕育了后来改变亿万农民命运的家庭联产承包制，”因此，“他们的名字，也将自此载入史册”。

当然，在采访中我们发现，历史有它偶然的一面，当年有不少地方的中国农民，同样在冒着风险“分田到组”，甚至“包产到户”，不仅时间上比小岗早，而且人数之众、影响之大，也不是小岗可以比拟的。但是，后来小岗村被上上下下公认为“中国改革第一村”，自然有它必然的原因。可以说，中国没有一座村庄，会像小岗这样牵动着中国农村改革的进程，牵动着执政党几代领袖关注的目光；牵动着一场又一场思想观念的大碰撞，导致乌托邦式的人民公社的彻底解体，并从根本上孕育和催生了社会主义市场经济，进而引发出历时更久、波及更广的以城市为重点的中国经济体制更加深刻的变革，影响和动员起十三亿中国人改变了自己的命运！

在中国农村改革三十周年之际，我们对小岗村进行了一次为时半年的采访，在深受鼓舞与由衷感佩的同时，却也听到了许多闻所未闻的故事，让人感到意外，甚至，不可思议。奇怪的是，这么多年了，其中的许多故事几乎没有被媒体正视过，或披露过。

听小岗人讲述三十年来发生的这些故事，有些，由于太意外，我们的思绪禁不住常常从故事中跳出来，突发奇想：

假如小岗村没有这些故事，中国的农村改革，或者说中国的改革会是个什么样子呢?

假如这里不是亿万人瞩目的“中国改革第一村”，小岗村的这许多故事还会发生吗?

为什么，曾经不怕杀头大无畏揭开了中国农村改革序幕的小岗人，却无力再现当年的雄风、续写昔日令人炫目的奇迹呢?

虽然三十年只是转瞬之间，但要准确地，把被时光湮没了的、被人们有意无意改写了的历史予以还原，仍不是一件容易的事。我们不得不追寻当事人的足迹，北上，南下，竭尽全力遍访当年事件的参与者和见证人，以保证我们的作品更接近真实。

现在，坐下来讲述关于小岗村的故事，还发现，我们无法绕开那些在历史的进程中对小岗人曾有着重要影响者或称“英雄”的表现。很难想象，如果我们忽略或回避了这些个人和看似与其无关的事件，历史的陈述将怎样展开。

所以就需要从头道来，多说几句。

引言 万里受命于危难之时

以万里当时的地位，显然还没有权力决定这些大政方针，他却以改革的名义，以大义凛然敢救苍生于水火的气魄与远见卓识，义无反顾地“正本清源”，冲锋陷阵，要杀出一条血路！

1977年6月21日，对安徽省凤阳县小岗村的严宏昌来说，不过是极平常极平常的一天。因为这天，和以往的无数个日子一样，他正领着来自苏、鲁、冀、浙、皖五省二三百个农民弟兄，忙碌在凤阳县轧花厂打包车间的建筑工地上。那是个不大不小的工程，一栋七十九间房的三层楼。他不可能会知道，卸去铁道部部长的万里，这天，抵达省城合肥，出任中共安徽省委第一书记、省革命委员会主任和省军区第一政委；更不可能知道政局的这种变化，将会彻底改变他的命运。

已经六十一岁的万里“空降”安徽，可以说，受命于危难之时！

持续了十年之久的“无产阶级文化大革命”，已将中国折腾得不成样子。尽管，著名艺术家常香玉用她那河南梆子特有的高亢豪迈的唱腔，把亿万人民的喜悦之情挥洒得淋漓尽致：“大快人心事，揪出‘四人帮’！”但是，整个中国的国民经济已经濒临崩溃。这时万里刚被解放出来，原是派往湖北省工作，临行前他去看望邓小平，向老首长辞行。邓小平虽处于半解放状态，尚未公开露面，却已可以自由行动。他听万里说要去湖北，迟疑了一下，说：“你不要着急走，再等一两天。”邓小平随即向华国锋、叶剑英建议，安徽这个“老大难”要有个得力的干部去。于是，万里转而来了安徽。

当时的安徽死水一潭。全国各地都在清查与“四人帮”篡党夺权有牵连的人和事，而唯独安徽不但不放手发动群众揭批“四人帮”，还在捂盖子，一捂，就是八个月。作为十年浩劫的重灾区，“四人帮”在安徽的代理人基本没有被触动。

万里到达合肥的第二天，顾不得旅途的劳累，就召开了省委常委扩大会议，传达了中央《关于解决安徽领导班子问题》的指示，果断地改组了安徽省的领导班子。紧接着，他就快刀斩乱麻，对那些派性严重而又不肯悔改的领导干部和造反派头头，该调的调，该撤的撤，该抓的抓，不姑息，不迁就；同时为在“文革”期间受到打击迫害的干部群众平反昭雪，并及时将那些根本没有问题却被“靠边”和仍关在“牛棚”的干部解放出来，迅速充实到各级领导班子中去。

这果断而有力的一套“组合拳”，很快将死气沉沉的安徽打出一片新天地。

可是，万里没有想到，就在他大刀阔斧拨乱反正的时候，合肥的大街上竟贴满了群众渴望改变农村面貌的大字报；与此同时，许多县市紧急要求调拨粮食的报告，接连不断地送上来，反映逃荒要饭的人之多，事态之急，火烧眉毛！

万里这才发现：安徽省的经济问题远比政治问题还要严重。于是，他亲自下去做了一次认真的农村调查。

历时二十多天的这次调查，万里指定王光宇和他一道。王光宇在新的安徽省委的班子中，算是一个老资格的农业书记了。早在1954年，王光宇就是安徽省委的农工部长，一年后升为负责农口的副省长；1957年便出任分管农业工作的省委书记处书记，就是说，十多年来他一直就是安徽省委领导班子中主抓农业的负责人。

万里的出行很简单：他和王光宇各带一辆小车，除去驾驶员、警卫员就只有秘书。为了对安徽的农村工作有一个初步的了解，他把王光宇请到自己车上，让自己的秘书坐王光宇的车。从淮北到皖中，再到江南，事先不打招呼，说走就走，随时可停；每到一地，一竿子插到村，访到户。前后跑了二十多个市县，他一不开会，二不作任何指示，只是看，只是听，只是问。他把全省大部分地区都跑到了，结果是，越看越听越问心情越沉重，回忆起这次农村调查，万里说了一句十分感伤的话：

“我这个长期在城市工作的人，虽然不能说对农村的贫困毫无所闻，但是到农村一具体接触，还是非常刺激。我们有些人瞎指挥，什么都管，就是不管农民的死活。三年困难时期饿死那么多人，教训很惨重，但是我们没有很好地总结。”

在定远县卢桥，万里看到一个上身没有内衣只穿了件空心棉袄、腰间系着条旧布带的青年农民，挑着一副担子，走累了，正在路边休息，就走上去同他拉起呱来。万里问他有什么要求，他拍拍肚皮说：“没有别的要求，能填饱肚子就行。”万里说，这个要求太低了，问他还有什么要求？这位农民又打开袄襟拍拍肚皮说：“里面少装点儿山芋（红薯）干子！”

万里听罢，良久无语。

在农民住的茅草棚里，他看到床上铺的是破芦苇，盖的是烂棉絮，一根绳子就把全家人的衣服挂齐了；他闻到锅中用胡萝卜缨子和着地瓜煮成的黑糊糊的饭，已经发出了难闻的气味。

万里早就听说安徽有个以讨饭闻名的花鼓之乡凤阳县，它在安徽贫困落后的地区中有一定的代表性。万里就把这个县作为他的一个重要的调研点。在凤阳县的铁路沿线，他亲眼看到蓬头垢面拖儿带女的农民，成群结队在同拦截他们的干部“玩”着“老鼠和猫的游戏”，争先恐后地扒车外流，他忍不住对当地领导发了火：“不要再念紧箍咒，再割‘资本主义尾巴’了！禁止人家出去要饭，你们总也要想想办法让大家吃饱饭呀！”

对凤阳农民外出讨饭的问题，有人说：“这里的农民有讨饭的习惯。”

万里听了，气愤地说："讲这种话，立场站到哪里去了，是什么感情？我没听说过，讨饭还有什么习惯！我们的农民是勤劳的，是能吃苦的，是要脸面的，我就不相信有粮食吃，有饺子吃，谁还愿意去讨饭！种粮食的农民饿肚子，这说明我们的政策不对头！"

最让万里心惊的还是金寨之行。这年11月上旬，万里前往革命老区大别山调查。大山里的金寨县燕子河公社车子进不去，万里只得下车请当地的干部带路，徒步上山。途中，他来到一户低矮残破的茅屋，因为屋内过于黑暗，进去了好一会儿才发现，在锅灶旁的一堆柴草里坐着一位老人和两个姑娘。他热情地上前问道："老人家，八点多钟了，你怎么还坐在柴草里，不上工？"老人却依然坐着，一动没动。当地干部挂不住脸，斥责老人："你这个老东西，省委万书记来了，问你呢，怎么不说话？"老人这才抬起头，傻傻地望着万里，突然往起一站。

万里一下惊呆了：原来老人一丝不挂，光着屁股，没穿裤子。

万里忙招呼老人蹲回到柴草里去，同时尴尬地责问旁边的两个姑娘："你两个小姑娘怎么也蹲在那里呢？"

两个十七八岁的大姑娘，只是用羞涩好奇的眼光望着万里，身子却一动不动。

这时，当地的干部意识到了，忙小声地插话："万书记，两个娃也没裤子穿啊。山里风寒，躲在柴草里，是为取暖。"

万里再也看不下去，慌忙转身出门。他站在阴冷的山风里，好一会才让自己平静下来。

来到又一户时，看上去也是家徒四壁，门窗都是土坯的，见不到一件木器家俱。屋中央，坐着一位衣着破烂的中年妇女，万里便询问她家的情况："你家几口人呀？"

中年妇女回话说："五口，夫妻俩，带三个孩子。"

"爱人呢？"万里问。

妇女说："干活去了。"

"那三个孩子呢？"

"都出去玩了。"

万里说："请你把他们喊回来，让我看看。"

对方面有难色，不肯出门去找。

万里有些奇怪。在他再三催促下，中年妇女这才径直向锅灶走过去，然后无可奈何地揭起锅盖。

万里发现：三个赤身裸体的孩子，都缩在灶膛里！原来烧过饭的锅灶，这时尚有余热，三个没有衣服穿的孩子正好挤在里面御寒。

万里走出这家茅屋后，已是泪流满面。

他再也坐不住了。回到合肥后，当即主持召开了全省各市县书记会议，他同大家作了一次推心置腹的讲话，他首先谈到自己在金寨县农村调查的感受。他是动了感情的，说："大别山革命老区的人民，为我们的解放事业作出了那么大的贡献，当年，老娘送儿子，媳妇送丈夫，弟弟送哥哥，参军参战，前仆后继；一个当时只有二十多万人的金寨县，当红军、牺牲掉的，就有十万人！没有他们，哪有我们的国家？哪有我们的今天？可是，解放以后，我们搞了那么多年建设，老区的老百姓还是衣不遮体、食不果腹，十七八岁的姑娘连裤子也穿不上！我们有何颜面面对江东父老，问心有愧啊！中国的革命是从农村起家的，是农民支持了我们；但是进了城，我们有些人就把农民这个母亲给忘了，忘了娘了，忘了本了！"

他说，他不能容忍一个农业大省的农民连自己的肚子也填不饱。这不对头。这就有了问题。这问题已刻不容缓。"首先得想办法让农民有饭吃！否则，连肚子也吃不饱，一切无从谈起。"

与此同时，他又召开了省委常委会议，他沉痛地说："原来农民的生活水平这么低啊，吃不饱，穿不暖，住的又是房子不像个房子啊！我真没料到，解放二十多年了，不少农村还这么穷！我不能不问自己，这是什么原因？这能算社会主义吗？……”

他声音有些哽咽，几次竟说不下去。

“我们必须改弦更张，”他坚定地说，“我们要用新的政策、新的办法来调动农民的积极性。”

这些话，在今天听来其实很平常，可在当时，他提出“必须改弦更张”，却让在座的这些常委们惊心动魄、热血沸腾。

就这样，经过了几上几下，安徽省委正式出台了一个《六条》规定，下发到全省。

以万里当时的地位，显然还没有权力决定这些大政方针，他却以改革的名义，以大义凛然敢救苍生于水火的气魄与远见卓识，义无反顾地“正本清源”，冲锋陷阵，要杀出一条血路！

安徽省委《六条》强调生产队必须有自己的自主权，要建立起农村生产责任制，甚至允许生产队下面组织作业组，且允许责任到人，并鼓励农民经营自留地和家庭副业，等等。这些现在看来再平常不过的事情，在当时，已是石破天惊！因为它的许多规定分明触犯了神圣不可动摇的“天条”。在粉碎“四人帮”后仍处于迷茫徘徊的中国，它无疑是第一份突破“左”倾禁区的有关农业政策的开拓性文件；从而有力地揭开了中国农村改革的伟大序幕！

在这样一个大的背景下，也才有了小岗村的故事。

第一章 歃血为盟

"我们分田到户，每户户主签字盖章，如以后能干，保证完成每户的全年上缴和公粮，不再伸手向国家要钱要粮；如不成，我们干部坐牢杀头也甘心……"

1. 一辈子不再当农民

小岗村，中国农村改革曾经的风暴中心，现在已经平静了。小岗村当年的十八条好汉摁了“红手印”的那张“生死契约”，也静静地躺在中国革命博物馆的馆藏室中。和共和国同岁的严宏昌，这位“小岗村大包干带头人”，一个血气方刚、当时不满三十岁的青年农民，如今已是壮士暮年，成了“花甲”之人，只是，岁月的风霜并没有在他身上留下什么印痕；尽管他肤色黝黑，但是你不能不承认，他长得还确实是“天庭饱满，地阁方圆”，很符合中国古书中描写的那种成大事者的容貌；最显眼的，是他的头发，并不像同龄的农民那样过早地花白了，而是油光可鉴，整齐地梳向后面。他差不多已和城里的干部一样，爱着一身藏青色西装，将衬衫整齐地扎进裤腰里，整个人看上去矜持、庄重，一丝不苟。

这是二〇〇八年四月，清明节的前一天，我们走进了小岗村，同严宏昌面对面地坐在他家客厅那张老式的餐桌前，听他讲述小岗村的故事。

这也是七年中间，我们第二次走进这个农家小院。如今，他家院子里的那棵高大的梧桐树，依然枝繁叶茂地挺立在南墙边上；院中停放的那台拖拉机，和堆放在院墙外面的柴垛，也像没动过一样。猪圈前面的空地上，仍然有一群活蹦乱跳的小鸡，在到处觅食，带给这个农家小院的不是喧闹，竟让我们觉得周遭出奇的静谧。

我们发现，不平凡的经历，已使严宏昌修炼得深藏不露；他已经能够平静地面对过去那段历史，平静得就像在讲别人的故事。

小岗村，顾名思义，这是一个座落在并不太大的岗地之上的村庄。说它小，确实小，三十年前它只有二十户、一百一十五口人。地图上你绝对找不到它的坐标，我们也只知道它位于安徽省滁州市（当时还叫滁县地区）凤阳县城东南四十华里一个海拔五十米左右的丘陵岗地。

严宏昌当年不怕杀头坐牢也要把田分到各家各户偷搞“包干到户”的那会儿，小岗村还只是一个生产队，俗称“小岗队”，相当于今天中国农村的村民小组。

那时候的小岗人穷得就像岗地上的石头，光溜溜的，穷得走投无路了，才会冒死一搏。

毛泽东说：“穷则思变，要干，要革命。”还说过：“中国人连死都不怕，还怕困难么？”这些话，他都说对了。只是在他老人家去世两年多后，他一直反对的“包产到户、分田单干”终于搞成。

小岗村所在的凤阳县，那也是因为穷才出了大名的。有谁不知道那首《凤阳歌》呢？

说凤阳，道凤阳，
凤阳本是好地方，
自从出了朱皇帝，
十年倒有九年荒。
大户人家卖骡马，
小户人家卖儿郎，
奴家没有儿郎卖，
身背花鼓走四方。

朱元璋确是凤阳县人士，但是凤阳的穷，实在怪不得凤阳出来的这位皇帝老儿，在他之前，这儿就已经不是个“好地方”。朱元璋在《大明皇陵碑》中就曾有过如此描述：“昔我父皇，寓居是方，农业艰辛，朝夕彷徨，俄尔天灾流行，眷属罹殃……值天无雨，遗蝗腾翔，里人缺食，草木为粮。”

凤阳史称“钟离”和“濠州”，洪武七年才由朱元璋易名为凤阳府。意思是，凤凰不落无宝之地，此乃宝地。显然这只是朱皇帝的一厢情愿，不过这地名却是被沿用至今。凤阳辖区地处长江与淮河之间的丘陵地带，向来被称作“江淮屋脊”，长年缺水；再加上中国的历史上但凡出现南北分治，也多以淮水为界，三国时，魏吴对之，“其间不居者各数百里，此诸县并在江淮南北，虚此地，无复民户”；南北朝时，南方的宋、齐、梁、陈，北方的北魏、北齐、北周诸国，对峙了一百七十多年之久，便是划淮而治的；即便到了统一时期，淮河又常是州、郡、府、道的边界，因此，此处长期被作为兵争缓冲之地，以致人烟稀少，土地荒芜。

小岗的穷，全国少见。刚解放土改划成份时，按照政策，小岗竟“划”不出一家地主、一家富农。当时二十四户人家，划来划去，只划出一户中农、一户贫农、一户雇农和两户佃中农，其余的，就全是下中农。

按照规定，贫农、雇农、佃农都是要从地主、富农那儿分得田地的，小岗村的贫雇农就只能从别村的地主、富农那儿去分；运动中还有一项重要的工作，就是斗地主，因为小岗没有地主，最后也只好被安排到其他村庄去参加运动。

有了土地的小岗人，尝到了当家作主的幸福滋味，别提多高兴。不仅没地的贫雇佃农全从别村地主富农家分到了田地；就是原先有地的中农，也领到了土地证。因此，家家户户，欢天喜地，异常振奋，放声歌唱：

土地证，拿到手，
快活得屁股扭三扭。
分到了田，分到了屋，
又分犁耙又分牛。
地主地主你别气，
你看看，县长的大印盖上头！
……

然而，土地改革刚刚过去，各地互助组就开始陆续出现了。时间不长，在对“小脚女人”的一片大批判声中，中国农业合作社运动的高潮便扑面而至。先是互助组并成低级农业合作社，很快就转成了高级社。

但是天高皇帝远的小岗村，直到了一九五五年的年底，既没有互助组，也没有低级社，只是迫于形势，才勉强成立了一个四户人家的互助组，其余的二十户仍坚持单干。

小岗人当时的心情是复杂的：他们不可能不相信区领导的话，“只有走上集体化道路，社员才能共同致富。”只是，入社就必须无偿地交出土地，可土地证揣在怀里没几年，还没焐热呢，这就要交上去，他们想不通。不是说，“入社自愿，退社自由”吗？这政策还算不算数？任你怎么动员，他们就是要守住自己的地一家一户地单干。

小岗人的“落后”让上面领导大为光火，但小岗既没地主，又没富农，不好说这是“有阶级敌人从中破坏”，但还是来了硬的：凡不愿入社者，是贫下中农，也要“提高成份”；接着就采用了开会“熬鹰”的办法，你不入社，就不准你离开会场回家吃饭睡觉，就只能在会场上熬着，而且，只能站，不准坐。熬不住的，只得入社。最后仍有几户横竖不从，就牵走耕牛，割掉地里已成熟的庄稼，再不行，便上房揭瓦。终于，在一九五六年的午收之后，小岗人无一例外地全成了高级农业合作社的社员。

1950年农民在分到的土地上插标牌。

★ 历史照片

1956年动员农民加入合作社。 ★历史照片

入社后，有件事，让小岗人至今难忘。上面在为各家各户的耕牛估价时，把价估得太低，低得一头牛只能摊上一头猪的价钱，还只是“分期付款”，打的是“白条”。小岗人气不过，不少户偷偷杀了耕牛，“光着身子”入社。因此当上了高级社社员的小岗人，不得不人出牛力气，下田犁地，现在想起来还像做了一场噩梦。

严宏昌说：打从土地改革到一步跨入高级社，虽然下田有时要人拉犁子，但小岗人也就过了那几年自由自在的好日子。后来成立了人民公社，成天瞎折腾，就一年不如一年了。喇叭里天天唱：“共产主义是天堂，人民公社是桥梁”，走了二十年的桥，不仅没有摸到“天堂”的边，反而跌进了无边的苦海。大家怎能不消极、不抵制、不反抗、不思变？

严宏昌是小溪河中学的毕业生，是当时小岗生产队屈指可数的有文化的农民。他对人民公社干活搞“大呼隆”，分配上吃“大锅饭”，看不惯，也受不了，早在一九七三年就背井离乡，外出闯荡。

他每月交给队里十五元“管理费”，让队里给自己记上一百五十分工分，明知这一百五十分只抵八元钱，亏吃大了，也要出去谋生。

他觉得当时的农村，简直是在瞎胡闹，已不是人能呆的地方了。别人能忍，他是一天也忍受不下去了。

那正是安徽省各地人民公社掀起“农业学大寨”高潮的时候，开始了对农村集镇的管制，本来就地处偏僻的小岗人，到板桥和小溪河赶集也遭到了严格的控制，已经严格到每队每集只准三个人去集市，这给小岗人的生活带来极大的困难。自留地先是被没收，后来每人只许有五厘，就那丁点儿地，地里种什么、种多少，也受到限制。小岗人不得不各找活路，有的就悄悄搞起了家庭副业。搞副业，大多数人家也喂不起猪，只能喂鸡。那时是：“红芋干是主粮，鸡屁股成银行”，小岗人就指望能到集市上卖几个鸡蛋， 换回点油盐酱醋的零用钱。谁知学大寨后，喂鸡也被严格规定，每户只许喂一只两只，超过就会被“充公”；鸡蛋也只准自己吃，严禁拿到集上卖。当时的小岗人抵触情绪特别大，为帮助小岗人“学大寨”，公社人保组张组长亲自带队，领着一个由十八个干部参加的工作组，进驻小岗。

那时的小岗只有十九户人家，除一户单身汉，每户便摊到了一个工作组成员。张组长进村就说了狠话：“你们小岗再走资本主义道路不行了，往后我们要左手牵着你们的鼻子，右手拿着无产阶级的刀、无产阶级的枪、无产阶级的鞭子，非把你们赶到社会主义道路上不可！”

结果，十八个工作组成员在小岗村翻江倒海地折腾了一年，没把小岗人“赶到社会主义道路”上，反倒粮食大减产，出去要饭的人更多了。

这以后，公社又把供销社主任、信用社主任、粮站站长和煤建公司经理派进来，这些都是有权有钱的主儿，但他们来了却没给小岗人带来一点儿实际好处，依然是“割资本主义尾巴”，一样的挑动群众斗群众，最后，人心斗散了，土地斗荒了，社员斗得更穷了，集体的财产斗空了。

当时小岗生产队队长严立忠，只因讲了一句“现在小岗村全队收的粮食还不如我家从前一家收的多”——其实他讲的是句实话，却被工作组五花大绑捆起来拉到公社开会批斗。

严立忠被五花大绑捆走的时候，严宏昌感到了极度的绝望。

随后发生的一件事，对他的打击更大，已有身孕的妻子段永霞，在外出讨饭时被警察抓到，强行遣送回家。为了这个家，为了未来的孩子，他终于下定了决心，选择了出走。

走的那天，他第一次真切地感觉到了心中的疼痛，强忍着，才没让在眼眶中打转的泪水流出来。走到村头时，心里发了誓：这一辈子，就是亡命天涯，也不再当农民！

他在佘山的一个建筑工地上打工时，传来了喜得贵子的消息。这给他漂泊的生活平添了不少欣慰。按照严家的辈份，这一代应该是“德”字辈，妻子段永霞却破了祖上的规矩，说：“生他的时候，孩子爸在佘山干活，就叫‘严佘山’吧！”

严宏昌听说后，只觉得有一股烫人的热流，猛地从心间柔软处掠过，他很是感动。从孩子的名字上，他不光感受到一种牵挂，还清楚地知道了，妻子默认了他的这种选择，宁愿一个人留在村里苦熬苦拼，也支持他别再回头，就在外面闯荡。佘山！——给了他人生第一份可以自由自在的、人模人样的工作！

严宏昌算了算，一九七三年出生的严佘山，和他一个属性，都属牛。严佘山生下来时，把段永霞吓了一跳：“浑身就是些皮和骨头，细细的腿，弯曲着，盘错着，活像是一个蛤蟆。”因为先天性营养不良，儿子的肚皮跟塑料膜一样薄，几乎看得清里面的五脏六腑。但严宏昌却认定：这是个好兆头！

“严家一下有了两头牛，要是将来再来一头，严家就‘犇’（奔）起来了！”

他先是去当壮工，卖劳力，在石门山抬大土、码石头，边干边看边钻研，很快被提升为技术工人，学会了识图和绘图，接着就当上了“包工头”，在管店、临淮关、县硅厂承接工程。再后来，越干，越心灵手巧；工程，也越接越大，揽下了蚌埠铁路分局、凤阳县矿管局、县法院和县民劳局的一些工程项目。

人虽离开了小岗，严宏昌的心却时时牵挂着家里，也牵挂着村里的乡亲们。就在他愤而出走之后，和严宏昌一样，也是小溪河中学毕业的严金昌，被推选为小岗生产队的队长。

当了队长的严金昌，眼看着小岗人每到冬闲或是春荒，都要成群结队跑到外面讨饭，就决心干出一个样子来。但是，不行呀。他虽说是队长，队里种啥庄稼，怎样种，还是县里公社下来的“农业学大寨”工作组在当家，他也只有吹哨子下田的权力。小岗明明塘坝少，水利条件差，工作组却硬是要小岗人种水稻，结果落得个光种不收。不能再指望种田了，只有打别的主意，严金昌就起早贪黑，在荒岗上栽上十多棵柿子树，又省吃俭用养了三只羊和一头老母猪，还在自家分到的四分五厘大的小菜园子里种上了生姜、辣椒、大葱，这样一年忙下来，竟有了八九百块钱的收入。看上去收入不少，可他是一个九口之家呀，一家人要吃，要喝，要穿，要戴，还要供几个孩子上学，那点钱也仅够维持最低的生活水平，可以不再出去讨饭了，谁知他却因为个人的家庭副业收入超出了集体的收入，被工作组定为“资产阶级暴发户”，撤了队长的职务不说，还被拉到大队和公社批判了三四场，并被罚去“强劳”（指强制劳动）。

严金昌不服，他说：“你们光见鱼喝水，不看鳃里漏。”他把全家九口人的花销一笔一笔算给工作组听。没人听他的申辩。当时的政治口号是："宁要社会主义的草，不要资本主义的苗。"房前屋后可以长荒草，绝不允许种出一葱一蒜来，他严金昌不是"贼胆"太大了么！

严金昌的队长职务被撸后，工作组任命关友德接任。关友德是个一人吃饱全家不饿的单身汉，他既不要自留地，也不曾养猪喂鸡，赤贫如洗，年年就靠唱"莲花落"四处乞讨为生。工作组却表扬他是全队的"无产阶级典型"。

严金昌气愤地说："就我一家人不讨饭，还定成了'暴发户'，往后家家户户全喝西北风，就都成'无产阶级'了！"

其实，批判严金昌，这是"杀猴给鸡看"。因为小岗村偷偷摸摸在搞家庭副业的，大有人在：严俊昌和严学昌都弹得一手好棉花；严立学、严家其、严凤鳌全是炸馓子、磨豆腐的高手；严家太逮鱼摸虾那是远近闻名的；韩国云、关友申早就被大家唤作"小石匠"和"小炉匠"；严美昌和严立华则凭着拉二胡、唱小曲卖艺就可养家糊口。现在，这些人一个个噤若寒蝉，都不敢再干了。

工作组说："无产者，就该一无所有！"

小岗人不服气，有的赌气说："我们啥都是社里的、队里的，长在嘴巴里的牙，总是自个的！"

工作组立刻纠正道："牙也不是你的，想拔就拔！"

严宏昌听到村里的这些故事，越发为自己的出走感到侥幸。当然，他也发现，自打安徽省委被改组，万里成了省委第一书记，农业学大寨那一套被丢开了，特别是随着省委《六条》的下达，小岗生产队有了自己的自主权，还开始实行了"分组作业、以产计工"，小岗人的日子好过多了。

眼看着小岗人刚过了一个喜庆的一九七八年的春节，三月旱象便悄然而至。五六月，正是小麦需要灌浆的时候，连刮了十天干热风，温度一下上升到摄氏三十四度。旱稻正待扬花呢，又刮了半个多月的西南风，气温就停留在了四十到四十二度下不来。八月，旱情便开始笼罩安徽全境。及至九月，百年不遇的大旱在持续了六个月之后，就将所有的沟塘围堰都蒸得干涸了，大别山区五大水库全处于死库容以下，新安江、清弋江、秋浦河相继断流，偌大的一条淮河，也眼见就要枯竭。田野上一派肃杀之状，不时会发现有麻雀、野兔甚至老鳖渴死在路上。

老书记王光宇在为我们回忆那段艰难岁月时，虽事隔三十年，却依然满脸惊悚。他说，当时他刚出访日本归来，一点不敢耽搁就投入抗旱。他站在嘉山县明东公社的山岗上，看到一大片长势良好的春玉米刚刚出穗，却在高温袭击下枯焦了，由金黄色变成了霜白色，他不禁落下了眼泪。他说："从未见旱得这么厉害，巢湖都干了，可以走汽车了。"

小岗村本就在"江淮屋脊"之上，平日便严重缺水，现在大秋作物成片枯死，远看还好像是青绿色，用手指一捏尽成粉末。田地龟裂，麦子点不下去；晚稻因为没水更无法插秧。很快，人畜用水也变得十分危急了。

严宏昌震惊了。

还让他意外的是，这时家里悄悄给他递来个口信，说梨园公社党委书记张明楼，正在到处打听他的地址，已经知道他正在县城的轧花厂承包工程，这两天就要到工地来找他。

他当然清楚，农民进城，一直就被看做是"盲流"。承包工程，更是非法的，被称作是"黑包工"。公社书记亲自出面，准没有好事，只能说明问题的严重。

他心慌意乱地躲了几天，让张明楼扑了空。

可是，紧接着，家里又带话过来，生产队将他每月缴队里的十五元，涨到了四十元。只隔几天，又涨到一百元。他猜想，这还是公社书记在起作用，使出这一招，也是在"逼"他回村。

他自打离开小岗，压根儿就没想过要回去；他这是哑巴吃秤砣，铁了心，发誓一辈子不再当“社员”，除非把他五花大绑硬抬回去！

小岗队发现严宏昌仍没动静，很快又将上缴款涨到了一百五十元！而且，停了他全家人的口粮供应。

当时部队的战士，一个月只有六元钱的津贴，生产队却要他一个月上缴一百五十元！并且停了全家人的口粮供应！得知这一消息，严宏昌忍无可忍了。

当然，这时的严宏昌，手头上已经宽裕了，即便就是把缴队里的“管理费”再提高，他咬咬牙也还是能够承受的。停了口粮，固然会给他全家造成一定的困难，但那时有钱也是可以买到粮票的，这些都已难不倒他。他困惑气愤的是，自己凭劳动致富，不仅背着“黑包工头”的恶名，公社书记在找麻烦，小岗队的父老乡亲也这样不近人情。

“他们到底要干什么？”严宏昌不得不分外小心，他让妻子段永霞摸清其中的缘由。

得到的消息，却让严宏昌大为愕然。

原来，正值八月天，秋粮已收，小岗生产队又到了“算盘响，换队长”的时候了。梨园公社党委书记张明楼，考虑这年的旱情太重，全公社最穷的小岗队，自然成了他的一块心病，他需要赶快找出一个能干的当家人，领着大伙度过灾荒，不能再像过去那样“四海为家”去到处讨饭。张明楼就想到了严宏昌。他想的其实很简单：严宏昌这小子，多年在外闯荡，承包工程，手底下最多时能有四五百号人，最忙时伙房的炊事员就有十五六个。跟他干的，不光有瓦工、木工、电工、焊工、钢筋工、起重工，这些都是要有一定技术的，还有各种出气力活的壮工。大家来自五湖四海，全能被他捏巴到一块，把活干得漂漂亮亮——小岗生产队不过二十户、大人小孩算一起也只是一百一十人，他能搞不好？小岗人这时同样也有了公社书记张明楼的想法，队里提高严宏昌的上缴款，停了他全家人的口粮，就是要把他“顶到南墙”上，“逼”他回村，希望他把在外面操练出的十八般武艺，都用在队里，让大家在大旱之年都有饭吃。

当严宏昌了解到事情的真相时，他的心动了。父老乡亲的期待，组织上的信赖，动摇了他发誓不再回小岗的决心。

当然，最后促使他放弃挣大钱的工程承包回到小岗，是他发现形势真的变了，埋藏在他心里的一个多年夙愿，开始让他浮想联翩，夜不能眠，这就是：他死也不信当农民的小岗人会饿肚子，生下来注定该是讨饭的坯子！

小岗人饿饭，他认为那是因为上面的瞎指挥。一九五八年成立人民公社，当年就闹大跃进，那时他九岁，到今天他也想不明白，政府会要种地的农民去炼钢炼铁。小岗人没东西炼，就要求到“土里挖、水里捞、屋里搜，院外找”，把家家户户做饭的铁锅都敲碎投进小高炉子里。后来，让农民种庄稼了，却不是按照庄稼人的办法种，而是搞“大兵团作战”：公社改编成团、大队改营、生产队改连，小岗人按军事化要求，必须住集体住宿，男女分居，夫妻也只准星期天才能见面。一下集中那么多人窝巴在一起，吃饭没柴烧就砍树，劈门板，最后闹到扒房草、拆房梁做饭。公社还把社员家中的鸡、鸭、猪都集中，要办“万鸡山”、“万鸭山”和“万头猪场”。当时只有十岁的严宏昌，被派到“万头猪场”，说“万头”，其实只有一二十头，加上猪仔不过五六十头，没出半个月，猪场的猪就死的死，拉走的拉走，只好散伙。为放“卫星”，公社提出的口号是：“十里（山）芋丰（收）岭、百里菜花香、万亩水稻一大方”，结果却是：“十里芋丰岭，一片茅草荒；百里菜花香，菜籽只收半土缸；万亩水稻一大方，最后没成一棵秧。”劳民伤财。开始还宣传：“一锅省，两锅费，集中吃饭不浪费。”让大家全吃公共食堂，吃着吃着，锅里就没有正经粮食了，因为虚报了产量，上面下达的粮食征缴任务就高得吓人，社员把种子甚至口粮都缴了上去也不够，“征粮小分队”就挨家挨户地上门搜粮。社员饿急了，更被逼急了，连没成熟的庄稼也偷割回来当粮吃。董湾公社淮丰大队黄湾生产队长逮到了个“偷青”的社员，竟用铁丝穿着耳朵，捆着手脚，把人吊在梁头上；板桥公社浙田塘大队长逮到一个“偷青”的妇女，居然用鸟枪捅她的阴部。小岗人不敢“偷青”，就只得把榨油后剩下的豆饼，磨面后剩下的麸子，以及野地里的刺刺芽、葫芦秧、山芋藤、芝麻叶、腊藤根、黄狗蛋弄来充饥。再后来，树皮和草根也吃光了，眼看着就饿死人了。

三年困难时期，教科书上一直说是“自然灾害”造成的，但严宏昌记得最清楚，除一九五九年夏秋曾出现过旱情，其余年份均是风调雨顺。风调雨顺的一九六〇年和一九六一年，当时已有三十四户、

1958年社员在大炼钢铁。 ★ 历史照片

一百七十六口人的小岗生产队，就饿死六十九人，死绝六户，他跟着父母逃到了外地，回来才知道，小岗最后只剩下了十户、三十九人。至今回忆起来，仍不寒而栗！饿饭和大量死亡开始于人民公社成立的第二年，这实在是个辛辣的讽刺！好不容易熬过了灾荒，农民有了几天饱饭吃，“四清”运动又搞得人人自危，接着，“文化大革命”一闹又是十年。

农民为什么不热爱土地？土地里为什么长不出好庄稼？听老辈人说，刚解放土改分田到户那会儿，家里死了一头牛，全家都掉眼泪，伤心得几天吃下去饭；现在队里死了一头牛，大家却欢天喜地等着分肉吃。

这样的瞎指挥，穷折腾，“大锅饭”，“大呼隆”，人欺地，地不欺人，那是老天都没长眼!

淤在严宏昌心里的这口气，早就把他憋死了!

现在，极“左”的那一套开始受到了清算；如今，队里“逼”，书记“请”，严宏昌终于下了决心，主意一定，他就归心似箭地往回奔了!

2. 秘密会议

严宏昌有段时间没回小岗了，虽然早就知道这年的旱情十分严重，但进了村，还是感到了不小的震惊：这场百年不遇的大旱，使得小岗像遭受到了一次惨不忍睹的兵燹蝗祸，满目疮痍。尽管大家没日没夜地抗争过，奋战过，但旱情来得太凶，时间又太长，不少人怕熬不过明年的春荒，已经准备要出门去讨饭了。

一听说不少小岗人又要外出讨饭，严宏昌的脑子就炸开了。

当然，向这些不能掌握自己命运的小岗人感叹“怒其不争”，实在没有什么意义，而且显得假道学，因为他自己就曾讨过饭。刚娶了段永霞的那年，结婚还不到一个月，他就带着段永霞、大妹子、二弟和母亲，逃荒要饭去了怀远县。都说：“年成不济，要饭不为孬，丢掉棍子一般高。”可就是那一次，他一辈子也忘不了，一个不缺胳膊不少腿的五尺汉子，他实在张不开口向人家讨要，最后是摸出随身带去的一把唢呐，在人家的门口吹了起来。唢呐声和眼泪止不住地就一块儿出来了。

现在大伙眼巴巴盼着他回来，严宏昌在心里对自己说：既然回来了，再苦，再难，也要为小岗人办成一两件事，至少不能再让大家沿街乞讨，一定得想办法让大伙吃饱肚子！

严宏昌回来的消息，确实让小岗人为之一振。所以，改选生产队领导班子的那天，会场上十分热闹。公社书记张明楼听说严宏昌回村了，也很高兴，特地派了党委副书记钱进喜来村“督阵”。会场选在严学昌家，当时他家的地方大，三间茅草房，中间没留墙，一通连地坐满了人。

据严立学介绍，当天大家选出的是四个人，按得票多少分别是：严立学、严宏昌、严金昌、严俊昌。但是公社只批下来三个人，仍然认为严金昌有过“资产阶级暴发户”的问题，被除名；而得票最多的严立学，从一九六三年到这次选举，断断续续地干过十多年的队长，不愿再干了，认为自己干会计最合适，这样，队长自然就落在了严宏昌的头上。

严立学是个“三岁娃也不欺”的老实人，大伙投他票，是因为他人缘好，但谁心里都清楚，论干事，能打开局面，还数严宏昌。严宏昌当队长，是众望所归。

严宏昌这天还不满二十九岁，严立学和严俊昌都比他大上八九岁。不过，在小岗，比严宏昌大和比严宏昌小的，差不多都轮流干过队长了，但这回严宏昌被选上，关庭珠老人居然当众站起来，认认真真地给他作了个揖，满怀热望地说道：“这下就看你宏昌可能给咱们弄碗稀饭喝喝了！”

关庭珠这意料不到的举动，这掏心窝子的话，让严宏昌顿感肩头的担子沉了许多。

有人问严宏昌："新官上任三把火，你准备烧哪三把？"严宏昌想都没有想，就说："其实只需烧好一把火就够了：打破'大锅饭'！"

此前，公社已经按小岗人住家的情况将分别住在村东和村西的社员划成了东西两个作业组，严宏昌依然认为这是在吃"大锅饭"，因为一个作业组，仍有十户，五六十口人，仍然是"你来我也来，上工带打牌；你走我也走，工分七八九"，这哪叫干活？这是糊弄地呢。一半的劲也使不上，哪能收个好庄稼？在他承包的那些建筑工地上，他搞的那才是真正的"各尽所能，按劳分配"，人人都有明确的包工包量，虽一个工地干活，各人的熟练程度不一样，技术水平不一样，干多干少不一样，薪水就会差上个两三倍，这才能调动起大家想多干活，想法子去钻研技术的积极性。

这天，严宏昌找到严立学，要他给公社写份报告，请求把作业组进一步划小，将小岗生产队剖成四个作业组。

梨园公社党委书记张明楼看了报告，不猜也知道，这是严宏昌的主意。考虑到这样划小可能会对生产有好处，还是破例同意了。

可是，分成了四个作业组之后，没出几天，各组内部就闹起了矛盾。

按说，总共只有二十户人家的小岗村，谁家的鸡狗叫，一村人都可以听到，彼此间不是沾亲，也会带故，有什么好闹的？

严宏昌调查后发现，这账还得要算到十年动乱上。那年头，走马灯似的工作组，常挂在嘴巴上的，就是"与天奋斗，其乐无穷；与地奋斗，其乐无穷；与人奋斗，其乐无穷。"社员严立坤，锄地时不小心锄掉了两三棵玉米，就认为他在搞破坏，组织社员大会挂牌子批斗；社员严付昌，逮鱼时泼了点塘里的水，也被认为是"破坏水利"，挂牌子游斗。今天来的一个工作组，支持这一派斗那一派；明天来的一个工作组，又支持那一派斗这一派。社员跟队里干部斗，社员跟社员斗，队里干部跟队里干部斗，有的一家也分出几派来。其实，与天斗，与地斗，就没有不吃苦头的；人与人斗的结果，只能是老死不相往来，坐不到一块。更何况现在的作业组划得更小了，每个社员在出勤、记工上谁吃了亏，谁占到便宜，就看得更清楚，各家各户之间的利益冲突也就更直接、更激烈了。

"再划小！"严宏昌想了想，果断地说，"问题不是出在一家两家，这就非解决不可了！"

但是这次严宏昌没再要严立学向公社写报告，明摆着的事，写上去也不会有人敢批的。可现实的具体问题又必须由他来解决，于是他瞒着公社，偷偷地把全队由四个组划成了八个组。

划成了八个组，大家才发现，这些"作业组"就成了"父子组"、"兄弟组"或是"邻居组"：

一组：严立付、严立华（兄弟两家）；
二组：严国昌、严立坤、严立学（父子三家）；
三组：严家芝、严金昌、关友江（父子、女婿三家）；
四组：关友申、关友章、关友德（兄弟三家）；
五组：严宏昌、严付昌（兄弟两家）；
六组：严家其、严俊昌、严美昌（父子三家）；
七组：韩国云、严学昌（两家邻居）；
八组：关友坤、严国品（两家邻居）。

这样一分，就都很满意。认为这是"被窝里划拳——没掺外手"，谁都以为这样就不可能再生发出什么问题了。

然而，首先感到仍有问题的，就是严宏昌。

严宏昌和严付昌划在一组，严付昌是他亲弟弟，两家一直和和气气，从未红过脸。但两家人现在成为一个作业组，如何出勤、如何记工，弟弟严付昌和他的看法首先就产生了分歧。他家是两个劳动力，六口人，弟弟严付昌是四个劳动力，八口人，如果依然按照生产队原先记工的办法，分配时实行“劳三人七”，即工分占三成、人口占七成，严付昌家劳动力多，分配上就吃了亏，严付昌就提出要凭工分不按人口搞分配，这样一来，严宏昌一家人又接受不了。再说严宏昌毕竟当了队长，队上的事不能不问，弟弟又是个急性子，看到农活缠手，进度太慢，便发了脾气，吵着要分开。

这事，严宏昌本来是应该想得到的。在外承包工程，为确保工程的工期和质量，他也是六亲不认，不会去照顾亲朋好友的。现在弟弟提出

1979年小岗村的茅屋。 ★汪强 摄

要求和他分开干，感情上虽然受不了，但他知道弟弟的这个要求并不过分，而且是合情合理的。

同样没有想到的是，这时严俊昌和严美昌兄弟俩也闹了起来，并且闹得不可开交。

严美昌是个直性子，又是个勤快人，每天天刚亮，他就把全家人喊起来，早早地就下地干活了，干完一茬活，才回来吃早饭。哥哥严俊昌，夫妻俩带着八个孩子，孩子一多，事情就多，每天就不能和严美昌一家人一齐下地。一天两天，还没什么，日子一长，严美昌的孩子有意见了，见地里总是自己一家人在忙，就埋怨："爸，我们都干了半块地了，大爷他们怎么还不来干活？这地又不是咱一家的，不干了！"严美昌也开始沉不住气了，这天冲着严俊昌嚷起来，坚决要分开，不愿再捆在一起了。严俊昌也很生气，但想想却又不占理。

严宏昌和严俊昌是亲叔伯兄弟，平日无话不谈，于是严俊昌就把自己的苦恼跟严宏昌说了。严宏昌一听，心里咯噔一跳。

他寻思道：生产队的三人领导班子，两人"后院失火"了，这问题就不小；队干部自己家里的问题都处理不了，还能去帮助群众解决问题吗？

不过，他也发现，组划小了，各自对自己的利益看得更直接；这样划分，依然存在平均主义问题，只是"大呼隆"变成了"小呼隆"；"大锅饭"变成了"二锅饭"。

这天晚上，摸着黑，严宏昌登门去请教关庭珠。他说："大爷，我年轻，对庄稼活不在行，你看这队里的生产怎么日弄才好呢？"

关庭珠沉吟了一会，望着他，不说话。

"大爷，你尽管说。"严宏昌看出老人似有什么顾虑。

关庭珠说："我说出来很容易。这事，不在你会不会干，而是敢不敢干。"

严宏昌越听，越发急，就说："大爷，只要大家不饿肚子，杀头我也认！"

关庭珠说："办法有一个，我只给你三个字：'责任田'！"

严宏昌眼睛一亮，他知道关庭珠说的是六十年代包产到户的事。

闹饥荒那年，他已十二岁，正在读小学六年级，父亲带着全家逃到外地。重新回到小岗时，已是一九六二年了，也就是那一年，小岗人才开始搞起"责任田"，刚搞不久，上面便下文要求纠正了。就是说，"才摸到被头儿天就亮了"。小岗搞"责任田"之所以会比其他的地方迟了大半年，实在因为小岗太偏僻，消息太闭塞，当时小岗死亡逃亡的人也太多，那场灾难几乎将小岗人整个吞没了。后来上面强行收回"责任田"了，没等小麦完全成熟，小岗人就连夜开镰收割；种的豆子还没结角呢，也只好摘回家当蔬菜吃。虽然那一年的损失很大，但小岗人看得出，"责任田"里长出的庄稼就是不一样，一亩胜过以往十亩的产量！

严宏昌想到这，禁不住脱口问道："大爷，你是说包产到户的'救命田'吧？"

关庭珠说："正是。要想让大家不吵不闹，把田当田种，把庄稼当庄稼侍弄，只有一家一户地干。它是'救命田'，也能要你的命，上边不支持弄不好班房有你蹲的。"

严宏昌在外闯荡多年，对国家大政方针上的一些变化，平日他还是十分留意的，他知道，现在不兴"以阶级斗争为纲"那一套了，上上下下都在拨乱反正，强调实践的重要，既然实践是检验真理的唯一标准，实践已经证明"责任田"就是好，那就应该允许干。当然，他知道这事不会很简单，但只要对小岗人有好处，他是不怕有风险的。

于是他找到严俊昌，谈了自己的想法。严俊昌一听，忙劝："这事要慎重。美昌闹着要跟我家分开干，再闹也是兄弟俩的事；一个生产队把田全分了，这事就大了。"

"既是好办法，为什么不可以试试？"严宏昌极力说服严俊昌。

严俊昌仗着是兄长，反而要说服他："你听我的不会错。一个人的生命就几十年光阴，大家都能搞上一碗饭吃就不错，再说权还在我们兄弟俩手里。"

严宏昌想不到，这事，在堂兄这儿就碰了个软钉子。他很懊丧。

严学昌与严宏昌当时还是门挨门的近邻，严宏昌就把他的这种想法，也说给了严学昌听，严学昌倒是十分支持，只是说："真干，查到了不得了。"

严宏昌说："咱先瞒着，暂不泄露出去，干出成绩了，再向公社汇报。"

"怎么进行呢？"严学昌见严宏昌下了决心，也来了劲。

严宏昌说："一个串联一个，单线联系，把工作做在前头。"

"这就像搞地下党似的。"说得严学昌忍不住笑了起来。

严宏昌却笑不起来，他叹了口气，说："但是俊昌哥首先就不同意，你看怎么办？"

严学昌是精明人，他提醒道："俊昌是个胆小人，但人还并不固执，你再找找他，看他是不是还有什么别的想法。"

严宏昌于是又去找严俊昌。隔天，严俊昌的父亲严家其出面了，他主动找到严宏昌，表示同意分开，但提出要分队里的那口大草塘。全队就数那口大草塘的塘大，水多，这在严重缺水的小岗人眼里，是个稀有物啊！现在严家其要求独占，未免有点儿"狮子大开口"了。

"三大爷，你说。"严宏昌虽感意外，却还沉得住气。因为严俊昌的父亲严家其，就是自己的亲伯父；父亲弟兄五个，父亲是其中年龄最小的，严家其排行老三，所以严宏昌就一直喊他三大爷，现在只能认真地听。

“还有，”严家其也不客气，接着说道，“队里的那头好牛也要给我们。”

严宏昌真的感到为难了。队里虽然现有十头牲口，可全是小牛犊子，就那一头能下田犁地的他也要。

“还有吗？”严宏昌瞅了瞅三大爷，继续问。

“地么，我已选好了。”严家其说，“到时要分给我们的，我都在地里挖了几锹，堆了个土堆，作了记号。”

送走严家其后，严宏昌慌忙出门跑到地里去看。他真的看到，在离村子最近也是最好的几块大田里，分别都堆有几个不大的土包。

严宏昌简直看傻了。

他把这事告诉严学昌，严学昌也很惊讶，但严学昌却很痛快地说：“可以，都给他！”

“怎么可以这样呢？”严宏昌觉得严家其爷俩做得太过分了。

严学昌却说：“便宜尽他们拣，他一天三顿吃干饭，我们没菜喝稀饭也要分，不能再捆在一块了！”

严宏昌就又去找严立学。生产队的领导班子只有三个人，现在严立学的态度便显得至关重要了。不曾想，严立学竟是非常地坚决，他对严宏昌说：“这事你操办，指望俊昌，他没那个水平，又缺文化，他家要啥都答应。”

严宏昌心里终于有了数。

这以后，严宏昌又找了严家芝，这是他十分敬重的一位老前辈。严家芝一听要搞分田到户，要搞过去搞过的那样“责任田”，顿时喜笑颜开，并且表现积极，主动提出去串串其他的几家，帮助他做做这方面的工作。

严宏昌的信心更大了。这时他想到了严国品。虽说严国品现如今已升任了大队会计，每天都要去严岗上班，但他的家仍在小岗，小岗生产队真要搞起包干到户，瞒他是瞒不过去的。这事不仅应该让他知道，还必须争取他的支持。

这样，严宏昌又去找了一趟严国品。

几家跑下来之后，严宏昌这才发现，其实早有一个顺口溜在小岗队悄悄地传开了：

三户一组两户捣，
还有一户无法搞，
不如散掉搞个屌。

话虽说得很粗俗，但三句话传递出的却是小岗人思变的心声啊！

到了这时候，严宏昌觉得该开队委会了。他约了严俊昌和严立学，希望队干先能统一认识。他对严俊昌开门见山地说："小哥，你家人口多，事也多，包干到户这个头由我来牵。你和立学要是没意见，咱就开个社员会，大家如果同意了，干脆就趁着冬闲把田分到各家各户。"

严立学马上接话："我完全同意！"

这次严俊昌没再犹豫，也当即表态："我没意见。"

碰头会一散，严宏昌立即正式通知全队：近两天要有一个重要会，准备出去要饭的暂时别走。

谁知，就在严宏昌没有通知前，严国昌和关友德二人已经去江南要饭了。不过，严国昌是严立坤的父亲，而关庭珠又是关友德的叔父，严宏昌就请在家的严立坤和关庭珠，分别代表一下，小岗生产队二十户人家就一家不拉地全有人到会了。

一九七八年十一月二十四日，晚饭过后，在没有电灯更没有路灯的小岗村，就已黑得伸手不见五指了。要是在城里，这会儿，也许正是热闹的光景，但这时的小岗村却已寂然无声，很多社员早早就上了床。

忽然，一阵此起彼伏的狗吠声响起，小岗生产队的十八条汉子，先后出了门。他们迎着打村后刮过来的凛冽的西北风，袖着双手，缩着脑袋，陆陆续续向严立华家摸去。

选择在严立华家开这个会，严宏昌还是费了一番脑筋的。严立华的祖父严凤轮、父亲严国恩、母亲严吴氏、两个弟弟：小心和顺心，连个大名儿都没来得及起，就都在大饥荒的一九六一年饿死了，现在只落下他孤寡一个人；再说，他家的房子又是盖在村子的最西头，在村子里不仅最偏，场子也较大，为前后两进的五间茅草房，如果大伙聚在后屋，非但不会受到外人打扰，更便于保密。

不一会儿工夫，冰冷破败的茅草屋里，就聚满了人气，散发出劣质烟草呛人的焦糊味。大家彼此寒暄着。摇曳不定的煤油灯的光亮，把蹲在地上或坐在床上的一堆人影，夸张地映照在凸凹不平的土墙上。

严宏昌见人到齐了，大伙的情绪也很高，先就有些激动地说："今天把各位找来开个会，看看搞好明春队里的生产，都有些什么好办法？"

会的宗旨，其实大家都已心知肚明，所以严宏昌开场白的话音落后，好一阵鸦雀无声。

有些什么好办法呢？种了半辈子庄稼，谁个还不知道怎样能够多打粮食？所有农民都会说这样一个笑话——在中国，只有四个人会种地：省委书记、地委书记、县委书记和公社书记。农民每年要种什么、何时种、怎样种、种多少、啥时收，以及每年一次的收入分配又将是多少，一切都全由这些书记们当家做主的；生产队长也只能管管上工、收工时吹吹哨子。

打破沉寂的，是严家芝老人。他见大家不言语，就有点发急，快人快语说道："啥好办法？要想叫大家不吵不闹，都有碗饱饭吃，只有分开一家一户地干！"

严家芝将这层窗户纸一捅破，小小的茅屋里，顿时变得热闹起来。

一个说："刚解放时，大伙都是单干，那时的人与人和和气气，家家户户存有余粮。分田到户肯定比捆在一起、混在一堆强！"

一个说："分开单干，再干不好就谁都不怨，只能怪自己不正干！"

这时，大高个、大脑壳，年龄在这里也算是最大，平日最爱开玩笑的关庭珠，亮开了嗓门说："要搞过去那样的'责任田'，我保证就凭锹挖钩刨，收的粮食也吃不了。可这千将有头，万将有尾，问题是，谁又敢带这个头呢？"

关庭珠分明是在帮严宏昌叫阵了。

不出关庭珠所料，紧接着，大家便七嘴八舌地喊起来了："哪个敢带头，咱们就干！"

严宏昌在大伙的期待中往起一站，说道："这两天，我一直在想，还是摊子越小越好干——绑在队里队长动脑筋；分到组里组长动脑筋；包干到户就会人人动脑筋。既然大家都希望分田到户，只要保证做到两点，我就敢带这个头。第一，小岗人过去年年都吃国家的救济，从明年夏秋两季开始，打的头场粮食，要先尽着国家公粮和集体提留交齐，谁也不能装孬种。第二，我们是明组暗户，瞒上不瞒下，这事不准对上级和外面任何人讲，谁讲，谁就是与全队人为敌。如果大家答应这两条，我就敢干，我就敢捅破这个天！"

接着，他进一步解释道："老辈人过去搞过'包产到户'，田分到各家各户后，生产的粮食油料作物都还要统一收到生产队，由队里再统一上缴国家的征购任务，统一扣除集体的提留，一切还要由生产队统一结算，算出各家各户的工分后，再统一分配。这等于‘脱裤子放屁，多道手续’。咱要干，就干脆一步到台口：包干到户！该给国家的给国家，该给集体的给集体，剩下的都是自己的。土地、耕牛都分到户，不再由队里统一安排、统一分配，这样也可以防止我们队干部贪污挪用、多吃多占。”

天底下没有比把地分给农民，让农民自个儿当家做主的事更让他们乐嘀了。大家听了，无不拍手称快。

在场的谁也不想做孬种，马上抢着说：“就这么干！真犯了事，把你逮了去，还有我们这么多人呢，咱排着队给你去送饭！”

严俊昌也表了态：“既然大家都想单干，我们当干部的也不装熊！”

曾因日子过得好了一点就被批判成“资产阶级暴发户”的严金昌，一句话说得大家都笑起来：“分开干，吃饱饭，就是杀了头，也当一回饱死鬼！”

严家芝这时却严肃地提醒：“这可不是闹着玩的，这事儿是高压线，谁碰要谁命。刘少奇的官够大了吧，一个国家主席，结果就因为支持包产到户，死无葬身之地。你严宏昌，草木之民，你不怕杀头蹲班房，到时家中老小怎么办？”

关庭珠亮着大嗓门，立刻接过话，说道：“我看再加上一条，今后队长因为让我们包干到户坐了班房，他家的农活就由我们全队包下来，小孩也由全队养活到十八岁！”

一个个村民激动地跳起来，纷纷表态。有人赌咒发誓道：“保证不外讲，谁讲谁不是娘养的！”另一个接着保证道：“宏昌一人有难，全队人都得往前站，大家承担！”

最后严学昌提议：“空口无凭，我看大家还是立个‘军令状’！”

"对！"

"留个字据！"

"写上几条，大家都捺上手印！"

"谁孬种，谁不是人！"

严宏昌被眼前这种热血沸腾、肝胆相照的场景深深打动，他取下兜里的新农村牌水笔，把一包淮北牌的香烟倒出，准备就着烟纸写下契约，却被严立学劝止。严立学觉得香烟纸太小，再说在烟纸上写这样重要的东西，既不严肃也不正规。严立付一听，觉得有道理，忙说："我家有纸"，说着，就出了门。他家就住在严立华的隔壁，他原就是生产队的记工员，儿子又在小溪河中学念书，几张纸还是找得到的。很快，他也就拿来了两张十六开的白纸。

严宏昌取过纸，几乎没有多想，更没考虑文字的修饰，他只是想把自己说的和大家说的意思归纳起来。于是写道：

我们分田到户，每户户主签字盖章，如以后能干，保证完成每户的全年上缴和公粮，不再伸手向国家要钱要粮；如不成，我们干部坐牢杀头也甘心。

大家社员也保证，把我们的小孩养活到十八岁。

写好后，严宏昌在牵头人的落款处，毫不犹豫地签上了自己的名字。"肉吃千口，罪落一人"，他觉得，自己责无旁贷地需要承担起这份风险。

在写到大家的名字时，本来，应该把严俊昌和严立学两位队干部的名字先排上，可他提笔却把关庭珠写在了第一排的第一个位置。他当时只想到关庭珠老人对这事最支持。接下去，就想到关友德和严国昌两人还在外地要饭，没有到会，今天虽然缺席，却应该有人代表他们捺手印，这么想着，就把关友德排在了第二位。

就这样，严宏昌想到一个，写上一个，顺手写下去，最后把小岗生产队二十户人家的代表悉数写出：

严宏昌

关庭珠、关友德、严立付、严立华、严国品、
严立坤、严金昌、严家芝、关友章、严学昌、
韩国云、关友江、严立学、严俊昌、严宏昌、
严美昌、严付昌、严家其、严国品、关友申。

名单写齐后，严立学也把红印泥找来了，大家一窝蜂地围上去，一个接着一个地在自己的名字上捺上血红的手印。缺席的一老一少，也分别由关庭珠和严立坤代补了手印。

最后，严宏昌落上日期，写出的是一九七八年十二月。

当时没人发现这个日期有什么不对。因为，小岗人平日用的多是农历，农历和阳历有时会差上一两个月；严宏昌这天想写的是阳历，他也只是毛估带猜。两天后他到小溪河集上买墨水精，看到供销社门市部的挂历，一测算，才搞清楚，“秘密会议”的日子应该是阳历十一月二十四日，星期五；农历为戊午年，十月二十四日，“小雪”的第二天，已经是“立冬”后的第十六天了。

当然，严宏昌做梦也不会想到，这个日子后来会变得那样重要。

谁又能想到，在没有一个是中共党员的小岗生产队，一九七八年十一月二十四日这天的晚上，小岗人以最古老的歃血为盟的形式召开的那个“秘密会议”，将会载入中国的历史，乃至中共党史呢？

谁又能料想得到，轰然撬动中国并引发了一场惊天动地的伟大变革的杠杆的支点，会是在江淮大地这个最不起眼的小小村落呢？

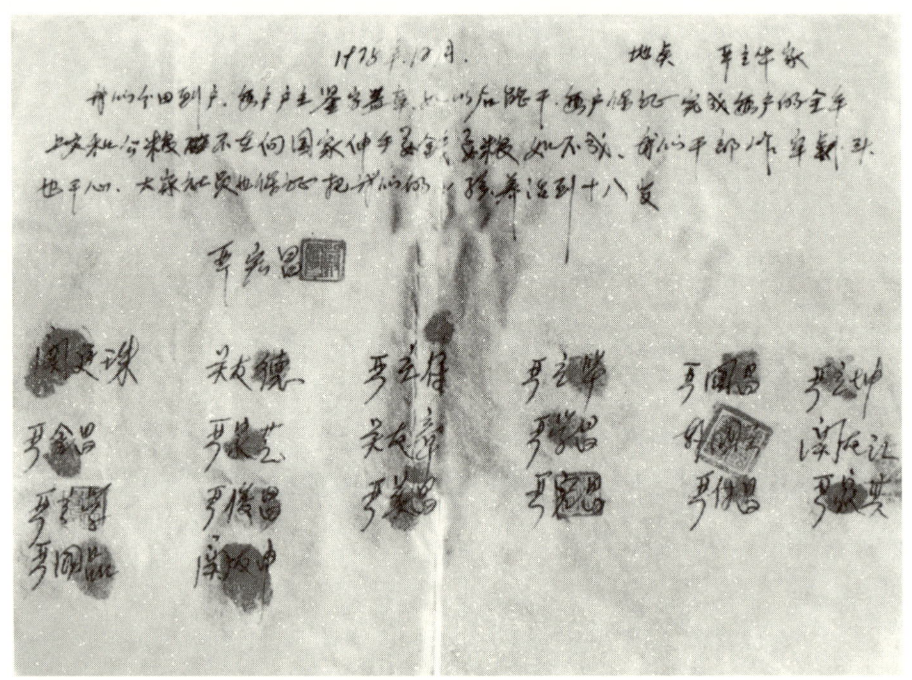
1978年12月　　地点　严立华家

我们分田到户，每户户主签字盖章，如以后能干，每户保证完成每户的全年上交和公粮，不在向国家伸手要钱要粮。如不成，我们干部作牢杀头也干心，大家社员也保证把我们的小孩养活到十八岁

严宏昌

生死契约“红手印”。中国革命博物馆GB54563馆藏文物。　　★ 历史照片

当时，严宏昌和小岗人都不可能知道，一个伟大的改革开放的新时代正向他们走来了。尽管，“改革开放”这个词汇，要一个月后他们才会在中国共产党十一届三中全会的公报上看到。

他们更没意识到，他们的这种破釜沉舟、义无反顾，是在“改革”，他们只是不愿再像过去那样生活了。

他们只是为了不再去流浪。

他们只是为了不再去乞讨。

他们只是为了不再被饿死。

那一年，二十四岁的复旦大学中文系一年级学生卢新华，以一篇七千字痛述“文化大革命”的《伤痕》小说，一夜之间，可以轰动全国。这在今天看来也无法想象。

那一年，男女在一起跳舞，还被认为是流氓；那一年走进电影院，除能够看到社会主义兄弟国家“飞机大炮、哭哭笑笑”的故事片，中国的电影基本还是新闻简报。

那一年，“上山下乡知识青年”，还仍在农村“接受贫下中农再教育”；五十五万多个右派分子，四百四十多万个地主、富农、“反革命”和“坏分子”，还没“摘帽”；七十多万个工商业者也都没被恢复劳动者身份。

那一年，因为物品的稀缺，买粮还要粮票，扯布还要布票；买一块手表、一辆自行车都还要购买券；甚至一盒火柴提价一分钱，都需要党中央、国务院研究决定；亿万中国人还都穿着中山装，衣兜上插支水笔便代表有文化。

3. 没有不透风的墙

既然带了这个头，严宏昌觉得就该做出个好样子。所以，分田时，好田好塘已经被严家其、严俊昌父子挑走了，那就干脆让大家继续挑。最后大家挑完了，严宏昌才发现，严学昌也一直没有动；他知道，这是严学昌在用实际行动支持自己的工作，他很感动。

这时余下的田块，不是离村庄最边远的，也是“大跃进”年代就没有人再种，一直放到今天的荒地。

严宏昌妻子段永霞告诉我们，分田时，她家分到的都是没人要的。那些田离村子足有两里远，还都连不到一块：一处是在村子最南头，已挨着石马村；一处又是在村子的最北头，紧邻韩赵村。下地，收工，每天来回都要跑上很多冤枉路。赶上三秋四夏，这边要种，那边要收，不用说农活，光是两头跑也能把人累死！特别是被大家挑剩下的那口塘，六十、一九六一年饿死人时，当时村里的死人太多，没场子埋，也没人埋，就都扔进了那口大塘里，那塘是一口远近都知道的“死人塘”。严宏昌要忙队里的事，田里的活就全丢给了她，有时天不亮下了地，周围黑里吧叽地就她一个女人，忙在“死人塘”边上，心里常常发毛，忍不住要骂上严宏昌一回：“就你风格高，带头干的好事！几辈人都跟着你受罪！”

小岗人说：亏得严宏昌和严学昌肯吃亏，小岗村的田最后才分得成。

田分到各家各户了，严宏昌也陡然感到身上的压力变大了。是啊，序幕拉开了，戏就得唱起来。只能唱好了，不能唱砸，否则，是收不了场的。

严宏昌从凤阳县城的工地回小岗前，他原只是把承包的工程委托给别人临时代管，现在看来一心两用是不行了，必须与承接的工程彻底脱钩。于是，他抽空到工地上把班交了。

回来路过临淮关，偶见一个老头在路边卖花生。放在过去，他对街头巷尾的这些场景一般是熟视无睹的。但是，现在心里边装着事，看到什么不由自主地就要与小岗的事儿联想在一起。此刻，看到花生，便立刻引起他一连串的遐想。他首先想到花生是个“薄地挣子”，乡间的这句话就是说，再薄的地也是能种好花生的。种花生不需要什么肥料，这东西一点不娇贵，不要像伺弄其他庄稼一样地跟着忙；旱地也会有好收成。

想到这些，他便凑了过去。

卖花生的老头怕严宏昌误会了，忙解释：“我这不是熟花生。”

严宏昌说：“我买的就是这生花生。”

一问，一块零五分钱一斤，不贵。严宏昌说：“给我称两斤。”

严宏昌想的是：一年之计在于春啊！眼看着就要春耕春种了，因为太穷，种个什么，很多小岗人到现在心里也没有谱，种花生说不定是个好主意。

回到家，严宏昌马上忙开了。他把买来的两斤花生用盘秤分成两堆，一堆一斤，然后一个个剥了壳，取出“米”。接着就拿出了大姑娘绣花的功夫，将花生米一粒一粒地数上一遍。他发现，其中的一斤是八百零六粒，另一斤是八百二十一粒，也就是说，一斤花生大约是八百到八百二十粒花生米。

得出这个数字，他兴奋起来。

因为一笔账摆在了面前：如果一亩地需要五斤花生米，不过只是五块两角五分钱的成本。五斤，便是四千到四千一百棵花生苗啊，就算出苗率只有百分之九十，哪怕将损失再算到百分之五十呢，最后还会成活两千棵苗；一棵结花生十多个，没有一两总也有五钱，这样看一亩花生收上一百多斤没问题。国家的收购价现在一斤是五角三分钱，假若一人种上一亩花生，人均就达到五十多块钱；小岗平均每户五口人，仅种花生一项，就会有两百多块钱的收入哪！

算出这笔账，严宏昌激动得大半夜没合眼，天快亮了才迷糊了一会儿。爬起来后，就召开社员大会。

他给大伙也如此这般又算了一遍，几家种过花生的也没算过这个细账，算得大伙的心全动了。于是家家户户种起了花生，人均三亩，只有一百一十五口人的小岗生产队，当年就种了三百五十亩花生。

俗话说：没有不透风的墙。小岗人起早贪黑地种花生，周边生产队的社员却从中看出了蹊跷。过去下地干活，不是成群结队，也是几家人一道出门，一道回村。现在小岗人却是三三两两，有时甚至只是一个人天麻花亮就下了田，有的摸着黑还在月亮地里忙。附近生产队的春耕才刚开始，小岗村地里的庄稼却已忙完一半了。

过去大家都搞过“责任田”，谁瞧见谁心里明白：小岗这是把田偷偷分到户了！

这消息，很快传到梨园公社。

公社党委书记张明楼起初有点不相信。他把严宏昌叫到公社，问小岗村是不是把田分了，严宏昌矢口否认。

张明楼说：“你是我找回来的，可千万别干对不起我的事。”

“那是，那是。”严宏昌极力掩饰。

张明楼脸色铁青，严肃地说：“你说没有，可群众有反映！你别头脑发热，历史的车轮不会倒转，刘少奇是国家主席，推行‘三自一包’、‘四大自由’，最后怎么样？还不是活活被折腾死了！你宏昌尿得再高，能有刘少奇的本事么？”

当年大包干的三个带头人（左起严宏昌、严俊昌、严立学）。 ★汪强 摄

严宏昌从公社回来时，在地里干活的小岗社员们很远就迎上来探问："到公社谈判谈得怎样？"

严宏昌听了苦笑。包干到户这样的事是可以谈判的吗？跟谁去谈判呢？他知道公社这一查问，就把化肥已经买回来的社员，吓得不敢往地里撒了，地的使用权还悬着，谁还会舍得本钱干，舍得身子干呢？

严宏昌安慰道："没事，你们照干你们的。"

只隔了几天，公社张明楼又派人把严宏昌喊了去。这下，严宏昌心鼓直敲，猜想恐怕瞒不住了。其实这种事又不是被窝里掏拳，大天白日的，长个眼睛谁都看得清清楚楚：人家生产队出工像战士列队去打靶，要去一阵去，要回一道回，小岗村下田干活全是一家人，有时就是一个人，瞒得了谁？

原来张明楼已亲自进行了明查暗访，并掌握到了真凭实据，这次，他再没给严宏昌笑脸，严肃地大声斥责："你小子胆子也太大了。逮你严宏昌不冤枉你，连我也要陪着你倒霉！要我说，你年纪轻轻的，啥点子不好出，你为什么拣这条死路走？活得不耐烦了是不是？"

严宏昌见露了馅，忙解释说："我们只是分户作业，地还是集体的，大家没脱离集体，我不还是小岗队的队长嘛！"

"少来这一套！"张明楼越听越冒火。"共产党的政策你懂吗？三中全会的文件也没看过？你这是单干！"

严宏昌极力辩解道："我们只想多收点粮食，大家都有碗饭吃。"

张明楼正色道："你们小岗就是家家收个金滚子，我们也不稀罕。国家宁愿管你们吃饭，也不能让你们这样胡来！"

最后张明楼下了道死命令："回去就叫大家并起来！"

在随后公社召开的生产队长以上的干部会议上，张明楼公开点了小岗的名，宣布小岗生产队如果不并起来，不仅要扣除小岗队的牛草，而且化肥、种子、贷款一样不给。

会后，张明楼专门将参加会议的严宏昌留下来，恨铁不成钢似的对他说："我也是干过农活的人，难道不知道你们这样干能增产？我怎么会不想分田到户呢？也想改变家乡的贫困面貌呀，可是上头不允许这样干，你们也要理解我，我是共产党员，又是公社书记，我不能不对党负责。听话，啊，回去趁早并起来吧！"

事情到了这一步，严宏昌觉得不能再瞒了，必须把真实的情况告诉给大家。当然，他心里十分清楚，既然田已分到了各家各户，现在并起来已不可能，也不现实，因为各家各户的花生都已经下地了，重新合并不堪设想。

回到小岗，严宏昌把公社书记的意见向群众如实作了传达，会场上顿时就炸了锅。众口一辞：千难万难，不能再走回头路！不给化肥，不给贷款，就不要了，人没有被尿憋死的！大不了，横下一条心，勒紧裤腰带，大人干活，小孩出去要饭；没钱买化肥，就到房前屋后多收集一点农家肥。

大伙算了算，最大的困难一是牛草，二是稻种。牛草还可以想办法到别队先借点，只是这稻种，是计划性的，外队借不到，市场上买不到，只能找公社解决。

严宏昌这天不得不厚着脸皮去找公社书记张明楼。

张明楼一听，先就骂开了："你不给我并起来，稻种绝对不能给。我不仅不给你，还要开会斗你狗日的九十六场！"

无论严宏昌怎么解释，张明楼一概不听。他说："你给我回去乖乖地把土地集中到生产队，拢起来后再讲！"

严宏昌虽然碰了一鼻子灰，但并没有悲观。他觉得山不转水转，人不可能一棵树上吊死，没有稻种咱就种别的。

可是，"种地没有牛，等于'叫花头'。"牛离不了牛草，牛草又到哪儿借呢？

这真是，天无绝人之路。严宏昌三弟严胜昌，在板桥念初中，这天带同学来家里玩，严宏昌正同社员愁着牛草一事，那位同学却插话说："我们生产队多的是。"严宏昌忙问："你在哪个生产队？"同学说："李二庄上李生产队。"

严宏昌试探地问："能借点牛草吗？"

"应该可以。"

听这小伙子口气很大，一追问，才知道他哥哥正是生产队长。

严宏昌一阵惊喜，心想，天赶地催，就这么巧！他对三弟严胜昌说："你现在就陪这位同学回李二庄，帮我问一问借不借牛草？"

隔一夜，三弟就回来了，高兴地说："那里牛草多，有几千斤，人家愿意借。"

严宏昌当即约了严立学赶去交涉，对方也很仗义：要多少，借多少，秋后再给钱。

从李二庄回来后，严宏昌马上组织有耕牛的人家，拿着家伙跑了二十多里路，终于把春忙需要的牛草挑了回来。

有了牛草，公社不解决稻种，小岗人就改插山芋，每人不少于一亩的山芋苗很快也就下了地。

小岗生产队包干到户对周边的影响越来越大，张明楼就不断把严宏昌找到公社去，每次，都被严宏昌找了个借口躲开了。一次，严宏昌没躲掉，被喊到公社。

那天，新任县委书记陈庭元来梨园公社检查工作，刚好碰上张明楼脸红脖子粗地在训斥严宏昌。直到张明楼见到县委陈书记进了院，才放过了严宏昌。

陈庭元问张明楼："刚才因为什么事，你对一个青年农民那么凶？"张明楼不得不说起小岗队分田到户的事。

谁知，陈庭元听了并没有表态，而是突然决定要去小岗看看。于是公社书记张明楼、副书记马德全，只好陪同前往。

陈庭元没有直接进村，在村外便下了车。他沿着小岗生产队种了花生和山芋的庄稼地，一路查看过去。

在村西北的一处干渠旁，社员徐善珍正在锄花生，在滁县行署农业局干了多年局长的陈庭元，只稍微看看地里的庄稼和社员干活的架势，心里便清楚了。他笑着问徐善珍："你们是几户一个作业组呀？"

徐善珍抿着嘴，不作答，一个劲地笑。

张明楼狠狠瞪了她一眼："有脸笑呢，还不快把严宏昌叫过来！"

这时严宏昌刚从公社回到家，端起碗还没扒几口饭，就见一个社员上气不接下气地跑进来，通知他："你赶快跑，公社和县里都来了人，怕是逮你来了！"

严宏昌抹了一把嘴说："跑得了和尚跑不了庙，我干嘛要跑？没做啥亏心事，只为小岗队不饿饭，犯啥法了？"

他放下碗，问："他们在哪？"

来人说："在村后生产队大场。"

严宏昌听罢，头也不回地向大场走去。

张明楼见严宏昌大步走了过来，指着他告诉陈庭元："就是他专跟我捣蛋！"等严宏昌走近后，又没好气地向严宏昌介绍陈庭元："这是县委陈书记。"

陈庭元打量着严宏昌问："听说你把小岗的地分到户了？"

严宏昌也打量着眼前的陈庭元，见他个子不高，人也不胖，衣服穿得很随便，不像他想象中的县委书记，因为不清楚找他来的目的，所以暂没吭声。

"问你话呢，"张明楼倒是火了，"你知道你这样干是不允许的吗？"

严宏昌说："知道。"

"知道为什么还这样做？"

严宏昌本不想回答，因为他要这样干的原因，早就给这位公社书记说过了，不知说了多少遍了。但他注意到县委陈书记并不像张书记那么凶，看上去还很客气，不像是来抓他的，于是就把说过许多遍的话，又说了一遍。他要告诉陈书记，这样做也是被逼出来的。

他说："三十年了，我们小岗生产队年年吃救济，还年年外流；如今上面的政策变宽松了，我们就试着包干到户，只是想多打粮食，也减少国家的负担。"

他边说，边把陈庭元带到一块花生地去看。

陈庭元已经认真地查看过了，他问严宏昌："花生是分到户才种的吗？看样子秋后收成不会赖。"

严宏昌说："是的，单就花生这一项，只要不遭灾，一年的产量肯定抵过去五年的。"

严宏昌十分自信，他接着说道："要是凤阳都这样干，我保证只要干上三五年，吃陈粮，烧陈草，个人富，集体富，国家还要盖粮库！"

说得陈庭元忍不住笑起来。

"万一干不好，地能收回来吗？"陈庭元忽然问。

严宏昌回答得毫不迟疑："我能分，就能收回来。而且，也不存在干不好。"

陈庭元这时把张明楼叫到一边，说："就叫他们干一年试试看吧！"话是小声讲的，还是被严宏昌听到了，由不得心里一阵惊喜。

但是张明楼却把声音一下提高了说："陈书记，既然县里同意他们这样干，你要下个文给我。"

陈庭元说："这我怎么可能下文？"

为什么不能下文，他没说。这也是无须说的。在中国，有些事情是

陈庭元在凤阳田间地头。

★ 历史照片

能说又能做的，有些事却是既不能说也不能做的；有些事呢，又是可以做不可以说，而有些事则是可以说却绝对不可以做的。

张明楼盯着县委书记要下文，也是吃苦头吃怕了。社员怕饿，干部怕错。他解释道："我看到的文件都是不允许这样干的；你同意干，不给我个字据，你今后拍拍屁股走了，我们就要坐蜡。这么大的责任我哪担当得起？追查下来，不是支持他们搞资本主义吗？"

陈庭元笑着说道："他们已经穷得'灰'掉了，还能搞什么资本主义，最多也就是想多打点粮食，解决吃饭问题。"

他见张明楼嘴上不再说，却并不代表真正被说服，才透露说："省委正在肥西县山南公社搞'包产到户'的试点；既然小岗田已经分开了，春庄稼也都是各家各户种的，这时要求他们并起来，许多账也不好再算，就让他们干着看看。反正种的庄稼跑不到哪里去！"

县委书记透露肥西县有公社已在省委的支持下搞包产到户试点的消

息，让张明楼感到意外，不知上面在坚决反对的事，安徽省委却为什么敢搞这方面试点？既然有省委在支持，他终于松口了，说："那就叫他们干吧。"

陈庭元说出了自己的想法："现在全县所有的生产队都基本包产到组了。但据我所知，就一个小岗队包产到户了。凤阳毕竟有两千五百五十六个生产队，一个小岗生产队就是干错了，对全局也不会造成多大影响。"

严宏昌一直在认真听着二位书记的谈话，听到这儿，他激动得不行，马上冲着陈庭元，向县委保证："感谢陈书记对小岗队的支持，我们一定会把生产搞上去！"

不过，他解释说，小岗目前搞的是"包干到户"，和历史上搞的"包产到户"不完全一样。为此，他把小岗队分田前自己在"秘密会议"上说过的那番话，又说了一遍。

陈庭元听得很认真，若有所思地点着头，说："你这比'包产到户'更彻底，也更聪明！"

严宏昌趁这空儿不失时机地提到稻种，希望公社帮助解决一点。

陈庭元了解了事情的原委，就对张明楼说："稻种还是要给他们吧。"

张明楼只得应允。

严宏昌万分感激陈书记，第二天就带人找到公社去办手续，很快从板桥粮店弄到了稻种。虽说当时依然缺水，小岗人却硬是打旱秧把水稻栽了下去。

这边稻种刚下地，电线杆上的大喇叭就响起了张浩的来信。这信，被登在《人民日报》头版头条，题为：《三级所有、队为基础应当稳定》。信中说："轻易从队为基础退回去，搞分田到组，包产到组，是脱离群众，是不得人心的。"说这"会搞乱三级所有、队为基础的体制，搞乱干部、群众的思想，挫伤积极性，给生产造成危害，对搞农业机械化也是不利的。”

这封来信还被加了一个长篇编者按语，按语的口气很强硬，完全是命令式的：“已经出现分田到组、包产到组的地方，应当正确贯彻执行党的政策，坚决纠正错误做法。”

那时还看不到电视，国内国际上重大的新闻，大家全靠收听中央人民广播电台的新闻联播。那天，电台是在收听率最高的时段连续播放的，大喇叭哇哇直叫，不仅让人感到很有来头，而且大有要在全国搞一次运动的气势。

听到张浩的来信，严宏昌直发愣。他蹲在地上，连吸了两支烟。由不得心里一阵阵发紧，他想，连“包产到组”都批了个狗血喷头，小岗搞的是比“包产到户”还要彻底的“包干到户”，岂不大逆不道，问题更加严重？

他预感到一场风暴将要来临了！

第二章 突破禁区

凤阳县小岗生产队的包干到户，完全是农民群众冒着杀头坐牢的风险自发搞起来的，它不仅直接地表达了亿万中国农民最迫切的诉求，更体现出了今天中国最需要的敢于冲决长期以来极左路线的重重禁锢与束缚，杀出一条血路的大无畏的改革精神！

1．“削职为民”

这场风暴的中心在北京。严宏昌当然不可能知道，在高层，“包产到户”，甚至连“包产到组”，依然是一个非常敏感的话题，被认为是对人民公社“一大二公”集体化道路的背叛。中共中央主席、国务院总理华国锋，中共中央副主席、国务院副总理李先念以及国家农委主任王任重，都是态度鲜明地反对的；中共中央秘书长胡耀邦和严宏昌崇敬的邓小平，对此均没有明确表态，这就使得安徽省当时的农村改革险象环生，如履薄冰。

万里听到张浩来信的广播时，正在合肥。在后来的一次讲话中，他回忆道：“听到广播后我说糟糕了，这跟我们的‘六条’规定精神相反，是批安徽的。”

张浩来信及《人民日报》编辑按语对包产到组大加讨伐，那么，安徽省委支持的肥西县山南农民正在搞的包产到户，岂不更是大逆不道，问题更大了？现在安徽农村改革的发展势头很好，实行了生产责任制的地方都在热火朝天地忙着春耕春种，指望秋后有个好收成。由于在农村责任制的问题上，安徽就有过惨痛的历史教训，许多人依然心有余悸；现在突然冒出个张浩来信，还是由党中央的机关报以罕见的规格推出的，这一下就把干部群众的思想搞乱了，给春耕生产造成的危害将是灾难性的。

震惊之余，万里当机立断，要办公厅以省委的名义向全省发出八条“紧急代电”，要求各地不论实行了什么样的责任制，都要坚决稳下来，集中精力搞好当前的春耕生产。接着，就与生产责任制搞得一片红火的滁县地区通话。

在电话中，万里要滁县地委书记王郁昭“不受干扰”。他明确要求：“不要管报纸和广播的话怎么讲，我们不能听他们的，我们已经实行的政策不能变！”

他同王郁昭通了话，依然不大放心，第二天又亲自跑下去，一路之上，他反复对大家说：“责任制是省委同意的，有问题省委负责。”“我看既然搞了，就不要动摇，一动就乱。管它《人民日报》怎么说呢。”

他差不多是在大声疾呼，奋不顾身了。他问当地的县委领导：“生产上不去，农民饿肚子，是找你们县委，还是找《人民日报》？”他问社员群众：“《人民日报》能管你们吃饭吗？”

当万里了解到王光宇书记正在与凤阳县毗邻的定远县检查工作，就要他代表省委立即赶到凤阳去，迅速果断地排除干扰，让广大干部群众的情绪稳定下来。因此，张浩的来信，虽然声势浩大，可以说它当时对凤阳的影响并不大。然而，中共中央紧接着就下达了一个“三十一号”

文件，再次向全党发生最严肃的警告："不许包产到户，不许划小核算单位"，且明确指出其性质"是一种倒退"，这在凤阳引起了巨大的震动。

这时候，小岗生产队包干到户已成公开的秘密，凤阳县许多社队都跟着把田偷偷分到了户。此前，这些社队的干部知道"责任田"的好处，所以大多还是采取宽容的态度，睁一只眼闭一只眼，现在中央以最权威的"红头文件"形式，向全党发生了最严肃的警告，明白无误地强调"不许包产到户"，他们一下感到问题的严重。

不过，梨园公社党委书记张明楼的感受，会与众不同，他感到的或许只是侥幸，因为他当初对小岗的处理和对严宏昌的批评被证明是正确的，在这样一个大是大非的问题面前，他是清醒的。小岗不并起来，他扣除他们的牛草，化肥、种子、贷款一样不给解决，这些，都并没做错。虽然后来他为严宏昌解决了稻种，那也是县委书记陈庭元要他办的，上头追查下来，他对此是可以不承担任何责任的。

因此，张明楼觉得这时梨园公社党委需要说话了。

梨园公社党委要说话，并不等于一定要他张明楼出面，他让公社党委副书记马德全，派人把小岗队的三个队委一起喊到了公社来。

那天，严俊昌家的草屋因为老漏雨，就找了一个大晴天，准备把房顶上的茅草翻新一下，小岗历来就有一家有事众人相帮的习俗，严宏昌和严立学听说了，自然是会不请自到的。小岗人望着自己生产队的三位当家人，是那样情同手足，团结得像一个人，虽明知分田到户风险太大，但有这样亲密无间的三副肩膀为大伙担着责任，还是很踏实，甚至从中看到了小岗人可以期待的明天。

三人有说有笑地干着，他们从下午就开始忙活了，一直忙到天黑了还没收工，就是打算全部完成后再吃晚饭，因此公社来人时，虽然已到了晚上八点多钟，他们都还空着肚子，严宏昌当时正站在屋顶上。

“严队长，”来人冲着房上喊，“马书记叫到公社去一趟！”

严宏昌问：“就叫我去吗？”

来人说：“你们三个人正好都在，都要去，现在就去！”

严宏昌不清楚什么事这样紧急，却预感到凶多吉少。尽管，这时他并不知道中央又有新的文件下来，但张浩来信的广播他是听到了。于是简单洗了一下手，连脏衣服也没顾上换，就和严俊昌、严立学跟着来人上路了。

出了村，来人才小声向三人透露：“县委陈书记为你们包干到户的事已作了检查。”

三人听了，吓了一跳。

想不到事情来得这样快，而且，又是这样糟。

到了公社，才知道张明楼、马德全几位公社领导早等在那儿，一个个铁青着脸，像看异物似的看着他们进门。

马德全出面谈话，开口的第一句就直奔主题：“你们必须回到集体来！”接着，便是斥责。“昨天陈庭元书记已经在全县公社书记的会议上作了检查。他说，全县都在实行包产到组，你们小岗队的包干到户是他同意过的，他承认这是违背了中央文件精神的，他有责任叫小岗退回来；其他跟着小岗搞了包干到户的社队，都要退回来。你看，你们小岗这次不拢起来还行吗？”

接着就宣布了公社党委的决定：“你们必须在三天之内，把属于生产队的耕牛、农具、牛草以及还没播下地的种子，全都集中上来！”

当然，马德全也作了说明：“我们不要求你们回到原来的大集体，起码得回到作业小组。虽然中央这次转发的农村工作的《会议纪要》，有着不许划小核算单位的要求，《人民日报》发表张浩的来信也批评到了‘包产到组’，但是当初我们批准你们小岗成立作业组，是按照安徽省委‘六条’的规定，同时又有凤阳县委的正式决定，这不是我们的责任；可是你们别出心裁，搞什么包干到户，这是绝对不允许的！”

三个人木然地听着，谁也不说话。

马德全把这事的严重性又讲了一遍，要求三人：“你们现在必须明确表态！”

问题的严重后果，从张浩来信被反复广播就能看出来了，如今县委书记陈庭元都扛不住，也在大会上作了检讨，严俊昌和严立学感到了巨大的压力，觉得无路可走，同意回去做大家的工作并起来。

马德全显然很满意，转过脸又问严宏昌：“你的态度呢？”

“我想不通，”严宏昌直言相告，“要我说，包干到户哪一条都比拢在集体里要强得多。我相信，要是马克思、列宁还活着，看到了，也会说这样干得好。小岗人也都是这样认为的。你硬要我表态，我只有照实说。”

马德全很是惊讶地问：“这是政策性很强的东西啊！我们这是为你好，你就不知道？”

严宏昌说：“感谢你们对我的关心，但我既然这样做了，就不后悔。”

马德全严肃地指出：“你难道要和中央的政策对抗吗？”

严宏昌毫不示弱，他说：“我光知道，中央要我们解放思想，实事求是，告诉我们实践才是检验真理的唯一标准；既然包干到户比拢在一起‘大呼隆’好，为什么你们就一点看不到？”

坐在那一直没有说话的张明楼，这时，再也忍不住。他一下站起来，盯着严宏昌怒斥道：“你好像还很有理？县里陈书记、我这个公社书记都替你们作了检查了，你就这么牛啊？！”

张明楼说罢，摔门而去。

张明楼书记走了人，马德全也就失去耐心，他最后问严宏昌：“你说，你到底同意还是不同意并？”

严宏昌的回答很简单，他说：“这要问大家。”

从公社回到小岗后，三人再没心思上房苫草，饭也没吃，便各自回家了。

严宏昌这一夜没合眼。

他真的是想不通啊。一边是小岗人多年的热望，一边是中央的农村政策，他都不能违背啊！

在公社，他其实无意要和书记们过不去，他说那些话，更不是想顶撞公社领导，他知道领导们也确实是为他们好，但是邓小平要求大家实事求是，我这正是实事求是呀！分田到户就是好，它不仅已被历史所证明，今天摆在眼面前的事实也再一次证明，它是能够调动社员生产积极性，是能够让农民增产增收的好办法，可为什么就是不许干呢？

这一夜，严宏昌想得很多，他把公社领导今后可能会再提出的一些问题，全打好了腹稿。但是严宏昌唯独没有想到的是，从那天以后，无论是张明楼还是马德全，有事就只通知严俊昌和严立学去公社，公社党委已经对他采取了组织措施，不仅免掉了他小岗生产队队长的职务，连个队干也不是了。也就是说，在小岗生产队的领导班子中，再没他的事了。显然，他寻思了那一晚上的各种理由，再没有领导愿听他的申辩了。

刚开始，严宏昌很纳闷，也很恼火，但是他很快也就想通了，并且，颇有些自得其乐。不是么，在这之前，他躲还躲不赢呢，现在上边没人再找他，岂不更好，既然自己已经“削职为民”了，只要大家不愿并，他就可以不受任何约束地站在大家前面；形势如此严峻，他必须比过去的态度更鲜明，才能给大家以勇气与信心。

可是，祸不单行。严宏昌被“削职为民”不久，父亲严家太就去世了。严宏昌在家是长子，又只有他成了家，办丧事的担子自然落在他身上。他正为这发着愁，严俊昌挺身而出，以严家兄长的身份，更以生产队长的名义，领着全队所有的男人，都停下手里的事情，帮助严宏昌料理父亲的丧事。

严宏昌在外承包工程多年，积攒了三千多元，这在城里普通工人月工资只有三十多元的年代，他这些钱是可以盖出三间像样的大瓦房的。住上大瓦房，一直是严宏昌的一个梦想。但是现在，为办好丧事，他拿出了全部的积蓄。

由于有了严俊昌的鼎力相助，严宏昌把父亲的丧事办得相当隆重，轰动了四邻八乡。小岗村严俊昌和严宏昌堂兄弟二人亲如手足共献孝心这件事，一时传为佳话。

自然，丧礼隆重和热闹的代价是，严宏昌准备盖瓦房的3000多元花了个精光。我们问他为什么要这样做，严宏昌的解释是：这是下人对上人必须要做的。村民们却不这样看，他们认为这是严宏昌要面子。

这样过了不少日子，忽然有一天，天刚亮，严宏昌还没起床呢，他家的门就被人有力地敲响了。当时，严宏昌很奇怪，谁这么早就上门了呢？

他眯眯瞪瞪地打开门一看，不觉吃了一惊：站在面前的，居然是板桥区委书记林兴甫，区委副书记、革委会主任王从全！

严宏昌忙问："有什么事劳驾二位书记亲自跑来？"

林兴甫说："你倒是心安理得呀，我们为啥来你真的不明白？"

原来，公社撤了严宏昌的职，找了几次严立学和严俊昌，要他们俩负责把小岗生产队已经分到户的田立即拢起来，二人当面答应得好好的，可回去就是拢不起来。这才知道，当初小岗队包干到户是严宏昌牵的头，虽然公社不让他干队长了，大伙却还是听他的。严宏昌不松口，这事找谁也没用。再说大伙压根儿就不想再回到“集体化的道路”上去。

张明楼也没辙了，只有向板桥区委汇报。林兴甫和王从全当然知道小岗队的包干到户是曾经得到过县委书记陈庭元支持的，陈书记虽为这事作了检查，但到底事关重大，不能只靠强迫命令，更不能再搞“通不通三分钟，再不通‘龙卷风’”阶级斗争的那一套，于是二人跑了十多里的黑路，赶在严宏昌还没起床就上了门。

本来二人打算亲自登门，耐住性子说服严宏昌，好让他回心转意，却不料，二位区委领导的到来，正好给了严宏昌一个申诉的机会，他一夜没合眼想到的那些话，终于被派上了用场。

他说：“分田到户，不能因为它在安徽的历史上曾经有过，现在再搞，就认定是倒退。我们包干到户是进步，还是倒退，客观的标准只有一个，就是它是不是能把小岗人的生产积极性调动起来，你们也应该做个调查。”

他说：“虽然把田分到户了，这并不等于小岗人就只要小家不顾大家了，我们会首先保证国家的，留足集体的，再说小岗人这样干也不用再愁到处去讨饭了，这有什么不好呢？过去的二十年中间，你们能够想到的办法不是也都试过了：学习大寨，定额记工，死分活评，死分死记，社会主义路线教育，割资本主义尾巴，啥招数没使过？结果呢，社员一年忙到头，还是连穿衣吃饭都解决不了。为啥？就是全离开了农民切身的利益。历史上那一次分田到户，也只是让农民干了一年，中国就走出了三年困难时期。为啥？就因为包产到户把生产的好坏和农民的实际利益绑在了一起，它让农民重新找回了对土地的感情！”

他说：“党中央《关于加快农业发展若干问题的决定》中明确规定：公社所有基本核算单位都有权因时因地制宜地进行种植，有权决定增产措施，有权决定经营管理方法，有权分配自己的产品和现金，有权抵制任何领导机关和领导人的瞎指挥。实际上，这些自主权，我们一点没得到。现在仍然是‘有权的不搞生产，搞生产的没有权’，要解决这些问题，领导机关首先要进一步解放思想，放手让农民有权根据自己的实际情况，大胆实践。”

区委书记林兴甫一直都在认真地听严宏昌的倾诉，这时他打断了严宏昌的话，说道：“既然中央文件一再强调，明令不许，咱就要自觉自愿地把已经分到各家各户的田地收回来才是。”

严宏昌马上说：“那我问一个问题。邓小平说，‘不管白猫黑猫，逮住老鼠就是好猫’——明知这是个能让农民增产增收又增贡献的好办法，为什么不让搞？不是要搞‘拨乱反正’吗？农民不懂大道理，只认实理，就信服小平的话，是猫，就要能逮老鼠！”

作为区委书记的林兴甫和王从全，毕竟不同于公社书记张明楼，二人见说服不了严宏昌，就让严宏昌再多想一想，改天再谈。

其实，从板桥到小岗，一来一去便有二十多华里的路，为动员严宏昌把小岗生产队分掉的田重新并起来，林、王二人竟来来回回跑了多趟。

最后一次来找严宏昌时，林兴甫感情复杂地望着严宏昌，说：“你就不要再跟我们申辩了，‘要想富，包到户；不到户，稳不住。’这些道理我们都懂。但这事的问题不在梨园公社，不在板桥区，不在凤阳县，也不在安徽省。”

林兴甫这时充满感情，更充满信赖地说道：“我和从全同志支持你上北京直接向中央反映下情，让中央能知道中国的农民和绝大多数农村干部，都希望党中央能收回‘不许包产到户，不许分田单干’这‘两个不许’的成命。我们也想不通啊，现在全党全国都在批‘两个凡是’，而‘两个不许’维护的正是‘两个凡是’。农民穷怕了，干部整怕了，现在是谈‘包’谈‘户’色变，不解决这个问题，中国的农业就没有出路！”

听着区委书记这番话，严宏昌傻住了。

他几乎不敢相信，这些话竟是从林兴甫的嘴巴里说出来的。十多天里，林书记来回跑了这么多趟，来说服他，动员他，原来竟只是在例行公事。

严宏昌的心中顿时奔涌起感激与崇敬之情，一时不知该说些什么了。

此前，他对他们的一次次上门，是怀有敌意的，但是此刻，设身处地替对方想一想，能够这样坦然地说出真心话，确实不容易，这是需要无私无畏的呀！当然，也许正是自己这种“一条巷子走到黑”，“杀头也要支持小岗人包干到户”的决心感染了他们，因而消解了官民之间心理上的块垒，赢得了信任，才出现了眼前这戏剧性的一幕。

林兴甫这时把手伸向口袋，一边解释道：“我一个月的工资是一百零三块，从全同志一个月的工资还不到一百元，我们毕竟都还有一家老小要生活，但不管怎样讲，我和王书记决定拿出这一百块，算是帮你凑个路费。”

听林兴甫这么一说，严宏昌慌忙按住他拿钱包的手，激动地说：“钱，我不能要你的；有你们刚才那些话就行了！”

林兴甫临走时，有力地握着严宏昌的手，充满感情地望着严宏昌，没再说一句话。然后，就匆匆出门了。

送走区委书记林兴甫后，过了很久很久，严宏昌都难以平静下来。

打那以后，严宏昌就开始了上访。不过，他没有去北京，经费困难固然是一个方面，但他相信，小岗人是能凑齐这笔路费的，问题是这样做惊动太大，说不定会给暗中支持自己的县区领导惹来意外的麻烦。更主要的是，他最想去找的其实是邓小平，可邓小平是想见就能见到的吗？与其像个没头苍蝇似的在北京乱撞，不如写信，更让他感到踏实。

于是，他就把小岗人为什么不怕杀头坐牢也要包干到户，包干到户以来出现的喜人情景，小岗人为什么不愿再回到人民公社集体化的道路上去，以及小岗人今天强烈的吁求，全坦率直言，一一道来。

信写好之后，他一式两份，分别寄往了中共中央和国务院的办公厅。

他担心这种“人民来信”会被本县的邮局扣压，每次都跑到嘉山县甚至蚌埠市去寄。

就这样，隔几天他就寄出一次，前前后后寄出了几十封。他想，寄了这么多，总该有一封两封能转到中央领导的手上吧?

然而，他寄出去的那些信，有如泥牛入海，有去无回。

2. 我给你一个电话号码

万里后来在回顾中国农村改革是怎样搞起来的一次谈话中，说了这样一段话："党的决定说不要搞包产到户，我不能公开表示反对，但我对他们说，是我同意你们干的，就这么干算了，出了什么问题我来顶着。安徽那一段就是这种'违法乱纪'的情况，实质上反映了农民发展生产力的要求和已不适应的旧的上层建筑、旧的规章制度之间的矛盾。"所以，那段时间，万里一直在思索着、寻找着可以突破这种尴尬局面的办法。凤阳县本来就是万里最关心的地方，这时听说他们正在全县农村推行一种"大包干"，他对凤阳出现的这种新的承包责任制便十分关注，就决定到凤阳去做一次调查研究。

在听取凤阳县委书记陈庭元的汇报时，万里忍不住打断陈的话，首先询问：

“什么是‘大包干’？”

陈庭元于是解释说：“按照省委‘六条’规定的精神，我们把一个生产队划小成若干个作业组，将队里的土地、耕牛、农具和应向国家上缴以及向集体提留的各项任务，都分配到组；年终分配时，该给国家的给国家，该给集体的给集体，剩下的就归小组分配。因为这中间不需要生产队统一管理、统一记分、统一分配，一切自主权都给了作业组。农民就把它概括为‘大包干’。还编成了顺口溜：‘大包干，大包干，直来直去不拐弯，保证国家的，留足集体的，剩下都是自己的’”。

听到这里，万里的眼睛亮了。他十分赞许地说：“好啊，概括得好！这是把国家、集体、个人三方面的利益都考虑到了，而且，朗朗上口，一听就记住了，既形象又生动。”

其实，陈庭元这是受到了小岗村“包干到户”办法的启发。很显然，“包产到户”，甚至连“包产到组”，一直都遭到严令禁止，而小岗村搞的这个“包干到户”，不仅区别于大家十分敏感的“包产到户”的提法，还避免了历史上“包产到户”本身就存在着的缺陷，比如，“包产到户”虽是把田分到各家各户了，但在管理、经营、记工和分配等等许多重要的环节上，还得由生产队统一进行，这“四个统一”仍把社员捆在了一起，不利于更彻底地调动起广大农民的积极性。小岗村的“包干到户”却是一步到位，已不仅仅是“包产”，而是在“包干”，尽管看上去只是一字之差，却已经有了根本的区别。现在陈庭元把“包干”的办法借用过来，将省委‘六条’的精神发展成了“包干到组”，并又起了一个普遍可以接受的名字：“大包干”。

万里饶有兴趣地问：“实行的效果如何？”

陈庭元接下来的回答既简洁又形象，他借用了严宏昌的“农民语言”，说道：“老百姓对大包干的评价，也有个顺口溜，说，‘大包干，就是好，干部群众都想搞。只要搞上三五年，吃陈粮，烧陈草；个人富，集体富，国家还要盖粮库。’”

万里听到这些来自民间的乡谚俚语，笑得十分开心。他从“大包干”几句精辟的概括中，从农民们对“大包干”的喜爱中，看到了“凤阳经验”的可贵与高明之处。尤其是在当前这种形势并不明朗，甚而是错综复杂的情势之下，革故鼎新，就不光需要胆识，更需要政治智慧，凭匹夫之勇是不足以成就改革大业的！

万里高兴地对陈庭元说：“那好，干上三五年，个人和集体都变富，我就批准你们的‘大包干’干它三五年！”

陈庭元也汇报了自己的顾虑：“干部群众都热衷于‘大包干’，但就是心有余悸，干部怕错、群众怕变的思想很严重。”

“错不了，错了我负责！”万里鼓励道，“问题是看你们能不能把生产搞上去，社员能不能真正富起来。”

陈庭元说：“现在仍有人批我们搞‘三级半核算’……”

万里知道陈庭元指的是《人民日报》发表的张浩来信，就坚定地说：“只要能增产，什么也不怕，三级半核算也好，四级核算也好，多个半级一级的，照样是社会主义。家庭也是要搞经济核算的，那不是五级核算了吗？什么是核算？核算就是算账，搞生产，搞经营管理，都必须搞经济核算。俗话说，‘吃不穷，穿不穷，算计不到要受穷’。不搞经济核算怎么行呢？”

万里最后说：“我最关心的，就是你们凤阳县能不能在最短的时间内，把讨饭的花鼓扔掉，扔得远远的，扔到太平洋去。无论怎么说，讨饭不是社会主义的优越性！”

回到省城后，万里即派省委农村政策研究室主任周曰礼，会同滁县地委办公室主任陆子修等人去凤阳总结经验，写出了《农业经济管理的一项重大改革——凤阳农村‘大包干’办法值得提倡》的调查报告。肥西县山南区包产到户虽经省委认可，却一直是在秘而不宣地试验，可是，凤阳“大包干”的这份总结报告，由万里定稿后，于一九七九年八月八日，在中共安徽省委机关报《安徽日报》头版头条显著位置予以发表。

这是安徽省首次借用传媒公开地推出“大包干”的“凤阳经验”。

凤阳名声为之大振。

此前，安徽农村搞包产到组，甚至搞起了包产到户，这些虽已令人瞩目，都只是在静悄悄地搞，各地也只是跟着安徽偷偷地学。现在，安徽省委高调推出了“大包干”的联产承包责任制，并明确表示：“凤阳农村‘大包干’的办法值得提倡”。强调说：这是“一项重大改革”，

作者采访原安徽省委书记王光宇。 ★ 历史照片

可想而知，顿时引起全国各地广泛地注意。就是这“大包干”的提法，也让人耳目一新啊。再说，概括“大包干”的几句话，又是那样的经典，它把国家、集体和个人三者利益都作了具体而睿智的诠释。更何况“大包干”三个字里就含有一个“大”字，这对那些习惯并热衷于“一大二公”的人来说，也比“包产到户”、“包产到组”更易于接受。尤其是广大农民，甚至比搞“包产到户”还受欢迎，因为“大包干”“包干”后不再需要由生产队插手统一管理、统一经营、统一记工、统一分配，社队干部想多贪多占，想瞎指挥都没有了机会。因此，“大包干”的经验一公之于众，各地纷纷公开地效仿。

当然，这种还只是包干到组的大包干，周曰礼和陆子修在总结出它突出的优点时，也清楚地看到了，这时的“凤阳经验”，仍存在不少需要研究的矛盾。报告中指出：“在作业组内部不很好实行定额管理，劳动计酬不合理，不能体现按劳分配的原则，群众的积极性就不能持久”，“作业组的规模一般不宜过大；但有的作业组太小，搞得不好，容易滑到单干的路上去。”

两人凭着深厚的农村工作经验，他们已经从理论上清醒地看出了，作业组的规模不能过大，规模过大，定额管理和劳动计酬的难度就大，不能做到按劳分配，大家的积极性就不能持久；但规模太小，又势必“容易滑到单干的路上去”。

无论周曰礼还是陆子修，当时并不知道，他们从理论上揭示的，“包干到组”的“大包干”存在的问题，小岗人其实早在大半年之前，就已经深刻地体验过了，感受到了就发生在亲情之间的这些矛盾，并寻找到了彻底解决的办法，那就是：大包干必须“包干到户”，最后搞家庭经营责任制。

始于包干到组，终于包干到户，这就是“凤阳经验”的必由之路！

实行了“大包干”的凤阳县，一九七九年夏秋两季迎来了历史性的大丰收。全县粮食产量达到四亿四千多万斤，比一九七八年增长了百分之四十九；人均收入一百五十元，比一九七八年的八十一元增加了百分之八十五。

一年“大包干”，凤阳人民就结束了六百年来讨饭的历史！

小岗村一年的变化更大，更是惊人。

严宏昌给我们算了几笔账。

他说：“凭良心，过去那些年也亏着政府。”打从一九五六年高级社起，小岗队的生产和生活就主要靠救济；仅从一九六六年到一九七八年，十三年的一百五十六个月份中，小岗吃国家供应粮就多达八十七个月，吃了二十二万八千多斤，占到这十三年总产的百分之六十五，占到集体分配口粮总数的百分之七十九。此外，国家还无偿供应各类种子六万五千多斤。就是原先队里的那十条牛，没有一条不是国家花钱买的；社员过去使的犁耙锹锨，也没有一件不是国家掏的钱。但是一年“包干到户”，全队打下了十三万两千三百七十斤粮食，几乎相当于一九六六年到一九七〇年五年粮食产量的总和，小岗人不仅没吃国家的供应粮，而是破天荒向国家上缴了两万四千九百九十五斤“爱国粮”；收获油料三万五千二百多斤，在人民公社二十年也没收过这么多，油料的统购任务统计表上从来是空白的，这一年，一次就卖给国家花生、芝麻两万四千九百三十三斤，是公社下达统购任务的八十多倍！生产发展了，社员的收入也大大增加，最好的人家总收入可达五六千元，最差的农户平均每人收入也在二百五十元上下。

严宏昌说，他弟弟严付昌，因为家里人口多，分到了三十六亩田，又开了五六亩荒地，加上他勤快，能干，夏秋两季共收小麦三千六百斤、稻谷四千二百斤、玉米四百斤、黄豆三百斤、山芋两万斤、杂豆五千斤、花生和芝麻四千三百六十斤，又养了三头肥猪，母猪和小猪二十三头，成了小岗村一个冒尖户。这一年，他娶上了一个模样俊俏的四川妹子；因为日子过得红火了，还把老岳父接了过来，把妻弟也接了来，花钱帮妻弟成了家，成为“包干到户”后的小岗村一大新闻。

分田第一年的大丰收，使得小岗人对来年夺得更大丰收充满了信心，生产劲头更大了，更舍得往地里花钱，秋后的小麦都是三肥下地，有的是四肥，不少户不但施足了小麦的底肥，还留足了来年小麦的追肥和春种的用肥。严宏昌说，仅这一年秋种前后小岗人就买化肥、磷肥、饼肥和商品肥七万七千三百八十斤，没要国家分文。

农业丰收了，人的精神面貌也有了很大变化。过去，收割季节，为防偷盗，队里都会安排人，看场的看场，守田的守田，仍免不了丢黄豆，少山芋。现在那么多花生就放在田里，那么多的山芋就晒在荒坡上，却没发现有谁家说东西少了。大片的柿子树，红亮亮的柿子挂满了

“冒尖户”严付昌娶了个“四川妹子”。 ★历史照片

枝头，邻村社员问："不怕被摘吗？"小岗人说："不稀罕了。"如今外地讨饭的来了，他们也变得大方，大捧大捧的山芋干，大把大把的玉米、高粱拿给人家；要赶上吃饭，大米饭、白馍馍也毫不吝啬。他们说："往年我们不也这样，谁有的吃会出外要饭呢？"

到小岗参观的人，日渐多了起来。他们想瞒包干到户也瞒不住了，家家户户满满登登的粮囤子，房前屋后圆圆鼓鼓的草垛子，让前来打探、看稀罕的人，看得眼睛发直。这时，有的小岗人就会忍不住自豪地冒上一句："嗨！过去队里的仓库也别指望有社员家里今天的粮食多哇。"

由于"包干"比"包产"具有更加明显的优越性，因此，凤阳县"大包干"的做法迅速在全国许多省区产生了强烈反响、震荡。一时间，"凤阳经验"成为中国众多主流媒体竞相报道的重大新闻。由于它频繁地出现在从中央到地方的各种报刊上，并都以显赫的版面打破了"农业学大寨"一统天下的局面，崛起的凤阳使得辉煌一时的昔阳黯然失色，这激怒了那些忙着"普及大寨县"的领导们，他们认为安徽在搞"资本主义"，方向路线出了大问题；说"凤阳经验"是"好行小惠，言不及义"，调动的是资本主义的积极性，丢掉的是毛主席的革命路线。于是就指使一些人针对"凤阳经验"进行批判，将"大包干"看做是一股"祸水"，说成是可怕的"传染病"。

万里对这些突然冒出来的谬论，非常生气。他说："把'大包干'责任制说成是'传染病'，你好，你为什么不能'传染'别人，反而怕别人'传染'你？我们不是说'群众是真正的英雄'么，学什么，不学什么，广大农民心里有杆秤，强迫是强迫不了的。"

针对"反对学大寨"的帽子，万里表现得大义凛然，他说："你走你的阳关道，我走我的独木桥，让实践作结论。都照搬红头文件，还要省委干什么？”

这是一九七九年十月初，小岗村获得空前的大丰收，严宏昌甚至还没有细细品尝丰收后的喜悦，就陷入到了巨大的困惑与惊诧之中。他真的想不通，“大包干”给农民带来了这么大的好处，却依然被横加批判，难道这些人说的社会主义就只能是让小岗人到处去要饭？他们批的还只是大包干到组，小岗人搞的大包干到户，岂不更是“死有余辜”？

那些天广播喇叭里成天哇哇叫“建设大寨县”，叫得他心烦意乱。

这天晚上，他从田里刚回到家，就听说村里突然开来了一汽车人，挨家挨户地只是问，只是看，看样子很神秘，他顿时感到紧张起来，莫非大难真的临头了？他坐也不是，站也不是，正想出去探听一下虚实，就见八九个干部模样的人，走进了他家的院子。

走在前面的是一个四五十岁的大个子男人，他一进门就问：“你是严宏昌吗？”

严宏昌反正豁出去了，想当初在“生死契约”上领头签下自己的名字时，就有了承担这份风险的准备，现在当然不能装熊，他字正腔圆地答道：“我就是！”

这时，其中的一个干部向严宏昌介绍说：“这是地委王郁昭书记。”

严宏昌这才知道，领头进门的这个人，便是滁县地委书记。王郁昭这名字他倒是听说过，这对于他来讲，是一个远在天边的人物，他做梦都没想过这样的大人物会登上自己家的门。

王郁昭带领大家来小岗，其实，在这之前，是连他本人也没有想到的，他来小岗确实是一个临时的决定。

几天前，滁县地委在凤阳召开三级干部会，主要议题就是总结大包干的联产承包制，组织参观凤阳县城南公社岳北生产队和大庙公社后杨生产队，参观这些包干到组比较好的典型。参观时，王郁昭不作统一安排，让大家充分自由地到各家各户去看，看他们的粮食囤子、猪圈鸡舍，看他们院子里的果树和房前屋后的菜园子；让大家随便去访问生产队里的任何一个人，干部或者群众，男女老幼或是五保户，只是规定了一个集合回程的时间。王郁昭把这称作是“一次不讲话的现场会”。

但是，几个生产队看下来，有人还是讲了话。要求大会增加一个参观点：去看包干到户的小岗村。

一个人大胆的提议，马上得到了众人的响应。

这让地委书记王郁昭犯了难。小岗人不怕杀头坐牢搞起了包干到户，这消息，凤阳县委书记陈庭元就一直在瞒着他，他也是不久前才从“小道消息”中有所耳闻。中央三令五申禁止分田到户，如果大会安排大家去参观小岗村，势必会给大家造成错觉，把这次三干会看成是地委要推广小岗村包干到户的现场会。

尽管这样，会议结束前的头天晚上，王郁昭还是带着到会的地委常委、各县县委书记，以及地委和行署各部委办的主要领导，乘一辆大客车，去了小岗村。

王郁昭其实也想去小岗看个虚实、探个究竟啊！

在北京西郊万寿路一个中央机关的生活区，在已经从国务院发展研究中心副主任离休的王郁昭家里，我们听他饶有兴趣地谈到了他的那次小岗之行。

他说，他们是从村西头进村的，像参观岳北那些生产队一样，事先他没作统一安排，依然让大家自由地去各处参观。他是挨家挨户地看，看得很仔细。一个讨饭村，一年“包干到户”的变化居然这么大，使他非常震惊。最后，他让参加会议的地委常委们，在严宏昌家进行了座谈。

当时，严宏昌只听说来的是滁县地委的领导，他谁也不认识，王郁昭说要借他家开个会，他赶忙起身就朝门外走，被王郁昭喊住："你队长不能走，也坐下来听听。"

严宏昌这时早已不是小岗生产队的队长了，连队干的资格也被公社书记张明楼"撸"掉了。这情况，王郁昭并不清楚，他认为严宏昌是"大包干带头人"，这一点没有错。

王郁昭高兴地说道："昨天晚上我们开地委常委会时，六位还缺了一位，今天，都到齐了。刚才大家也挨门挨户看了看小岗，你们都谈一谈看法吧。"

严宏昌事先不知道会一下来这么多的"贵宾"，家里竟连个像样的板凳也没有，大家就只能凑合着，蹲在地上，开了一个可以说是安徽省建国以来从未见过的地委常委会。

作者采访原安徽省省长王郁昭。 ★晨凉 摄

第一个发言的，是地委副书记、革委会主任吴炎武。他说得很激动：“看了小岗，出乎我的意料和想象。我们地区搞的试点，花了那么大的人力和物力，各方面都给了那么大的支持，结果，还不如没向政府要一分钱的小岗队搞得好，粮食收的这么多！”

谈到小岗粮食的大丰收，吴炎武直言道：“解放前，我家是五河县的大地主，年年都会收个一百多担粮食，今天看看小岗，论收成，可以说，小岗家家都够得上‘地主’了。如果全国各地的农村都这么‘包干到户’，我敢说就不愁国家缺粮食，不愁老百姓饿肚子；如果允许这么干，也不要天天喊粮食产量‘过黄河’、‘过长江’，再说‘粮食不过纲，书记不好当’了。我看应该准许这样干。”

各位常委也都不无振奋地谈了亲临小岗村的感受。一致认为：大包干到户，比大包干到组，更能调动群众的积极性，是对农业生产力一次更大的解放，它显然比历史上的那种“包产到户”有着更多的优越性，会更容易让干部群众接受。

这时候，严宏昌也吐露，凤阳县委书记是支持他们的，曾答应他们干一年看看。王郁昭最后根据大家的意见，代表滁县地委宣布：“县委陈书记同意你们这样干一年，这是对的，我们地委批准你们干三年！继续进行试验，不断完善提高。”

严宏昌听了，当即激动地站起来，向王书记和各位常委保证：“就是有天大的困难，我们也一定要把包干到户坚持下去，让小岗一年一个样！”

王郁昭也高兴地站起来，拍着严宏昌的肩膀说：“宏昌，我对你说，谁再叫你并，叫你归拢到过去的那种集体里去，你就找我们。我们今天在座的七位常委，找到谁都作数！”

严宏昌不放心地问：“我到时怎么找得到你们呢？”

王郁昭说："你去人，打电话，都行。"

严宏昌说："我对哪儿打呢？"

王郁昭被严宏昌的认真劲儿逗笑了，大声道："我给你一个电话号码。"

严宏昌忙找出纸和笔，记下了地委书记给出的电话号码。

送走了地委的领导们，严宏昌激动得不行，只感到，憋闷了很久的一口气，舒心地吐了出来；压在胸口上的一块石头，终于落了地。在随后召开的群众大会上，他传达了地委王书记和常委们会上讲话的精神。

群情沸腾!

尽管，王郁昭代表滁县地委在严宏昌家里说的那一番话，凤阳县委和梨园公社党委并不知情；事后，地委也未向凤阳有关方面打招呼，但是，这消息还是在农民们中间口耳相传，不胫而走。本来，就已经大包干到组的生产队，很快也学起小岗村，一夜之间就把田划开了，将耕牛、农具也分到户，鸡一叫各家各户就忙着下地去自己的"承包田"里抢种冬小麦了。

3. 把天戳了一个窟窿

然而，王郁昭在代表地委承诺小岗包干到户可以干三年的时候，他并不知道，在京召开的中共中央十一届四中全会刚刚闭幕。这次全会通过的决定，使滁县地委的承诺顿时陷入狼狈的境地。

在头年年底召开的十一届三中全会上，通过的《中共中央关于加快农业发展若干问题的决定》，还只是个草案，并且也只是“原则通过”；这次提交四中全会讨论的不仅不再是草案，而且是经全会正式通过了。虽然，正式的《决定》已根据这段时间的实际情况，对原先草案作了一定的修改与调整，但坚持人民公社“三级所有，队为基础”的管理体制，却没有丝毫的动摇，依然对“包产到户”和“分田单干”做出了明确的规定。

中共中央文件所以一而再、再而三地反复强调不许“包产到户”、“分田单干”，其实坚持的不仅仅是毛泽东一直坚持过的农村政策，事情的根源还得从马克思说起。马克思主义认为，资本主义最根本的问题是生产的社会化和生产资料私人占有之间的矛盾。要解决这个矛盾，就得彻底消灭私有制。马克思曾十分明确地指出：“共产党人可以用一句话把自己的理论概括起来：消灭私有制。”马克思和恩格斯早在《共产党宣言》中就这样表明：所有制问题是社会主义基本问题。《共产党宣言》所宣示的，其实，就是两个字：共产！由此可见，分田到户，这就不仅是简单的经济问题，更重要的是政治问题，是共产党人坚持不坚持公有制、走不走集体化道路的一场严肃的斗争。

是教条主义地对待马克思的经典著作，还是实事求是地探寻解决中国农村中的实际问题？万里在会上看到正式《决定》的文本时，就像严宏昌后来听到正式传达时一样，十分沮丧。

多年后万里在回忆这件事时，他的态度依然是那样鲜明。他说，一九七八年讨论文件草稿时，他就提出不同意见，指出“两个不许”不符合当时“解放思想，实事求是，团结起来向前看”的三中全会精神，应当不要。但负责起草的领导人没有接受他的意见。在这次全会讨论正式通过这一文件之前，他又提出“两个不许”是不是可以不要了，他们还是不肯听。为此，他找过中共中央秘书长胡耀邦，郑重其事提出：“文件中不要‘不许包产到户’了吧！”胡耀邦说：“他们起草人都不同意，我再去做做工作。”后来文件正式公布时，就把“两个不许”改成了一个“不许”一个“不要”，即“不许分田单干，除某些副业生产的特殊需要和边远山区交通不便的单家独户外，也不要包产到户。”但是万里说，这一修改使两者有所区别，比原来发的‘草案’当然是个进步，但本质并没有完全解决。“‘不许’也罢，‘不要’也罢，还都是不让搞，可是安徽已经搞起来了。”

形势的严峻，显然出乎王郁昭的想象。他所在的安徽滁县地区，与江苏省交界，由于这边农村中“大包干”搞得热火朝天，这就引起江苏省委第一书记许家屯的警惕与惊惧，在江苏的省委常委会上，他严肃地指出：“万里在安徽搞资本主义，我们江苏不搞。我要保持晚节。”会后，他竟专门派出一位常委，亲临第一线坐阵指挥，在两省边界江苏一侧的社队，进驻工作组，严把死守，筑起了一道“封锁线”；还在两省接壤处的村口、路口、田头，竖起巨大的标语牌，上书：“坚决抵制安徽单干风！”并装上高音喇叭，成天叫喊：“反对倒退！反对复辟！”

当时，湖南省委也曾认为：包产到户是新时期阶级斗争的新动向。

湖北省委则强调：要扎起社会主义篱笆，防止“大包干”的资本主义流毒蔓延。

江西省委为防止包产到户和包干到户在“红土地”上的出现，普遍开展了一次集体经济优越性的再教育。

更多的省、市、自治区，这时专门把已经成为“大寨县”的县委书记，调到有分田到户动向的县委去当第一书记，以此“以正压邪”……

可以想象，这时已经到处在搞大包干到户的凤阳县，县委书记陈庭元就等于坐在了火山口上。县里几大班子中的一些人，本来就对“一把手”暗中支持小岗村存有异见，随着中央四中全会通过的正式《决定》的传达，矛盾很快激化，这时有人挺身而出，为维护中央决定的严肃性，要和陈庭元书记的“资产阶级倾向”作坚决的斗争了。

迫于这种形势，陈庭元不得不以凤阳县委的名义，于一九七九年十一月二十七日，向全县各区社党委下达电话通知。要求区社党委带领大家认真学习十一届四中全会通过的《决定》，并违心地宣布：“在我县不准包产到户”。

严宏昌 ★康诗纬 摄于1998年

一九七九年十二月二十七日，这天严宏昌正要出门，和来找他的陈庭元迎面碰上。严宏昌发现，突然找上门来的县委书记面色凝重，脸上没有一丝笑容，他心中一紧，预感到出了什么事。

还没等严宏昌开口，陈庭元便说道："到田里走走去。"说罢，兀自转过身，就向门外走。

严宏昌紧张地跟在后面。

走出村庄后，陈庭元终于在一个田埂上停了下来。他忧心忡忡地望着严宏昌，半晌不说话。

严宏昌愧疚地说："陈书记，我对不起你，小岗队搞包干到户，给你和县委……"

陈庭元没等严宏昌说完，就反问道：“宏昌，我听说到今天你也一直不同意并组？”

严宏昌点头承认，说：“是。”

“不并可管呢？”陈庭元突然问。

陈庭元是苏北人，解放战争时期参加的工作，后来就长期留在安徽滁县地区任职，早已习惯了皖东一带的方言。他是在问严宏昌坚持不并是否顶得住。

严宏昌说：“并到一起，明年小岗就会有人去要饭！”

“你还真的就是‘王小二盖猪圈——一定面朝南’了？”

严宏昌一点不含糊，老实说：“是的！”

“你一点不害怕？”陈庭元表情严肃地问。

“怕，就不带这个头了。”严宏昌说得很坦然。“这是我拿的主张，我不希望这事连累任何人，更不能连累你陈书记。”

陈庭元马上说：“今天我来看你，不是这个意思。”

严宏昌仍然在说：“你为了让小岗有饭吃，还在县里的会上作了检查……听说这事，我一夜没睡，心里很难受。”

陈庭元苦笑着摇摇头，依然又问：“你真的不怕？”

严宏昌一下傻了。他怔怔地看着面前的县委书记，不知道为什么今天要这样盯着问他。

他斩钉截铁地答道：“陈书记，我这样说吧——包干到户，就是把天戳一个窟窿了，当杀当剐，我全认了！但我不服！我不懂，包干到户给小岗村带来这么大变化，就一点看不到？还有没有讲理的地方？”

严宏昌恨不得把憋在肚子里的那些话，一股脑儿全吐出来。这时，严宏昌却发现，对方一直紧绷着的脸，居然出现了如释重负般的笑容。

直到这时候，陈庭元才同样斩钉截铁地说道：“你真的当杀当剐也不怕，我怕个什么啊！参加革命前，我不也是一个农民；现在只是比你头上多了一顶乌纱。为吃上饱饭，你们连命都不要了，我要这乌纱又有什么意义？”

县委书记此番慷慨陈词，竟一下把严宏昌的眼泪说了出来。

陈庭元说：“宏昌，你不要考虑太多。有你刚才那些话，我心里就有底了。”说到这，他叹了口气，告诉严宏昌一件事：

“后天你去一趟县里。这事本来应该别人通知你，既然这样，我就提前告诉你。”

“我一人去吗？”严宏昌问。“我已经不是小岗队队长。”

“找的不是生产队长，就是你！”陈庭元说。“我知道你早不是队长，但这并不重要。”

严宏昌从田间小道回到家，寻思着县委书记陈庭元沉重的表情和他的话，知道形势十分严峻了。十一届四中全会的《决定》，他也看过，他已经明白，陈书记专程来小岗看他，是看他有没有足够的思想准备。

各种最坏的可能，他都想到了，只是难咽这口气啊！

这一夜，他又失眠了。

第二天，一整天，再没心思下田干活，脑袋里老是转悠京剧革命样板戏《杜鹃山》中雷刚说的一句台词：“干革命为啥就这样难呢？”

第三天天没亮，他就翻身下床。望着四个睡得正香的孩子，心里边一阵阵发酸。妻子段永霞这时已被惊醒了，懵懵懂懂地瞅着他，问：“你今儿怎么啦？”

严宏昌平静地说：“县里要我今天去凤阳。”

一听说严宏昌要去县里，段永霞惊得一点睡意也没有了。忙问：“真要抓你了？”这种风声，在传达县委电话通知时，就传得满道都是了。

严宏昌说：“我不知道。如果是，我只有拜托你，将四个孩子分别送给你的四姐妹，一人一个，哪怕讨饭也要把他们带大。我欠你的，来世报答！”

严宏昌说得很冷静，段永霞已是泪如泉涌。

他不忍去看，说完，一扭脖子，就出门了。走了很远，已经到村头了，这才忍不住转回头，发现全村都还笼罩在无边的夜色里，段永霞仍站在门洞昏黄的灯光中，一动不动。

他虽然看不清段永霞的表情，但他知道，写在她脸上的，一定是极度的悲恸和无助。

严宏昌猛地站住了。

他感到了一阵撕心裂肺般的疼痛。

自从离开城里的建筑工地，回到小岗，虽说天天和孩子一个锅里吃饭，和媳妇一个被筒睡觉，但只有此时，他才感觉到，这么多的日子，他心里其实只装着小岗村。此刻，除去巨大的歉疚，确实也没有别的办法再弥补。

他最后又望了一眼依然站在门口的段永霞，便毅然转回头，决定什么也不去想了，匆匆赶路。

一直走到梨园，天才透亮。鬼使神差般地，严宏昌在一个岔路口，正好碰到了早起的公社书记张明楼。张明楼老远就大声喊：“是宏昌吗？”

严宏昌应了一声，张明楼走过来，问：“你这是县里通知去凤阳吗？”

“是。”

张明楼恨铁不成钢似的说道：“我的话，你从来只当耳旁风，就是不听，现在谁也救不了你了！这次去县，你别指望再回来，能回来，我就在梨园倒爬三圈。”

严宏昌没再说话，黯然上路。

赶到凤阳县城时，早已到了上班的时间。在县委办公室，他遇到了李淮治、陈怀仁和吴庭美几位秘书。李淮治告诉他："陈书记刚走，去党校开会了。"

严宏昌不知道党校在哪儿，吴庭美告诉他，就是过去的第四监狱。但"过去的第四监狱"又在哪儿呢？严宏昌不仅不知道，听了心里还咯噔一跳：干吗要跑到这样一个地方去开会？

吴庭美说："我骑自行车带你去吧。"吴庭美是大严村人，大严村和小岗村，两村就挨在一起，吴庭美同严宏昌早就熟悉。

吴庭美带着严宏昌，把他带到了县委党校。

党校的设施很简陋，三间朝南的小瓦房，作为会议室的屋子里，摆了一张乒乓球桌，桌子正中放了一部电话机，四周坐满了人。在座的全是县里的头头脑脑。

严宏昌进去时，陈庭元指着他介绍给大家说："这就是小岗的严宏昌。"

还没等严宏昌闹清这是个什么会，一个与会者就站了起来，手指着他，怒斥道："我看你年纪不大呀，什么路不好走，干吗偏走这条绝路呢？"

严宏昌禁不住一愣。对方的这种指责，他接受不了，申辩道："小岗走的怎么是绝路呢？一年过来了，我觉得还是有奔头的。"

谁知，他的申辩，激怒了对方，对方的责问变得更加严厉："你这不是绝路，是什么？我们共产党革命了几十年，一下被你拉到了解放前。你可知道，你这是在开社会主义倒车，挖的是社会主义墙角。你今天已经是一个标准的走资本主义道路的反革命！"

严宏昌想不到，"文化大革命"已经结束三年多了，一个县级干部，张口闭口还是"文革"那一套；更没想到，紧接着，一个接着一个县领导，大帽子乱扣，棍子乱舞，讨伐之声此起彼伏，冲他而来：

“你胆子太大，无法无天！”

“你明目张胆对抗中央决定，死不悔改！”

“你这是典型的反党反社会主义！”

“你到底想干什么？想翻天吗？”

在一片愤怒声中，有的还响亮地拍起了桌子。严宏昌哪见过这种场面。一开始，他被震住了，有点儿发懵。但随着许多与会领导情绪的激愤，把那么多吓人的罪名栽在自己身上，他反倒沉静下来，反倒横下一条心，觉得自己并没做错，天塌下来也不能孬！

心态平和下来后，他开始认真地听大家的批判，甚至认为有的批评也不是全无道理的。比如，举出《中华人民共和国宪法》上的规定：“人民公社三级所有队为基础”，他才意识到，小岗村搞的“包干到户”，否定的是立国根本大法上的规定。比如，列举出党的十一届三中、四中全会上《决定》的具体规定，“包干到户”显然是背道而驰的，说你是“反党反社会主义”，也不能说是无凭无据。

可是，他想不通的是，现在不是说“实践是检验真理的唯一标准”吗？既然是“唯一标准”，《宪法》上的规定，和中央会议的决定，经过实践的检验发现不对头，那就得改，就得变。

严宏昌正准备理直气壮地把小岗村一年“包干到户”大翻身的真情实况，作个介绍。但有人再次拍了桌子，不许他说。

他奇怪地问：“我为什么不能说说包干到户的好处？”这一下，他忍无可忍了：“小岗村过去二十多年，吃的全是国家的供应粮；这一年没要国家一文钱，还向国家交售了两万四千九百斤‘爱国粮’；社员的生活也有了很大改善——为什么会这样？就因为搞了大包干到户！难道农民想吃饱饭，想过好日子，就叫走资本主义道路？小岗人到处去要饭，才是社会主义优越性？”

本来，严宏昌以为，他这一问，准把向他拍桌子的领导给问哑巴了。却不料，那位领导脸红脖子粗地怒吼道：

“你小岗队家家能从地里拣到金滚子，也不遮眼黑。我们宁愿一年三百六十五天供你们吃皇粮，也决不允许这样胡来！”

严宏昌吃惊地望着围坐在乒乓球桌子四周的领导们，因为震惊，他的身子突然抖了起来，只感觉一股热血涌上了脑门，他气愤地问：“你们在座的，都是共产党员吗？共产党允许讲这种伤天害理的话吗？”

一声喝问，问得大家一个愣怔。

这时，不知是谁，在后面轻轻扯了一下他的衣服。他心里清楚，这是暗下提示他，不要再说。

然而，此时的严宏昌，已骑在老虎背上，由不得他作别的选择了。其实，他想的，也很简单：死都不怕了，还怕什么呢？

他确实被刚才那位怒吼的领导气疯了。这样的话，他在梨园公社党委书记张明楼那儿就听到过，但张明楼只是个公社书记，是个“大老粗”，有文化的县领导也说出这种话，他不仅感到可悲，反觉得可以鄙视这些平日十分敬畏的“父母官”。

他咳了一声，正准备向在座的各位谈谈小岗村为什么要“包干到户”时，一声“牛粪腿子！”把他的话再次打断，就听一个更加粗暴的声音喝道，“别再跟他啰嗦，抓起来！”

应着话声，几个警察迅速冲进来。显然，这事早就有安排的。

到这时，严宏昌才悟出，陈庭元为什么事先要去小岗村看他，而且心情那样沉重，他是知道事情结果的，却也只能无可奈何。想到这些，他忽然下意识地寻找起陈书记。这才发现主持会议的陈庭元，不知什么时候已经离开了座位，正独自一人闷声不响地蹲在会议室门口的地上！

严宏昌心中一惊。

这哪还是一个县委书记的形象呢？

这时警察已经控制了严宏昌，就要朝门口拽，严宏昌奋力挣脱，并大声喊道："我今天既然来了，就没打算回去，但这样抓我，我不服，我还有话要说！"

"还有什么绝命话，"一个领导讥笑道，"那就让你讲完。"

严宏昌气愤地说："十月初，地委书记王郁昭到过我家，当时七位常委也都在，王书记跟我丢了话！"他把地委支持小岗人"包干到户"干三年的话，说了一遍。

说得大家面面相觑。很快，有人便哈哈大笑起来。地委书记带了那么多常委，有可能跑到小岗村一个农民家去开一个这么重要的会？凤阳县委、县革委会的班子里至今没人知道，板桥区、梨园公社也没谁汇报过，这不是大白天说梦话，也是他严宏昌有病了！

一个领导不屑地问："你说的这些，有文字根据吗？"

严宏昌摇摇头，说："地委就是有这样的文字根据，也不会发给我。"

那领导勃然大怒："你没有根据，我们能相信你这个牛粪腿子吗？把他带走！"

严宏昌说："慢！"他伸手就去抓桌上的话机，"我给王书记打个电话。"王郁昭那天交给他的电话号码，他早已熟记在心了，只是从来没有使用过。

但是，桌上的电话机被对面一个领导抢了过去，并厉声训斥："你还敢这样胡闹！"

严宏昌无心与对方争辩，他说："你们不让在这打，我到邮局去打，叫王书记把电话打过来总可以吧？"

拿着话机的领导冷笑道："你以为你是谁？还有这个机会吗？"

严宏昌见警察又动手了，便不顾一切地向乒乓球桌上扑过去，要把话机抢过来。但比他动作更快的警察，已把他按在桌子上，动弹不得。

就在这时，一直埋着脑袋蹲在门口的陈庭元站了起来。显然是严宏昌的话，提醒了他，他想起了那次参加地委召开的三干会，最后一天晚上，他确实随会上开出的一辆大客车，去了小岗村。王郁昭和地委常委们也都去了，可他们是否去了严宏昌家，说没说过那些话，他并不清楚，因为大家都是分头自由活动的，不过，他不太相信严宏昌会这样无中生有，撒出个弥天大谎来。

陈庭元冲着守着话机的与会者说道："他要打这个电话，就让他打打试试！"

严宏昌终于拿到了话筒，却又一下紧张起来：如果对方不接怎么办？如果王书记不在又怎么办？甚或，电话打过去，那边压根就没人接——这些情况都是可能碰到的呀。只要碰到其中的一种情况，他也就只能认命了。虽然王书记也交代过，找到当时在场的任何一位地委常委"都作数"，可他此时此刻又到哪里去找那些个常委呢？

电话拨通了，他的声音有些颤抖，小心地问："你这是地委办公室吗？请找一下王郁昭书记。"

谁知，这就是王郁昭办公室的电话，接电话的人正是王郁昭。王郁昭说："我就是。"

严宏昌的心跳顿时加速了，他几乎不敢相信这么容易就找到了王书记，忙又问："你就是王郁昭书记吗？"

王郁昭说："我是，你是谁？"

严宏昌激动地说："我是小岗生产队的严宏昌呀！"

"啊，宏昌，你找我有事吗？"话筒里传来了王郁昭和蔼的声音。

严宏昌听着王书记的问候，竟一时语塞，不知不觉，两行热泪滚落了下来。

陈庭元见状，忙接过话筒，汇报说："王书记，小岗队的严宏昌在我们这里，我们叫他帮助把小岗队拢起来，他执意不从，我们决定对他采取强制措施。但他说，你曾经宣布过小岗村……"

严俊昌
★康诗纬 摄于1998年

陈庭元大声地解释着，与其说他是在向地委书记王郁昭汇报，不如说他这是讲给在座的领导班子成员们听，因为要对严宏昌“采取强制措施”，压根儿就不是他的意思。

王郁昭没容陈庭元把话说完，就证实了他确曾在严宏昌家代表地委批准小岗村大包干到户干三年，接着，劝说道：“小岗村的改革，你也是支持的嘛。现在压力再大也不能动摇，不能再走回头路了。省委马上要召开农村工作会，有些话到时再面谈吧。”

陈庭元放下电话后，他把地委书记明确的态度作了传达。接着，他百感交集地望着领导班子的成员们，苦涩地说：“你们这个叫我这样办，那个叫我那样办，现在，情况就是这样，小岗村包干到户的问题，我们是听地委的，还是怎么办？你们都说说。”

没人再说话。似乎大家都感到意外。更感到意外的，是准备对严宏昌动粗的警察，他们很知趣地退出了会议室。

陈庭元对严宏昌说：“你先回去，地委的决定我马上会电话通知板桥区委和梨园公社党委。”

严宏昌也没想到会是这样的结局。他已经走到门口，又被陈庭元叫住，特地交代说：“今后你们不要再说是‘包干到户’。凤阳的‘大包干’是万里同志和省委都肯定了的，省内外也都知道，就叫‘大包干’。”

离开凤阳县城，严宏昌按原路走了十八里，想从临淮关坐一段火车到梨园然后再奔，可一摸口袋，钱不知啥时丢了，没办法，又跑了四十五里路，跑到晚上九点多钟，才摸黑到了梨园。在梨园村头，碰上叔伯哥哥严文昌和表兄张学良，两人都是生产队长，聚在一起正议论着他被县公安局逮捕的事，替他愁着“一家老小怎么办”呢。他的出现，让他们吃了一惊。正在村里开会的公社书记张明楼，听了，更是惊诧不已，不敢相信地问：“他怎么回来了？”慌忙赶过来。严宏昌把会上的情况简单说了一下，听得张明楼连声说：“这就好，这就好；你快回去休息，家里人肯定急坏了，我送你！”严宏昌忍不住望着张明楼笑，因为张明楼矢口不再提他打算“就在梨园倒爬三圈”的话。

在回小岗的路上，张明楼内疚地说：“宏昌，我也知道不该强迫你们拢回到队里去，可你带头在小岗闹起包干到户，影响太大，许多地方也跟着这样干，其他公社都向我们梨园公社党委施加压力，说‘小岗不并，我们不好办’，你说我怎么做人？我是说过，要斗你九十六场，可我不是没斗过你嘛！”

严宏昌理解地说道：“张书记，我没有怪怨你，清楚你的心情，我知道给你添了很大麻烦，其实你也暗地里帮了我们不少忙。”

这话说得张明楼羞愧难当，自嘲道：“县长才七品，你说我这公社书记算几品，算个啥官？可我没办法，为官一天，就要执行党的政策不是？”

那一晚张明楼把严宏昌送了很长一段夜路。

严宏昌回到家时，已将近午夜时分。敲开门，他傻住了：家里坐了一屋子人，村子里的乡亲差不多都聚在这里。大家见站在门外的是严宏昌，一个个也都惊得目瞪口呆。

原来，大家以为他是有去无回了，严俊昌就带着全队的劳力帮助他家连夜抢种麦子，这才刚从地里回来。看到严俊昌因为领着大伙帮自己家干活，忙得浑身上下已被汗水湿透，顾不上回去换洗一下，又和大伙一道赶过来，安慰着他的妻子段永霞，严宏昌忍不住鼻子一酸，唤了声：“我小哥……”

他真的是感动极了，一时竟不知该说句什么感激的话为好。最后，他动情地说道：“再不要担心了。我们赢得了地委和县委领导的支持，今后尽管放心大胆地干吧！”

接着他向严俊昌，也向大家介绍了自己在县里的经过，但是会上被批斗险些被抓的事，他却只字未提。

4. 中国农村改革宣言书

一九八〇年春节前，万里来到了小岗村。

尽管已经事隔三十年，可回忆这个特殊的日子，严宏昌仍然显得很激动。他回忆说，那天正是农历腊月二十六，江淮大地依然干冷干冷，凛冽的西北风呼啸着，掠过村头光秃秃的柿子树，像弹拨着激越的琴声。

因为还有三天就是一年一度的新春佳节了，于天寒地冻之中，小岗村还是透出浓浓的喜气。头天上午公社就来人通知严宏昌，说万里要来看小岗人，他听了，又是高兴，又是紧张。高兴的是，省委第一书记，用过去老话说，那是封疆大吏一级的大人物，亲自到这穷乡僻壤，可谓开天辟地；紧张的是，万书记对小岗搞的这种“包干到户”，会是个啥说法，他一点没有数，心里像挂了十五只水桶，七上八下的。尤其是，他已不是小岗生产队的负责人了，公社为啥还要通知他，自然是凶吉难料。

于是他去找严俊昌和严立学，三人商议的结果是，挨家挨户打招呼，要大家多炒点自己种的花生，备点年货，把房前屋后整理整理，让万里有吃有看的，瞅瞅小岗人扔掉了讨饭棍，“包干到户”之后获得大丰收的喜庆情景。

晚上，严宏昌躺在床上仍心事重重。他对段永霞说：“万一万里也要我们拢回去，怎么办？”

说得段永霞也睡不着了。

其实，不久前，在安徽省委召开的农业工作会议上，不少参会的地市领导心中也都变得没有了底，不知如何是好。因为发生在肥西县的“张文题事件”，大家通过各种渠道都已经知道。肥西山南区实行包产到户原是省委批准的试验点，但中央一个文件接着一个文件严禁包产到户，省军区一位首长便认为山南区的这种做法，是公开对抗中央的决定，由于部队官兵的家不少是在农村，就担心分田到户了，让土地拴住了心，谁还愿意当兵，还不都跑回去种地？就认为这是扰乱民心，动摇军心，是在“毁我长城”，亲自跑到肥西，责令他们立即纠正。肥西县委书记见这事棘手，就躲进了党校学习，临时主持工作的县委副书记、县革委会主任张文题，也认为“包产到户是走资本主义道路，必须无条件地服从中央的决定”，遂以县委的名义下达了一个“四十六号”文件，明确指出：“山南区委一定要贯彻执行县委决定，把包产到户的重新组织起来，走社会主义道路。”不仅正式下达了文件，张文题还召开了县、区、社三级干部会，要求各级领导必须以党籍作保证，立即纠正包产到户。在省委常委会上，当万里了解了肥西县出现的这种情况，忍不住拍了桌子："还有这样的县长？管到省委的头上了？"他严肃指出："山南搞包产到户试验是省委决定的，如果有什么错误，应由省委首先是我来承担；肥西县委这样反对、干扰省委的决定，强制收回包产到户的做法是错误的，这是组织原则问题。要告诉他们，已经包产到户的地方，不要强行硬扭，不要跟群众闹对立，不要挫伤群众生产积极性。至少要让群众干到秋收后吧，要让实践来检验吧！"这事，虽然很快又被纠正过来，可是万里大力推行的农村承包责任制的改革毕竟是与中共中央的文件精神相悖的。所以，在省委召开的这次农业工作会议上，大多数与会者，口袋里都装有两份材料：一份是继续支持"包产到户"的，一份则是遵照省委'六条'规定总结"包产到组"经验的，看省委是什么样态度，就拿出什么样材料。

这样的怪事，在地市领导们之间是心照不宣的。

不过，万里在会议开始前的简短的讲话，又是出乎大家意料的。他既不划框框，也不定调子。他说："现在安徽出现了各种形式的责任制，反对、拥护都可以。讨论问题可以畅所欲言，反正大家都有自己的实践，希望敞开思想，共同认真研究一下农村政策问题。现在看来，从思想上、政策上拨乱反正还是不够的，政策的潜力还没有充分发挥出来。"

滁县地委书记王郁昭带来的发言稿，旗帜鲜明地为大包干到户唱赞歌，题目便一目了然：《顺应民心，积极引导》。他曾是合肥师范学院的副院长，先后教授过马列主义基础和哲学等理论课，因此，他对大包干到户的经验总结，就富有浓厚的理性色彩。

他向省委郑重提出："要求给大包干到户报个户口，承认它也是社会主义生产责任制的一种形式。"他认为，"劳动者积极性的高低，是检验生产关系是否适应生产力发展的根本标志，实践证明，大包干到户的家庭承包责任制就是让今天的农民穿上了'合脚鞋'，可以说是顺应了当前农村改革潮流的。”

王郁昭的发言，在会上激起了强烈反响。特别是当一些人弄懂了“包干到户”原来是比单纯的“包产到户”会让农民对土地使用权“包”得更加彻底，就认为“太过分”；反对者甚至严厉责问：“你这顺应了什么潮流？这是在顺应资本主义潮流！是‘风派’！”说是“风派”，这在当时，已是一句近似骂人的话。

会上的争论异常激烈，常常争辩得面红耳赤。

凤阳县委书记陈庭元也参加了这次会议。他虽然没被安排在大会发言，却带来了一份调查报告。他做梦也想不到，他组织的这份调查报告，最后比大会上所有代表的发言更引起了万里的关注。这是陈庭元委派县委秘书吴庭美，深入到小岗村，作了一周时间的详细调查，经过反复研究和核实后，花了近一个月的时间写出来的一份七千多字的调查报告：《一剂必不可少的补药——凤阳县梨园公社小岗生产队包干到户的调查》。吴庭美是六十年代毕业的大学生，他出身农村，家就在小岗的隔壁，对小岗、对农村的情况非常熟悉，对农民更有着与生俱来的深厚情感。他的这篇调查报告不仅真实，而且感人。

万里几乎是一口气看完的，看了之后，大为赞赏。他拿着这篇调查报告，兴奋地对新华社记者张广友说：“你看看，写得真好！我像看小说似的一口气看了两遍。”

张广友自一九五九年从中国人民大学毕业进入新华社当记者，已有二十多年的新闻工作经验了，他读过也写过不少农村调查，但看了吴庭美的这篇调查报告，也认为“越看越觉得写得好，太重要，也太及时了。”这篇调查，不仅写出了中国农业集体化二十多年来，在极左路线影响下，小岗村从农业合作化，历经反右派、“大跃进”、人民公社直到“文化大革命”，小岗农民在一次又一次政治运动中的悲惨遭遇和辛酸的历史，说出了小岗农民的心里话；还以大量触目惊心的事实，陈述了自农业集体化以来农业生产和农民生活受到摧残的严重程度，以致大部分村民逃亡和饿死，并有具体的数据；同时记述了走投无路的小岗农民，在真理标准大讨论的影响下，“冒死抗争”，带头实行包干到户一年大翻身的动人情景。甚至，也还写到了小岗农民包干到户后产生的苦恼和激烈的争论，反映了广大农民对农村改革的迫切愿望及其矛盾的心理。

张广友激动地对万里说：“这实际上是一份《中国农村改革宣言书》啊！”

这正是万里日思夜盼在寻找的农村改革的真正的典型呀！

不是么，当他听说肥西县山南区搞起了包产到户，他是多么高兴啊，但是，说到底，肥西县山南搞的其实只是历史上的包产到户的一次再现，并且还是由党的基层组织发动起来的，最后又是到了省委全力支持的；尽管它也反映了农民群众的真实的愿望，一度发展到了十万之众，但正因为它是一种组织行为，所以肥西县委以组织的名义很容易就将它颠覆了。而凤阳县小岗生产队的包干到户，却完全是农民群众冒着杀头坐牢的风险自发搞起来的，还创造性地将历史上的“包产到户”发展成为“包干到户”，它不仅更直接地表达了亿万中国农民最迫切的诉求，更体现出了今天中国最需要的敢于冲决长期以来极左路线的重重禁锢与束缚，杀出一条血路的大无畏的改革精神！

万里抑制不住激动地对张广友说道：“是啊，这个报告中反映的问题很重要，有一定的代表性，需要给予肯定与支持，过几天咱们就去一趟！”

万里来小岗的头天夜里，严宏昌一宿未合眼，鸡还未叫，他就翻身下床了，要妻子早早烧饭，自己在屋里直转悠，心里仍是七上八下。

吃过饭，天才刚亮，他就出门了，又村前村后地转悠了一遍。九时许，村西头终于传来了汽车的喇叭声，远远地他就看到，身材高大，身着草绿色军大衣的万里，在滁县地委书记王郁昭、凤阳县委书记陈庭元、新华社记者张广友的陪同下，迎着寒风，踏着冻土，大步从村子西头走来。

严宏昌同严俊昌、严立学，同早已聚在村头的社员们，一道迎上去。

陈庭元首先把严宏昌介绍给万里，说："这就是带头搞包干到户的严宏昌！"

万里握着严宏昌的手，亲切地问："到你们这里我能随便看吗？"

严宏昌一怔。他有些不敢相信，堂堂省委书记要看一个地方，还要征求农民的意见。忙说："管，你爱看哪家看哪家。"

万里笑了，说："噢，那你们和大寨不一样。"

严宏昌又是一惊。顿时紧张起来，心儿直跳。他小心地问："万书记，我们哪里跟大寨不一样？"

万里于是解释道："去大寨，只有一个固定的进村道路，由专人引导，按指定的地方去看。碰到岔路口，就会有个牌子，上写：'行人止步，谢绝参观'。想问问社员，他们不说话，全像哑巴；你想同小孩子讲话，小孩也不敢讲。所以说，你们小岗同他们不一样。"

严宏昌一听，放下心来。原来万里在夸小岗呢。于是说："在小岗村，你到处可以随便看，随便问。"

万里于是从村西头看起，挨家挨户看。看罢严立付家，又看严立华家，看到家家粮满囤，户户谷满仓，他十分高兴。看到严立学家时，发现屋子里放了一只大箱子，问道："箱子可以打开让我看看吗？"严立学开了箱子，万里看得很仔细，说："好啊，讨饭的，也置了家当了！"

这以后，万里从关友江、关庭珠、关友章家一路看下去，最后，来到严宏昌家的小院子里。

严宏昌的家当时还很简陋，也是茅草房，没有像样的家俱，但堂屋倒不小，正对门还放着一张农村老式的四方桌。万里在桌子的东面坐了下来，其他人都自觉地坐到了他的后面。严宏昌不敢坐，站在门边，万里招呼他过来，要他就坐在自己的对面，这样，一张桌子就只有他和万里两人相对而坐。

严宏昌发现当过铁道部长，现在又是安徽省委第一书记的万里，竟没有一点官架子，是个非常亲切、非常慈祥的老人，特别是怕他汇报时紧张，笑着说："我过去也是农民。"这样一来，他真的感觉镇定了许多，开始从容地把小岗村前前后后的故事，尤其是，小岗为啥不怕杀头坐牢也敢把田分到户，以及包干到户一年来取得的骄人成绩，一一道来。

尽管这些故事万里从吴庭美的调查报告上已经知道了，但是，来到小岗村，亲耳听到小岗人的介绍，还是不一样。他有些动情地说道："你们一年就有这么大变化，这是出乎我意外的。想不到马列主义竟出在你们这样的茅屋里呀！"接着，又说，"你们这样干，形势自然会大好。我就盼着有人这样干，就怕没人敢这么干，你们这样干了，我高兴啊！哎呀，我们中国的农民你说多好！吃了那么多苦，受了那么多罪，我们是有很大责任的啊，可你们冒着风险干了起来，首先想的依然是国家集体，'保证国家的，留足集体的，剩下都是自己的'——这话说得多好！多了不起！"

万里这时问严宏昌："你们现在还有什么要求吗？"

严宏昌说："只希望让我们这样干下去，至少能干三五年，不要变。旱不怕，涝不怕，就怕政策有变化。"

万里当即答应："行。地委能批准你们干三年，我批准你们干五年！"

严宏昌激动得带头鼓起掌来。

这一下，严宏昌心里踏实了，不过他又向万里诉苦道：“但是有不少人说我们小岗‘包干到户’是‘开社会主义倒车，挖社会主义墙脚’。”

万里一听，认真地说道：“谁再这样讲，你就问问他，他有没有好的办法，能使农民富裕起来。”接着，他激动地说：“只要能对国家多作贡献，对集体多提留，社员生活能有改善，干一辈子也不能算是‘开倒车’。吃国家的，成了社会主义；支援国家的反倒不是社会主义？今后谁这样讲，不准你们干，这个官司交给我万里替你们打好了！”

板桥区委书记林兴甫这时在一旁问万里：“周围社队都吵着要学小岗，怎么办？”

万里了解到问话的是区委书记，马上说：“学就学吧，我还是这几句话，只要能多打粮，对国家多贡献，社员生活能改善，群众要怎么干就怎么干。你们当干部的不要学唐僧，给人家念紧箍咒。他们还没有住上瓦房，还没住进高楼，让社员快富起来，家家楼上楼下、电灯电话，那才称心呢！”

那天万里显得特别兴奋，他像拉家常似的同小岗人回首遥远的往事。

讲他十三岁就给地主放牛，跑出去参加队伍时还没枪高，行军时枪把子还捣脚；

讲他在“文革”动乱年代被驱逐到新疆放羊，人家骑着马，端着枪，看守着他，羊放到哪，他睡到哪，有草地睡草地，有雪地睡雪地，整整三年没进屋睡过觉，他的一头黑发就是那三年变白的；

讲他有一个同事，在那种困苦的日子里，还差几十天就解脱了，却没有熬过来，实在受不了，钻厕所自尽了；

讲他前些时访问日本和美国的农村，他真羡慕他们的农业，中国必须要搞改革开放，中国的农民将来也会像他们那样住上小瓦房，使上拖拉机，过上好日子，整个国家就富强了……

谈话中间，段永霞用当年同严宏昌结婚时戴过的墨绿色的头巾，装满了喷香的花生，送到万里手里，说道："万书记，多亏你支持我们搞改革，去年我们花生收得很多。要是前两年来，我们想炒给你吃，家里也拿不出呢。"

万里接过花生，忙说：" 我可没带钱哟……好吧，我把你们'大包干'的成果带回去，让省委常委们都尝一尝。"

临走时，万里同在场的许多社员都握了手。上了车，车门已经关上了，他却推开车门，对严宏昌说："我还会来看你们。你们好好干，我会把你们的要求，向中央反映。一定多打粮食，让社员富裕起来。"

严宏昌代表大家说："万书记，你放心！"

车子启动了，才走了二十多米，便停了下来。严宏昌马上跑过去。万里再次推开车门，对严宏昌说："你们一定要记住，粮食不愁了，也要把家庭副业抓上去。每户不能少于两头猪，养好猪，一头猪就是一个小化肥厂呀。到时一头卖国家，一头留到过年杀了自己吃。当然不光喂猪，还有许多副业都可以搞，多想想办法。"

严宏昌说："万书记，我们都记住了。"

万里满意地点着头，关上车门。可车子开出十多米，再次停了下来，严宏昌见车门又打开，慌忙奔过去。

万里望着气喘吁吁的严宏昌，语重心长地说："我相信你们今后粮食会越收越多，但一定要做到实事求是，不卖过头粮，不管任何时候，都不能吹牛皮，不搞浮夸风，要接受三年困难时期的教训，说真话，做老实人。"

这时，严俊昌和严立学，以及送行的村民，都跑了过来。万里走下车，动情地同大家再次握手。

严宏昌望着头发和胡子全白的万里，在同小岗人依依惜别的情景，回想着他三次停车言真意切的教诲，由不得眼中一热，涌出了泪水。

严宏昌当然不可能知道，万里的这次小岗之行，以及他说的那许多话，这在当时是冒着巨大的政治风险的。

万里在离开小岗不久，也就离开了安徽，奉命进京。尽管万里很快就出任了中共中央书记处书记、国务院副总理，同时担任国家农委主任，主管起中国的农村和农业工作，但是，上任以后，万里感到自己在北京的处境比在安徽困难得多，各方面斥责包产到户和大包干的声音很强烈，就连他自己分管的农口的一份很有影响的刊物，也在连续发表批评安徽农村改革的文章。更让他尴尬的还是，他刚离开安徽，安徽的农村改革就出现了大逆转，无异于是“后院失火”了。

在这以后一段并不算短的日子里，中国的农村改革依然是一波三折，正像鲁迅曾用“搬动一张桌子也要流血”来形容中国改革的艰难。当然，改革的路尽管曲折与艰辛，小岗村率先实行的大包干的家庭承包责任制，毕竟受到了亿万农民的喜爱，特别是随着邓小平站出来公开予以肯定，接替华国锋出任党的总书记的胡耀邦旗帜鲜明地支持万里的工作，大包干的家庭承包责任制便最后成为了中国农业经营的最主要的方式。

第三章 风雨兼程

严宏昌真的有些搞不懂了，难道就因为自己是大包干的带头人，就这不许干，那不许干，一干就会影响到小岗村的声誉？他做梦都想让小岗人富起来，可他什么也不是，有劲使不上呀！

1. 温饱之后的小岗人

回顾小岗村率先实行的大包干的“家庭承包经营”成功的历程，不难发现：这是面对农民的意愿，地方上和中央的改革者一次有力的上下响应，同守旧势力进行奋力拼搏的结果！它留给我们太多的思考：不论多么聪明的学者，或是多么有远见的政治家，都没有能力规划设计农村发展的方向和道路，唯一可以做的，就是倾听农民的诉求，尊重农民的首创精神。

但是，我们绝对没有想到，改革成功之后的小岗村走过来的路依然还是那样的充满坎坷和曲折，甚至，是出乎想象的悲壮！

万里刚离开安徽的一九八〇年，安徽省的农村改革一度出现大倒

华文天下
HUAWENTIANXIA

退，不过小岗村却在滁县地委书记王郁昭、凤阳县委书记陈庭元的暗中庇护下，有惊无险，不仅没有出现大的反复，还是迎来了一个更大的丰收。那一年，不但粮食大增产，还因为遵照了万里的嘱咐，大抓了家庭副业，社员们除留足了自己过年用的，就卖给国家三十六头肥猪。那年春节，家家户户都备齐了年货，年三十晚上，不知谁家带头放响了一挂喜庆的鞭炮，这炮声还没落地，整个村子瞬间就被淹没在惊天动地的炮仗声中；那震耳欲聋的鞭炮声，把个小岗人丰收后的喜悦渲染得天上地下满道儿全是。

关庭珠老爷子乐得脸上笑出了一朵花，他说："我现在六十往上已是'花甲'之人，也算一辈子了，可从没见过收这么多粮食，也不敢想会过这样的日子。我这是'瘸子过河——猛一跳啦！'"

春庄稼下了地，严宏昌便提笔给万里写信。一是向万里汇报小岗人在他的关怀下，今年"百尺竿头，更进一步"；二来也想请万里帮忙买一台拖拉机。

严宏昌家迫切需要解决一台拖拉机。因为当初分田的时候，他家分的地不仅最差，而且最远。虽说已有四个孩子，却都还小，老大是一九七〇年生，也只有十岁，收庄稼的时候，须一担一担地往家挑，一个孩子也帮不上忙。再说严宏昌虽已不是队长，可他毕竟是十八条好汉里面文化最高，口才最好的，而且又是大包干的带头人，自然而然地便成了小岗队的"新闻发言人"，但凡外面来人参观，上面来人视察，也多是由他出面接待，因此，家里几十亩地的农活差不多就丢给了妻子段永霞一个人。

买台拖拉机帮助妻子，这是严宏昌一直就有的想法，等他筹足钱，跑到县农机公司去购买时，才知道，上面有政策，拖拉机属于生产资料，私人不得占有，更不允许搞个人经营；这一类的农机具只卖给集体。可如今小岗队早已分田到户了，自己用，又如何以集体的名义去买呢？他左思右想，拖拉机是自己家里天大的事，就只能找自己认识的最大的官才能解决，何况，万里最支持小岗，最理解小岗人，现在在上面又正好分管农业工作，于是他便想到请万里帮这个忙。

最初听他讲述这件事，我们的感觉是惊讶。买台拖拉机，好大个事？这样一件小事居然要去惊动万里！在我们的采访生涯里，还从未见过如此胆大行事之人。

他把信投进信筒后，就天天盼着北京有信来。然而，他怎么也没有想到，一天，县里来人找到他，骂骂咧咧地说："你胆子不小，不知天高地厚，竟敢私下给中央领导写信！"问他，"可知道这是犯法的？"

他极力解释，得到的竟是厉声警告："下次再查到你给中央写信，就不再客气！"

严宏昌已经是见过世面的人了，县里的干部岂能吓倒他？他不服气地反问："我要再写又能怎样不客气？"

来人说："随时随地，把你关起来！"

严宏昌想不通。这困惑，直到两年后的一九八三年一月二日，随着中央"一号文件"的下发，他听了传达，才茅塞顿开。原来，到了一九八三年农民才被允许购买拖拉机，而且，依然是限制"小型"的，并强调"各地可根据当地情况和油料供应的可能，规定可行的计划销售办法。"

听到严宏昌这段遭遇，我们曾请教过从安徽省农委领导岗位上离休在家的周曰礼，他参加过中共中央农村政策研究室召开的座谈会，讨论私人能不能购买拖拉机、汽车及其他大型农机具；讨论私人能否雇工。会上意见相左，各不相让，争得面红耳赤。周曰礼当时忍无可忍，放了一炮，他说："既然已经允许一部分人先富起来，也就应该包括一部分农民。不是农民能不能购买拖拉机，这早已经成为越来越多中国农民迫切的要求，不光应该允许，我看还要积极鼓励。"会上分歧最大的，就

原安徽省农委主任周曰礼。 ★晨凉 摄

是雇工问题，严格规定私人雇工不能超过八个人，否则，雇主就有成为资本家之嫌，划入被打击的对象。这种观念的理论根据是：马克思在《资本论》里论述“转化为资本所需要最低货币额”这个命题时，曾举例谈到当雇主“把预付资本的最低限额和工人人数都增加为原来的八倍”时，他就有可能由“小业主”变成“资本家”。

当时弥漫在整个中国社会中的“本本主义”气氛之令人窒息，由此可见一斑！

县里来人教训了严宏昌一顿，这件事，让他觉得很没有面子。更叫严宏昌感到恼火的还是，他从来人的话里听出，万里不仅看了信，还给他回了信，只是被公社扣压了，县里通知不能交给他。他当即去找公社书记张明楼；张明楼不在，他找到了副书记马德全。

马德全证实有这个事，严宏昌说：“信不给，可以告诉我万里在信里讲了些什么吗？”

马德全的回答十分明确：“县里有交代，不能告诉你。”

“为什么？”严宏昌大惑不解。

马德全说：“这是纪律！”

那以后不久，邓小平肯定“凤阳经验”的讲话逐渐被公开，再加上中央电视台、新闻电影制片厂以及一些媒体对小岗的广泛宣传，到小岗村参观学习的人，便随之络绎不绝，以至连曾经红极一时的大寨大队、大庆油田也派员前来，先睹为快。

这天，南京军区一两千名官兵，在县委副书记周文德的带领下，来到小岗。周文德还像以前一样，派人去找严宏昌，请他出面接待。可是这次，严宏昌不干了，他要周书记另去找人。并说明，自己已经不是小岗生产队队长，又不拿一分钱工资，没有这个义务；而且表明，今后县里来人找小岗联系公务，他将一概不接待。

周文德看出严宏昌有情绪，询问他怎么回事，了解到严宏昌是因为给万里写信，只是想向中央领导报个喜，顺便表达一下自己想买台拖拉机的愿望，就遭到县有关部门的粗暴处理。周文德听后，也觉得县有关部门这样做确实不应该，便劝了严宏昌几句，并答应这事他将设法帮助解决。果然，周文德没有食言，不到一个月，就帮严宏昌购买了两台四轮拖拉机。其中的一台，严宏昌让给了承包田同样分得很远，也需要拖拉机运输的严学昌。

这件事又让严宏昌在小岗人面前赚足了面子。

但是，也有让严宏昌感到难堪的事情，这就是：既然邓小平都肯定了大包干的“凤阳经验”，为什么自己就不能“官复原职”，再当小岗生产队的队长呢？那段时间，他有些失落。

队里的事问不上，严宏昌还是想为大家做点事的。当然，到了这一步，他不可能再出去搞建筑，重操旧业当包工头，因为这时“小岗”已是声名鹊起，他更不可能就这样离开给他带来巨大荣誉的地方。不仅不离开，还想“锦上添花”。

当村民们沉浸在吃饱穿暖已很满足的喜悦之中，严宏昌却又动起了脑筋，寻思着如何利用“小岗”的这种社会资源，兴办企业。他很清楚，小岗的粮食产量虽然上去了，大家的日子也好过了，但一家一户就种这么点地，只能管温饱，要让大伙真正富裕起来，让小岗变个样，就必须办工厂。

“办工厂”这一想法，就这样开始扎根在了严宏昌的脑子里，以至成了他后来二十多年一直没有改变的梦想。

办个什么厂好呢？他想到了烧砖，先建一个轮窑厂。这么多年，他在外搞工程，成天就是跟砖瓦打交道，凤阳这么大，也只是临淮关有座土窑，用砖还得跑到蚌埠去解决。他想如果县里能够在资金上给予一点扶持，他愿牵这个头，为小岗兴办这样一个集体企业。何况小岗也有着兴办轮窑厂的条件，村西头的土岭上就有一百多亩地，“文革”期间县林业局曾在那里搞过板栗园，没搞成，后来就成了荒岗，如果在那儿办窑厂，既烧了砖，又平了地；再说住上大瓦房也是他多年的愿望，有了轮窑厂，小岗人家家都能住进大瓦房，岂不是一举三得？

他越想，越激动，提笔又给县委书记陈庭元写了一封信。

谁知这边信刚邮出，陈庭元就把他找去了。

陈庭元觉得严宏昌的这个想法很现实，也很好，小岗本来就是人少地多，还有许多荒坡野岭闲在那里，再说严宏昌又搞过多年的工程承包，经验也有。轮窑办好了，小岗的集体经济自然会有长足的发展。他让严宏昌先做个调查，匡算一下大约需要多少资金，小岗的土质适合不适合烧砖，一些技术上的问题又怎么解决。

严宏昌一见陈书记这样支持，立马跑到江苏武进县请来专家。化验的结果不久就出来了：小岗的土质非常好，很适合烧砖！工程预算也很快出来：建一座二十二门的轮窑厂造价为八十五万元左右。

严宏昌拿着一整套工程计划报告，去找陈书记。陈书记看了，很满意，当场拍板道：“我先给你们解决八十万元货款，干起来再说。”

忙活了几个月，陈书记十多分钟就拍板解决问题，办事这么爽快，这使严宏昌信心倍增。出了县委，他没在县城耽搁，就直接赶回了小岗。

严立学

★康诗纬 摄于1998年

到这时，他要把办窑厂的计划详细告诉严俊昌、严立学二位队干部了。他甚至想象得出，二人一定会是又惊又喜，因为，不声不响，办厂需要的八十万元，已经解决。这是过去想都不敢想的啊！

生产队长严俊昌一听，是这么大个事，不敢做主，于是把各家各户的当家人，都喊到严立坤家门口开会，征求大家的意见。

严宏昌没想到，大家坐下后，分析来，分析去，七嘴八舌，一连开了三个晚上的会，也没得出一个统一的认识。

有的说："宏昌，你这是好心，替大伙着想，可咱小岗人才过上几天安稳日子，一不愁吃，二不愁穿，折腾那个干啥？"

有的说："盘古到今，农民都是土里刨食，种田过日子，办啥厂呀？火烧烟熏的，不说这是糟蹋土地，再讲也危险不是？"

有的说："我们人老几辈都是老实的庄户人，决不能干那种眼只望着钱的事。"

更多的，还是担心："乖乖，要花这么多钱？八十万？贷款只是借给你用，到时要归还的，有个闪失，砸了，怎么办？"

最后，比较一致的看法是："不能干，庄稼人不能趟这浑水！"

严宏昌一直认真地听着大家的意见，耐心地听了三个晚上，可是，他越听越失望。自己掏腰包，辛辛苦苦把办厂的前期工作都已经做完了，县委书记也满意，还亲自帮助解决了贷款，这对小岗人来说，等于是"打天上掉馅饼"的好事，他们却不接受。他给他们耐心解释，说建窑厂又不是造导弹，需要啥高科技，而且啥原材料也不用备，小岗有的是荒地，不愁办不好，可大家就是不信。

他直感到一腔热血泼到了凉水上，难过极了。

其实，会场上出现这种场面，严宏昌本应该有心理准备。现在的小岗人已不同于几年前了，那时他们是走投无路，为大旱之年不被饿死，所以不怕杀头坐牢也要团结一心跟着他把田分了。现在不同了，大家都有吃有穿了，办企业肯定会有风险，谁还愿意冒这个风险呢？再说八十万，这数字也太吓人了！当时一个万元户就很稀罕了，就算是富得流油了；八十万，那岂不是天文数字？小岗人何曾见过那么多钱？正像一个村民讲的，万一办砸了，还不了，怎么办？从这种意义上讲，他们也还都是纯朴本分之人。

最后，严宏昌退而求其次，他说："大家担心窑厂由生产队办，怕土地会像过去在集体里一样谁都不爱惜，干起活来不出力，结果将熟地整成了生地，把肥地种成了瘦地，干到最后大家没饭吃，我理解。这样吧，窑厂由我个人来承包，我每年向队里上缴二十万元纯利润。"

严宏昌觉得工作已经做到这个份上，可以说，万事俱备，其实就只欠大家言一声"同意"。大家真的可以不用操一点心，所有责任由他一人承担，凭他多年承包工程的经验，办这样的窑厂，等于三个指头拣田螺——十拿九稳；窑厂建起后，不但能够解决队里一些富余劳动力的工作，每年保证队上有二十万元的收入，这些钱也能让小岗村每年办成一两件集体事业上的大事。

严宏昌最后把希望寄托在严俊昌身上，因为他是队长，大家在大事上还是听队长的。但是，严俊昌也持反对态度。他认为办窑厂是以生产队的名义贷的款，就算他严宏昌个人承包了，但如果出了问题人家还得找生产队，他承担不起这份责任。

大家不认可，严俊昌也不支持，讨论办不办窑厂的事，就这样不欢而散。

严宏昌沮丧极了。多好的项目！多好的机会！改革出了大名的小岗人，有了几天饱饭吃，就不敢大胆想，大胆地闯，不敢冒点风险，干点大事，这还配当年的名声吗？

虽然不少村民有顾虑，但在严宏昌看来，办窑厂是个稳赚不赔、毫无风险、可以说有百分之一百把握的事情。何况，会上还有严立学、严立付、韩国云、关友章这些人在支持。如果今天队长还是他严宏昌，只要有三分之一的村民赞成，他就敢拍这个板。小岗人既然包干到户敢为天下先，他相信，窑厂办起来，不往大处说，他和小岗人至少会成为全省最早住进砖瓦房的农民。到那时，多风光，前来参观的人走进村，眼睛也会为之一亮。

严宏昌越想越痛苦，他待在家里几天没有出门。

他没有勇气再到陈庭元书记那里去，不知道这事该怎么向陈书记去解释。他确实是以小岗生产队的名义向县里申报项目的，队里不愿意干，他就干不成。

这天他正待在家里纳闷，听到有人走近的脚步声，这才慢慢地抬起头，竟发现是陈庭元主动找上了门。

那两天，陈庭元一直在为小岗忙着轮窑的贷款，贷款的事落实下来了，却不见严宏昌的影子，他很奇怪，就亲自下来看个究竟。

“窑厂的筹备工作怎样了？我已把你们需要的贷款办妥了。”陈庭元乐呵呵地说。

严宏昌闷哧了半晌，不得不据实相告，把生产队开了三晚上群众会的情况，向他作了详细介绍。

陈庭元没想到会是这样的一个结果，他脸上的笑容消失了，直叹气，说：“宏昌啊，算了。群众的事，群众不同意，你也不能勉强。”

2. 祸不单行

一九八四年，中央下发了第三个“一号文件”，严宏昌发现，这次中央提出了“发展商品生产要实行国家、集体、个人一齐上；并要求各级政府逐步把精力转向领导农民发展商品生产，认识到这是一个历史性任务。”

为了这个“历史性任务”，严宏昌想了很久。他更加坚定地相信，上年准备办轮窑厂的想法是正确的。问题是，大伙不同意，他也拿不出多少理由去说服大家。外地的农村都在怎样“发展商品生产”，富裕起来的农民又是个啥样子？他自己也说不清道不明。

也就在那一年，“无农不稳，无工不富”这句话，被宣传开来。这话，正对严宏昌的心思。他认为，后一句话就是说给农民听的。农民当然要种地，要种还得种好，因为一个国家农业不搞好，国民经济基础就成了问题；但农民只知道种地，仅靠种地，你把自己脑袋栽进地里去，也不可能富到哪儿去!

他坐不住了，就决定到外边去跑一跑，看一看。小岗人包干到户搞改革，领先全国，带了头；新的“历史性任务”来了，也不能落伍。

出去跑就要花钱。当时，妻子段永霞最大的心思也就是建房子。最小的孩子已有四岁，五个孩子都同他们挤在一间茅草屋里，早就转不开身，夫妻俩没办法只能在墙上打出两个洞，搭了个小阁楼，每天爬上去睡。严宏昌要动用盖房子的钱，只得谎称去买收割机，他向段永霞要了三千元。

他首先去了河南郑州。原以为那里是中原重镇，又是农业大省的省城，肯定有看头，但在郑州郊区跑了两天，觉得同安徽差不多，这才猛然想起一句老话：“宁向南走一千，不向北走一天，”于是又掉头南下。

到了上海郊县，竟也看不出什么头绪，乘车便去了福建。结果发现福建农村的情况也不是很好，山区还很苦。

这天晚上，他住进一家私人小旅社，住的是十多人一间的房，大通铺，电视还是黑白的，放在院子里，大家都只能挤在院子里看。这天电视播放的，正巧是邓小平视察浙江瑞安农村的事。这条新闻，别人看了没反应，他却看得眼发直。心想，早听说浙江的农村经济搞得很活，邓小平视察的地方更是错不了，于是，他决定去瑞安看看。第二天，折回头，先奔温州，再转乘汽车跑了几百里，赶到了瑞安。

在瑞安，严宏昌感到了从未有过的震撼。

瑞安的农民竟然抽三块钱一包的香烟，而在凤阳，县里上班的那些干部也才吸八毛二分钱的“红三环”；他去买火柴，等了半天不见对方找零钱，一追问，才明白，瑞安人早已不用分币了。

真正打动严宏昌的，当然不光是这些小事情。瑞安的农民几乎家家户户都有自己的小工厂，这让他大开了眼界。

严宏昌随意对其中一家作了考察。这家户主叫张顺贤，一个热情的瑞安人。他的家庭工厂不大也不小，二十多台机器，招了四十多位工人，主要搞的是废旧塑料制品的加工。废旧的塑料他是去山东和安徽的废品商店收购来的，只是拉到瑞安加工，最后再卖到山东和安徽去。

严宏昌听说原材料的收购和成品的销售，“两头”有的就在安徽，不光感到惊讶，还顿时来了兴趣。

张顺贤是个精明人，他留意到了严宏昌瞬间神态的变化，忙问：“你是那边人？”

严宏昌说：“我是安徽人，家在凤阳。”

“凤阳我也是常去的，”张顺贤高兴地说，“很多废旧塑料就是从凤阳废品商店进的货。”

经张顺贤这么一说，严宏昌很是惊讶。想不到千里之外的瑞安这家工厂竟然与自己的家乡有着这样一层“亲密关系”。

“我是凤阳小岗村人，”严宏昌说，“很想像你们瑞安一样，也办一家这样的工厂。”

这下轮到张顺贤惊喜不已了，他兴奋地说：“你就是小岗人？嘿，中国的农民都要感谢你们小岗人哪，是你们不怕杀头搞了‘大包干’，带来今天的大变化，否则，谁也不敢想，如今瑞安农民家家户户能办工厂！”

张顺贤死活要留严宏昌吃饭，还要留严宏昌住上两天。好意难却，严宏昌就在张顺贤家里住了下来。

张顺贤不再把严宏昌当外人，生产、生意上的一些“秘密”，也就不瞒他。告诉他，办这样的塑料制品加工厂并不困难，其中的利润却很可观。收购废旧塑料，一吨能加工出0.7吨到0.8吨的成品；一吨加工费不过一百元上下，二次拉丝也只有一百元上下，加上来回运费，成本总共一千元左右，卖出去一吨便是八千元。

严宏昌全神贯注地听着，他像在听神话故事那般入迷。边听，边在心里默算张老板一年的纯收入，算到最后，兀自一惊：一年能挣七八十万！

这可是瑞安农民张顺贤正常情况下的年收入啊！而且，在瑞安，像张顺贤这样的家庭工厂，也只算得上一般！

当严宏昌得出的这个数字，被张顺贤证实时，在小岗村称得上“首富”的严宏昌，内心的震撼，我们从他讲述这段经历的口吻和神态上，就可以清楚地感受到。

当时，他就展开了想象。他想，凤阳县不仅有磷肥厂，还有化肥厂，这都需要大量编织袋，但直到今天，凤阳也没有一家这样的塑料制品厂。凤阳县没有，周边的各个县里也都没有。这真是一条再好不过的致富的门路！

他告诉张顺贤，他很想为小岗村也办一个这样的工厂。张顺贤不仅觉得可以，而且满口答应，如果需要帮忙，只管言语一声。

严宏昌谢过了张顺贤，便心急火燎地往回赶了。

回到小岗，找到正在田里插秧的段永霞，严宏昌兴奋地说：“今天别插了，快回家做饭，中午我要请人商量大事！”

段永霞问：“你把收割机买回来了？”

严宏昌一愣，马上说：“这事比收割机重要。”

段永霞不知道有啥事让严宏昌高兴成这样，红光满面，喜笑颜开的，就没有多问，赶忙回家准备午饭。

因为害怕再次出现办窑厂时的那种尴尬局面，严宏昌决定备上一桌酒席，先找有代表性的几个人通通气。所以，他除请了严俊昌、严立学两位村干，还请了韩国云和严立付。在小岗，大都姓严，几家姓关的也是姓严的亲戚，就韩国云一家姓韩，刚解放时韩国云就是村里的贫协代表，至今有着一定的影响力；严立付算是小岗村的“知识分子”，只有他从前读过私塾，又住村西头，很有代表性。当然，严宏昌没料到，这天安徽电视台著名栏目《社会之窗》的主持人汪清，也正好来到小岗采访，不请自到，主动找上门来了。

等大家到齐了，酒过三巡之后，严宏昌就把他这趟的瑞安见闻以及他的打算，作了一番有声有色地叙述。

谁知，他见闻的“真实性”首先就遭到了在座的质疑：

“你说那边农民抽三块钱一包的香烟，干吗这么烧包？有这么贵的香烟吗？”

“买东西，零钱都不找，你也认了？连分币也不用了，那银行还印分币干什么？”

这显然属于“少见多怪”，严宏昌一笑了之；但他们对他说的塑料制品加工厂能赚大钱，就更不相信了。

“工厂就那么好办？真好办，还会等着我们小岗队的人来办吗？”

“大钱就这样好赚？山东、安徽两省的能人多的是，这钱好赚，能让他瑞安的人赚了去？”

“不可能，不可能！”

不过，严立学相信。他在小岗生产队干了多年的会计，对数据最敏感，从张顺贤算给严宏昌听的那几笔账上，他确信，这是个好项目。他表示：“可以试试。”

韩国云听得也很认真，他觉得严宏昌调查得很仔细，分析得也有道理，最后也说：“这事能干。”

但是，严俊昌的头直摇，坚决反对。他严肃地提醒：“宏昌呀，你说得天花乱坠，农民就是农民，钱只能从地里找！”

严俊昌的这种看法，没出严宏昌所料，对于“发展商品生产”，不光严俊昌是这样看，其实许多小岗人也都是这么看的。因此，他耐心地解释道：“小哥，农民种地，天经地义，但光靠种地也只能吃饱饭，是富裕不起来的。我相信，把这个厂办好了，带来的经济效益，会比整个小岗生产队种地打的粮食还要强！”

严俊昌不相信，也听不下去，他开始把话说得有些难听：“当农民，不要成天‘五花缺，六花心’的异想天开！农民只管种地，不种地还叫农民？”

严宏昌这次下决心要做通堂兄的工作，他说：“我小哥，现在中央文件里都鼓励农民要发展商品生产，再说这也是小岗今后的一条出路。”

严俊昌完全听不进，他开始不再容严宏昌分说：“你就不要再说了，说得天花乱坠，我不爱听！”

严宏昌仍然赔着笑脸，他认为严俊昌吃亏就吃在没有文化，思想过于守旧了，于是说：“我小哥，你也应该出去跑跑，看看，瑞安的农民早就这样干了；前不久邓小平才去那里视察过。”

严俊昌显得不耐烦：“我不用去看。”

严宏昌说：“老学子（严立学）、老云子（韩国云）也都觉得这事能干，可以试试。”

严俊昌一听，顿时把嗓门一下提得很高，断然说道：“这事不能搞！”

酒，显然喝不下去了。

严宏昌被弄了个“大红脸”；他请来的严立学、严立付和韩国云，也都很尴尬。

酒桌上会发生如此激烈的争论，更是安徽电视台在座的两位客人始料不及的。

省台《社会之窗》的电视节目，当时在安徽的影响，毫不逊色于今日中央电视台的《焦点访谈》，主持人汪清也因此在安徽名声大振。汪清听说严宏昌从浙江带回来一个“商品生产”的项目，他对这话题本来就大有兴趣，何况现在又是由“中国改革第一村”的这些“重要人物”来谈，自然，机会难得 。因此，得知这一情况时，他就暗示随行记者悄悄打开摄像机，直接对准酒桌，进行现场录像。谁知道，这话题居然争执得水火不容，各不相让。最后只见严俊昌愤然站起，指着严宏昌，大声说道：“我告诉你，你说的那个啥工厂，要搞，你自己搞，我们不搞！”

他说得斩钉截铁，不容分辩。

由于小岗成为名声遐迩的“中国改革第一村”，这时的小岗生产队队长严俊昌，已非昔日的严俊昌，他也因此“水涨船高”，荣升为严岗大队大队长兼小岗生产队队长。现在他说的“我们”，就显然不仅是在代表小岗生产队了。

他是在提醒严宏昌，这块地面上的当家人是他严俊昌；他说不搞，就别再指望，这事没戏！

严宏昌怔怔地望着严俊昌，他突然发现，堂兄变了，开始变得陌生。

客人走光之后，段永霞不依不饶了。她从他们的谈话中终于明白，严宏昌拿走的三千元，根本没去买收割机，纯粹是天南地北地玩了一趟。原听说找人“商量大事”，还以为是啥大事呢，忙得她灶里灶外团团转，好烟好酒侍候着，还杀了家里唯一的一只能生蛋的老母鸡，结果，落了个热脸碰上冷屁股，自讨没趣。气得她同严宏昌大闹了一场。

当然，闹归闹，段永霞毕竟是个通情达理之人，静下来，了解清楚后，她还是支持严宏昌闯一闯，试一试。她相信严宏昌认准的事，一般不会错；既然严立学和韩国云，都认为这事能干，队里不愿搞，那就自己干，不蒸馒头也要争口气，不信队里不支持，这事就干不成，何况，也不该再错过这么个好机会！

夫妻二人很快统一了认识，下决心再爬两年“小阁楼”，再过两年紧日子，把这几年打拼攒下的钱，拿出来办厂。

村里不少人听说严宏昌要办厂，出于对他的信任，也纷纷帮他凑钱。

于是，严宏昌第二次去瑞安时，就买回来两台再生机。他租下当年大伙在严立华家摁过“红手印”的那两间草房，作了必要的改装，并设法引进了专用电力线。

第三次去瑞安，在张顺贤的帮助下，严宏昌请到了两位师傅，管吃管住，一个月一千元的工资。在当时，这样的工资是个什么概念？已属高薪了。这以后，他又去县城废品商店拉来收购到的废旧原料，一个小型的塑料制品加工厂，就这样紧锣密鼓地，像模像样地开张了。

那些日子，他是白天黑夜地干，干了整整二十二天，终于加工出了第一车成品，又花了两夜一天，支付了两千元运费，将货送到了浙江。因为质量不错，货一到，就被买主一抢而光，他开价开到了八千五百元一吨，人家也没还价。一车货卖了六万三千元，刨去全部成本，算下来，差不多净赚了一个同样的塑料制品加工厂！

这消息在小岗队不胫而走，所有的小岗人无不感到震惊；他们没想到，严宏昌居然干成了，而且发财了！

牛刀小试，首战告捷，严宏昌自是喜出望外。他的信心更大，劲头也更足了。接着，又干了四个月，赚了八九万。严宏昌找段永霞商量，到手的“第一桶金”派个什么用场？这时，段永霞倒是不急着盖房了，她说听宏昌的，严宏昌说：“那咱就再过两年紧日子，再爬两年‘小阁楼’，继续添设备，扩大生产！”

就在严宏昌同瑞安那边联系，准备再买几台再生机和编织机时，县里突然来了两个人。

来人找到严宏昌就问："听说你办了个厂？"

严宏昌说："我这算个什么厂。"

来人开门见山，严肃地说道："你这样下去要倒霉的！"

严宏昌十分不解，问："我一不偷，二不抢的，有什么霉倒呢？"

来人说："你可知道你这是在搞资本主义，个人发家！"

严宏昌搬出了中央"一号文件"，说："上面在鼓励农民办企业，浙江的农村早就在办企业，我这也是响应党的号召，跟资本主义挨得上吗！"

来人说："我不跟你谈文件，这里也不是浙江，是小岗。"

严宏昌越听越来火，就问："小岗怎么啦？小岗的农民就跟浙江的农民不一样，人家可以，这里就不可以，究竟为什么？"

来人笑了。于是，说了实话。原来小岗村有人把他告到了县里。

严宏昌这天跑到县委，想找陈庭元书记诉诉苦，寻求他的支持。可是，他并不知道，这时陈庭元已经离开凤阳，调到滁县地委，担任了地委副书记。

他沮丧地回到家。但是越想越憋闷，咽不下这口气，于是就准备到滁县地委去找陈庭元评评理。他相信只要陈庭元了解了这件事的原委，就一定会支持他，还会鼓励他把厂子办大，办出来影响；他甚至下了狠心，到地委万一找不到陈庭元，他干脆就从滁县上火车，去合肥找已出任安徽省省长的王郁昭，因为王郁昭也是最了解小岗、最支持小岗的领导。

严宏昌正这么打算呢，陈庭元却突然来到小岗，主动找他来了。

陈庭元一进门，严宏昌惊喜得差点叫出来，说："陈书记，我正要去找你，要向你汇报这段时间的工作呢！"

陈庭元说："你的情况，我都知道了。你办的这个加工厂，我看还是先停掉吧。"

陈庭元劈头一句话，说得严宏昌目瞪口呆，不知该说什么了。

陈庭元接着说道："有人告你在搞资本主义，不顾群众的集体利益，一心只想着自己发财；他们找到县里，也找到了我那里。这段时间我没来了，小岗有了不少故事，安徽电视台《社会之窗》也把你们几个建厂不建厂的争论曝了光，闹得沸沸扬扬。"

严宏昌这才知道，省台汪清把他那天和严俊昌的争论偷偷录了像，并公开放了出来。

陈庭元忽然严肃地望着他，说："宏昌，我今天不谈你该不该办这个厂，听我一句话，算啦——你暂时回避一下。"

严宏昌越听越吃惊。他突然觉得自己一直由衷敬佩的陈书记，也一下变得陌生。他知道这不是一件小事了，但他不知道问题出在了哪儿。他依然搬出中央的"一号文件"，说明自己并没有做错；"发展商品经济"，这应该是各级领导的"一个历史性的任务"。

陈庭元在屋里沉重地踱了几步，才扭过头，再次认真地望着严宏昌，语重心长地劝诫道："你讲的，文件上是这样，这一点不错。不过，你恐怕就没注意到，它有个前提，就是要求各地在继续抓好稳定、完善家庭承包责任制的同时，逐步发展商品生产。家庭承包责任制，安徽是带头的，小岗是有贡献的，全国都已经在实行了，为什么还要强调'稳定'它呢？你想过吗？这说明，对这种承包责任制持怀疑、反对的，大有人在。有人至今还在怀疑、否认大包干真的那么好，你们作为包干到户的带头人，在这种时候，一定要特别注意自身的影响。我对你们没有别的要求，至少，不能因为这样一个工厂，闹得上上下下都以为小岗出了问题！"

严宏昌终于明白，陈庭元书记就是为了"小岗村"这个大局，专程来做他的工作的。他当然感到极大的委屈。明明不是自己的错，可为什么要他做出让步，做出这个牺牲?

最后，陈庭元准确无误地，不容严宏昌讨价还价地道出了此行的目的："你必须暂时把厂停下来！"

严宏昌听出了陈书记在强调"暂时"二字，但他仍感到了一种悲哀。他本不想答应，却又念及对方过去对自己的多次支持，竟不由自主地点了点头。

闹心的事不仅是要把厂停下来，就在这同时，他最小的儿子严德锦突然犯病，鼻血流个不止。其实，这是儿子的老毛病了，生下来不久，就常常流鼻血，一流就止不住，为这，严宏昌和段永霞伤透了脑筋。这一次，段永霞正在地里干活，突然发现儿子的鼻血又在一个劲地流，忙赶回家和严宏昌一道把他送到了凤阳县医院。谁知，县医院检查以后，说"治不了"，夫妻二人一下慌了神，连夜抱着孩子又赶往蚌埠市。蚌埠的医生说孩子是"血小板减少"，需要大量输血，而且最好是输新鲜的血。严宏昌只得去找长年给医院供血的卖血人，干脆把五六个卖血人包了下来，供他们吃喝和住宿，以保证能够及时地把血供给儿子。

仅包养卖血人这一项，就花去一万多元。之前，严宏昌已把准备盖新房的建材买回了家，原本打算拆掉茅屋盖上九间大瓦房，三个儿子每人三间，严德锦这一病，他只得托人把建材又退了回去。退回建材的那天，段永霞哭了，埋怨自己命苦：上次准备盖房子的积蓄，因为严宏昌父亲的去世花了个精光；这次严德锦的病，又使盖新房的计划落了空。

严德锦是个十分懂事的孩子，他知道父母一直要盖大瓦房的心思，哭着喊着不愿再治。每输上一袋血，严德锦就嚷着："一拖拉机的稻子又没了！"儿子的聪明与懂事，使得严宏昌就愈发地难过，他要治好儿子的病的决心也就越强烈，赶到儿子的病情得到了控制，他辛辛苦苦办塑料加工厂攒的钱，也就花得差不多了。

就这样，严宏昌和段永霞寸步不离地在医院守了一个多月，二人才顾得上回一趟小岗。

严宏昌回到小岗，到工厂一看，他吃惊地发现，再生机上的动力线，不知什么时候已经被人破坏了，好端端的两台设备残缺不全。本来还抱有一线希望，以为时机一到还能继续生产呢，这样一来，这个梦算是彻底破灭了。

万般无奈，他只得把机器从租用严立华的草房中搬出，闲置在家。

严宏昌咽不下这口气啊！省电视台《社会之窗》把他办厂的事宣传得没人不知道，轰动大了，陈庭元书记让他“暂时把厂停下来”，这已让他很委屈，现在竟有人趁他不在，把机器破坏了，把他花了不少钱从小溪河变电所引过来的动力线也都剪了，钱的损失事小，面子上也过不去，再说这事做得太恶劣！

他找到严岗大队书记崔志祥，要求查清这事究竟是谁干的。

崔志祥为难地苦笑道：“宏昌，这事你找到大队没有用。”

“为什么？”

“这话我不好给你讲，我不讲你心里也应该有数。”

严宏昌听崔志祥这样一说，就不再往下问了。

他心里当然有数。但心里有数又能怎么样呢？大家显然都很在意小岗村的“声誉”，即便你比窦娥还冤，找到县里，找到地区，他们也会像陈庭元书记那样，不跟你谈具体的事情，最后提醒一句：“不能因为这样一个工厂，闹得上上下下都以为小岗出了问题！”

大家都在回避。为了小岗，严宏昌也只有当自己是哑巴吃了黄连。

3. 住上了大房子

工厂办不成了，村里的事又一点问不上，庄稼活一完，人就闲了下来。严宏昌是个不安分的人，他又动起了脑筋，要为自己找点儿事做。这时候，他注意到，由于各地农村都实行了大包干，农民种田的积极性空前高涨，粮食大幅度地增产，很快，就出现了他过去曾对陈庭元说过的情景："个人富，集体富，国家还要盖粮库。"粮食增长得太快了，"卖粮难"就成了一个大问题。

当然，严宏昌不知道，仅一九八四年，为缓解农民的"卖粮难"，国家就多收购了六百亿斤，即使这样，农民手中仍有四百亿斤粮食卖不出。他调查后发现，不光是小岗，也不光是凤阳，江淮一带很多农民打下的粮食囤积在家里卖不掉，愁得心急上火。

粮站不收购，严宏昌却从中看到了商机。

他想，在去浙江瑞安联系塑料制品加工厂的业务时，就注意到，那边的社队企业、家庭工厂，遍地都是；正经种庄稼的已不多，为何不把这边的粮食，卖到那边去呢？

为此，他专门又跑了一趟温州地区。一深入调查，信心倍增，那儿对粮食的需求量大得很。既然“商品生产”做不成了，那就改做“商品流通”吧。

他准备要做的其实是“长途贩运”。当时 ，“长途贩运”还像当年他搞“包干到户”一样，属于禁区。但他想，既然中央提出要“引导农民进入市场”，这么好的一个市场就放在那儿，而国家一时又解决不了农民的“卖粮难”，农民为什么不能自己解决问题呢？况且，中央下达的第一个“一号文件”，就要求各级干部思想要更解放一点，改革更大胆一点。

严宏昌决心试一试。

既然政策还不允许公开地干，那咱就像当初分田到户那样，不声不响，偷偷地干。他把收购来的粮食装上车后，在上面盖上几层塑料布，把粮食盖得严严实实，这样一伪装，还真灵，十分安全，一路绿灯，没人查，没人问，于是他一门心思地跑起了温州的粮食长途贩运。

然而，随着粮食的生意越做越大，县里又来了人。来人最初还是和颜悦色的，给严宏昌讲道理，说自一九五三年开始，实行统购统销以后，粮食一直是由国家统购，农民除按国家规定的标准留下口粮外，其余粮食全部要按规定的价格卖给国家。

严宏昌说：“农民是想把粮食都卖给国家，可国家的粮站不收购了呀。”

来人一听，很不高兴，就说：“收购不了，那也是国家需要考虑的事，不是你可以乱来的！”

1984年小岗村有了瓦房。 ★康诗纬 摄于1998年

严宏昌一听，也有些不高兴，于是说："这边'卖粮难'，那边正缺粮，我这不是为国家分忧吗？"

来人正色道："不说你这是在投机倒把，但有人已反映你'不务正业'、'一心只想发家致富'，'资产阶级思想十分严重'！"

严宏昌不服，反问道："想发家致富，错在哪儿？中央不是希望'一部分人先富起来'吗？"

"小岗的其他人不是还不像你这么富吗？"来人严肃地告诫道，"你毕竟曾是小岗村大包干的带头人，所以你一定要注意小岗村的形象，你自己的形象！"

来人走了以后，他老是在想对方丢下的最后一句话。他真的有些搞不懂了，难道就因为自己是大包干的带头人，就这不许干，那不许干，一干就会影响到小岗村的声誉？他做梦都想让小岗人富起来，可他什么也不是，有劲使不上呀！难道就因为大家都只愿种田，安于现状，他也就必须与他们保持一致？难道大家都共同贫困，才是小岗的形象？

严宏昌再也不信这个邪了。他想，县里干预他做长途贩运，只是认为这会影响到小岗村的形象，可并没说这事犯法，干了该抓；他认为，自己做这事并没损害国家和集体的利益，自己赚的仅仅是智慧钱、辛苦钱，名正言顺，用不着怕别人议论。这样一想开，严宏昌就觉得自己没必要停下来，还应该继续干下去。

严宏昌告诉我们，直到了一九八五年，他背的这个“黑锅”才落地。那时，中央第四个“一号文件”正式下达了，为活跃中国农村经济，颁布了十大政策，首要的一条，就是取消粮食、棉花的国家统购，同时宣布：“生猪、水产和大中城市、工矿区的蔬菜，也要逐步取消派购，自由上市，自由交易，随行就市，按质论价。”

严宏昌从这新颁布的政策中，强烈地感受到党的这些政策，越来越贴近农民的心，真是想农民之所想，急农民之所急！这使他兴奋不已。

这期间，还有让他的心为之一动的，就是梨园公社党委书记换了人：张明楼走了，徐学友接替了他的公社书记的职务。这消息使他忽然有一种难言的冲动。

这些年来，他一直都在按照共产党员的标准要求自己，他也早已经把自己看成是党的人了。只是因为张明楼还在梨园公社当书记，他才迟迟没把入党申请书递上去。他看得出，自从张明楼将他“削职为民”，即便后来的事实已经证明，当年他带头搞的包干到户是正确的，但直到张卸任，可以把严俊昌委以严岗大队大队长兼小岗生产队队长，也不愿恢复他当初小岗生产队队长的职务，更不会帮助他实现这个多年的梦想。

现在，他盼望的一天，终于到来了。他甚至相信，他的一个多年的夙愿，即将要实现了。他把自己的入党申请书，珍重其事地递给了严岗大队书记崔志祥。不久，公社党委分管组织的周善忠就找他谈了一次话，严宏昌激动得不行，他等啊等，等着批准他入党的消息快点下来，可是，时间一天天过去，他入党的消息却没有了下文。

到了一九八六年，中央的第五个“一号文件”，再次重申：“一定要允许一部分人先富起来”，同时批判了“平均主义的办法只会抑制生产发展，导致共同贫困，是不可取的。”强调指出：“个体经济是社会主义的必要补充，在农村允许它存在并有所发展。”

读着这些为农民松绑，替农民说话的新的政策规定，严宏昌打心里往外地感到提神，长劲，顺心，痛快。他知道是万里在主管农业，这些好政策都是在万里的直接领导下制定出来的；想到万里来小岗时，他同农民有那么深厚的感情，党在他的心目中就一下变得十分具体而亲切。

他提笔又写了一份入党申请书，这次不光交给了大队，还交给了公社党委。

从此，严宏昌再也不用偷偷摸摸、躲躲闪闪了，也不再怕有人背后告他“不务正业”、“一心只想发家致富”了，他可以堂堂正正地把安徽凤阳县周边农民的粮食，长途贩运到浙江的温州去。

这以后，他不光想把粮食的生意做大，又有了新发现。他发现南京和合肥，两地的老百姓都爱吃烤鸭；南京烤鸭和合肥烤鸭，都成为各自城市著名的土特产，对鸭子的需求量极大。他找段永霞商量，能不能养点鸭子。段永霞是个又能干又能累的女人，她说试试，头一次就试养了五百只。望着一只只刚出蛋壳的“鸭苗”，可爱极了，她就像照料自己的孩子一样，精心地圈养那些欢蹦乱跳的小生命。起初没有经验，不知道小鸭什么时候该吃食，她就想了一个笨办法，夜里，干脆睡在小鸭边上，抓一把食物，将一只手伸到笼子里。到了半夜，那些“苗鸭”围着她手臂拱来拱去，把她惊醒了，她就知道它们饿了，赶忙爬起来，给它们添食。天道是公平的，有付出，就会有收获，“鸭苗”在她手里，一般喂上四十五天到五十天，就能长到五斤、六斤，有的甚至长到七斤，可以出笼了，严宏昌就把它们卖到南京或是合肥去，卖得十分抢手。

就这样段永霞由开始的几百只，喂到了两千多只。严宏昌也就从自己家试着喂，后来发展到大家跟着喂；不仅带动本村严立学、严立华、严金昌、严付昌、韩国云、关友章家都喂起了鸭子，连大严村有的也成了他的养鸭专业户。

仅贩鸭子一项，仅南京一处，严宏昌一年少说也卖过去一万多只。

那几年，严宏昌的日子过得很开心，他终于能够无忧无虑地，一边种地，一边搞他的“商品经济”。自己没少赚钱，又带动小岗、带动邻村许多农户“发家致富”，可以说，他心满意足。他的确很少过问队上的事，再说了，也没谁要他问，他也问不了。当然，各地来参观小岗的人，依然不断，但给慕名前来学习观摩的人留的印象却是：江山依旧，旧貌犹存；几乎全是高兴而来，扫兴而归。严宏昌也感到无奈。

那几年，严宏昌在公众场合似乎淡出了，虽然有不少来访者，指名道姓要见他。却往往被告之：他家太脏，那不是人能去的地方。说得来访者莫名惊诧，这才解释：他家喂鸭子，脏得下不去脚。

有一次，日本国驻上海领事馆领事乔木一男来到小岗，要见严宏昌。严宏昌这已不是头一回接待外国的客人了，但县有关方面事前为了这事，一再叮嘱他接待时不要随便说话。严宏昌听了，心里很不舒服，怎么才叫不“随便说话”？既然这样不信任自己，为什么又要找他呢？他一赌气，走了。

那天，段永霞正在喂鸭子，就见一群人说笑着冲她家走来。她迎了过去。一个五十岁上下，在她看来和宏昌一样中等个头的男人，发现院里院外遍地尽是肥嘟嘟的鸭子，十分兴奋，问这问那，段永霞接待的人也已经不少了，就镇定地问啥答啥，彼此谈得很投缘。

段永霞原以为这是地区或是县里来的干部，便问："不是说马上有外国人来吗，什么时间到？"

这一问，把对方问愣了，很快笑起来，说："我就是，我就是，日本人！"

段永霞一听，被闹了个大红脸，这才知道，日本人跟中国人长得是一模一样的。知道对方是日本人，她就开始不讲话了。乔木一男问她："为什么小岗村不能家家户户都养鸭子？"她不答。随行的县干部急了，要段永霞还像刚才一样回答客人问题。

段永霞于是直话直讲："小岗很多家还很穷，没钱买这么多的鸭苗呀。"乔木一男明白了，点点头，当场表态："大家都养，我来出钱。"

段永霞高兴地说："那太感谢你们了！"

乔木一男接着又说："大家都来养，村里还可以建一座加工厂，建一座冷库，很多工作村里都是能做的。"

段永霞后来把这事告诉严宏昌，严宏昌也替小岗人高兴。他想，如果小岗家家都喂鸭子，又有冷库存，又有加工厂，这事就可以做得很大，真是那样，小岗村真的将"鸟枪换炮"了。想到这里，他又不免敲起了心鼓，就怕村里的当家人好事办不好，自己这两年莫名其妙的遭遇，就足以让人乐观不起来。

谁知，事情说来，就来了。段永霞养鸭子已经养出了一整套的经验，严宏昌的鸭子生意更是做得得心应手，县里又来人了。

这次的态度很强硬："鸭子不许喂了，你们这样干严重污染了小岗村的环境，群众意见很大。"

严宏昌问："你说的'群众'，具体是谁？"

来人不耐烦，只是说："必须停！"

无论严宏昌怎么说明，怎么保证，但来人一言九鼎，没有任何商量的余地。

严宏昌真的是寒心透了。

他和段永霞只好"金盆洗手"。已经尝到了养鸭子甜头的小岗人：严立学、严立华、严金昌、严付昌、韩国云、关友章以及大严村的几家养鸭专业户，也都只有停下来，老老实实去种地，安分守己地当农民。

鸭子不准喂了，不过，严宏昌毕竟在贩粮食、贩鸭子的生意上赚到了一笔钱。一九八九年秋后，他终于张罗着要盖"大瓦房"了。

那时，在凤阳，有了一点钱的农民，一般都在拆茅屋，盖瓦房，现在严宏昌却要将多年计划中的"大瓦房"，一步到位，盖成钢筋混凝土结构的楼房。他要彰显自己的能力与实力，以及与众的不同。

他把新房的地点就选择在茅屋的东面。为什么选在那儿，他的理由是：当年万里来他家作客时，就曾指着那个地方说，希望他将来盖上瓦房。他认为，这是万里"确定"的地点。

虽然他还只有盖出一层楼的钱，但他却是打出了足可以盖上三层楼的地基；他还把客厅盖得很大，比城里的任何一个干部住宅的客厅都要大，就是村里来个几十口人开会，也坐得下。

据他介绍，盖那一层楼，他花了九万元。可村里人说，他这是今天的价格，实际上也就五万多。但这在当年也不是一个小数目。

严宏昌对这房子十分满意，他说，今天的农民就应该住这样的大房子！

4. 夭折的养殖场

严宏昌就是严宏昌。毕竟，他曾是小岗村包干到户的带头人；毕竟，他还是小岗村知书达理有文化的农民。《三联生活周刊》主笔朱文轶在一篇文章中曾这样表述：尽管不断地抛头露面给严宏昌带来了一些麻烦，遭到村中其他家族的忌妒，尤其一直是队长的堂兄严俊昌对这位堂弟的敌视越来越强烈，不过，外面世界的大门，毕竟向这个家庭打开了。

一九九一年三月初，严宏昌接到上海社会科学院王振民教授的一份电报，邀请他去参加一个“关于恢复上海主人印刷厂改革试点暨搞活城乡合作经济理论和实践研讨会”。

此前，上海主人印刷厂，严宏昌连听也没听说过；城乡合作经济的理论和实践，又与自己有什么关系，更不知道。好在现在新盖的房子已告一段落，田里也没有什么要紧的活，闲着确实又没什么事，就准备去看看。

去的那天，他已回忆不起具体日期，段永霞却记得十分清楚：农历二月初二。小五严德锦生下就是个“病秧子”，为求吉利，自小就在后脑勺留下一撮胎毛，乡间叫“后拽”，这一天，他正满十二岁，按老话说，二月初二要找人将那撮胎毛剃了，而这一天宏昌正好出门，日子就这样记住了。

“二月二，龙抬头”，这一天更寓含着中华民族一个美好的传说。相传冬眠了多日的龙，在这一天，会凌空跃起，然后腾云驾雾，游之于四海了。

这天严宏昌赶往上海，被安排住在华东政法学院留学生楼。在王振民教授那儿，严宏昌才清楚，这个研讨会，源起于上海六个大学生，带头人叫毛来，早年辞职下海，办起上海主人印刷厂；小岗村的“大包干”进了城，上海这座国际大都市也先后出现了许多私人商业网点。前些日子，上海主人印刷厂和上海所有的私人商业网点一样，都被认为是资本主义性质，无一例外地被上海市工商局吊销了营业执照。这事在上海，乃至在全国，都掀起了轩然大波。上海社科院和有关方面于是组织了这次研讨会，其实，它只是正在席卷全国的姓“资”姓“社”大讨论中的一部分。而作为这场争论的“源头”，小岗村大包干的带头人严宏昌，当然也就在被邀之列了。

研讨会的级别很高，但会上的发言各执一词，并且言辞激烈，这使得严宏昌见识了一个陌生的世界。他是应邀者中唯一的一个农民，却丝毫没有一点怯色，显然这得益于他多年作为小岗村与社会各界沟通的“外交代表”，介绍“小岗村大包干事件”的民间发言人，场面上也是久经历练了。他发现许多人在抨击如雨后春笋般冒出来的私人商业网点时，都联系到了中国农村出现的“家庭联产经营”，而且都被说成是“资本主义的产物”。他当然接受不了，就主动要求发言。他说，今天许多专家在这里就农村中的家庭承包经营是姓“资”还是姓“社”，争论不休，其实早在十年前，中央就已经说得很清楚：这是“联系群众、发展生产、解决温饱问题的一种必要措施”，是“依存于社会主义经济”的，“没有什么复辟资本主义的危险，并不可怕。”一九八二年一月一日开始的中央第一个“一号文件”，就已经明确地指出：包括我们小岗村大包干到户在内的，“目前实行的各种责任制”，“只要群众不要求改变，就不要变动。”

严宏昌的口才早已是上乘了，他的发言又是有理有据，而且旗帜鲜明。他说：“农村中的包产到户、包干到户没有复辟资本主义的危险，都不可怕，上海的私人商业网点和个体性质的主人印刷厂，就那么可怕？就一定有复辟资本主义的危险？我认为这是自欺欺人，耸人听闻！城市改革和农村改革，应该是一样的道理，这就是，只要群众欢迎，对群众有利，群众希望他们存在，就应该支持，强行吊销他们的执照，这是没有任何道理的！”

最后，他坦率直言：“我不客气地说，把个体经济看作资本主义性质，这是你们站错了立场上，个体经济的发展，与国有利，与民有益，不容许它的存在与发展，是绝对错误的！”

严宏昌的发言，引起强烈的反响，有人问他：“你毕业于哪个大学？什么专业？”

严宏昌幽默地笑道：“中国农村大学地球系，正在学习。”

当天晚上，上海广播电台和上海电视台，以及上海一些报纸，都将研讨会召开的新闻，以及严宏昌在会上的发言作了及时报道。

会开到第三天，上海市人大主任葛修璐和上海市经委主任汪其，都出席了会议。二人握着严宏昌的手，高兴地说：“你就是小岗村的严宏昌？”招呼他坐到前排去，并请他再作一个发言。严宏昌也没推辞，爽快地又向大家报告了小岗村所以闹起包干到户的原因，和这场改革给小岗人带来的变化。他结合自身的体会，把话题引入到上海市工商局对个体经济所采取的错误的做法，指出这种做法是违背了群众的意愿，损害了群众的利益，也是不符合今天改革开放和发展经济的时代大趋势。

他一口气讲了半个小时。就如此严肃的课题，慷慨激昂地发表自己的意见，平生还是第一次。他甚至对自己的勇气，以及口才，也暗下感到几分惊奇。他的发言反响之大，更完全出乎自己的意料。

会场上的气氛相当热烈，有人竟当场拉出了大幅标语：“强烈要求恢复上海主人印刷厂！”散会后，由上海一家仪表厂党支部书记辞职下海、领着学友创办主人印刷厂的毛来，开车把他接去看厂，当时的工厂，还正在被封。

第四天，严宏昌被请上了主席台，大会安排他同上海市工商局长直接对话。

这个对话，被上海媒体看作“小岗村大包干带头人”，同上海“吊销事件”主政者一场面对面的交锋。

工商局长首先强调：上海是一座大都市，是社会主义的大都市，决不能允许像私人商业网点和像主人印刷厂这样的资本主义产物，在上海蔓延；取缔并吊销他们的营业执照，是必要的，也是无可非议的，这是为了维护上海社会主义经济建设健康地发展。

工商局长说到激动处，还拍起了桌子，表现出无比的义愤。

严宏昌发言时，却显得颇为冷静。打从小岗村包干到户走到今天，遭遇到的曲曲折折，坎坎坷坷，已使他修炼得“每逢大事有静气”。杀头坐牢都不怕，同上海一个工商局长当面对话，好大个事！

当然，他没忘记自己的农民身份，他的话题，自然是从农村改革切入。他首先提到五年前，一九八六年一月一日，中央下发的第五个“一号文件”。那个文件中已明确指出：“个体经济是社会主义经济的必要补充，在农村允许它存在并有所发展。”由于在办塑料制品加工厂以及长途贩运粮食和鸭子的那些日子里，他一直就被人指责那是“资本主义性质”，因此，上面的这句话，他记得十分清楚，而且刻骨铭心。他对这位局长说，个体经济在中国农村允许存在并希望有所发展，上海个体经济同属此理，它一样地是社会主义经济的必要补充，不仅应该让它们存在，更应该为它们提供发展的空间。吊销，封闭，都是不利于上海市经济发展的，是不理智的。事实证明，小岗人当初搞的包干到户，已经受到各地农村的欢迎，并被广泛地推行；历史也将证明，上海市工商局局长强行取缔个体经济是极其错误的，是不得人心的！

他问工商局长：“你说它们都是资本主义产物，你可以告诉我，在这件具体的事情上，资本主义和社会主义性质的鉴定根据，在哪些地方吗？”

工商局长答非所问，说道：“几十年来，我们一直就是沿着社会主义的道路走过来的！”

严宏昌说：“上海我不了解，中国的城市几十年怎么走过来的，我也不了解。但我要说，改革开放前，中国农村走过来的那种吃‘大锅饭’的集体化道路，已经被农民抛弃了；今天的家庭承包责任制，受到亿万中国农民的喜爱。按局长这么说，上海一直是沿着社会主义道路走过来的，上海就没有改革开放的需要了？上海几十年走过来的路，究竟是应该一成不变，还是需要进行必要的改革，恐怕不是你工商局长能说了算的，上海的老百姓才最有发言权。你们这样取缔个体商户的营业，关闭几个大学生创办的私营企业，上海市民是欢迎还是反对，你去了解过吗？”

工商局长开始变得语讷：“我不需要了解，党就是这种政策。”

严宏昌一点不留情面地说道：“你们这样做的实质，就是要我们小岗人回到‘大锅饭’的年代，就是要把那些已经投身改革的上海市民重新捆在一起受穷！”

严宏昌说的这些道理，到会的专家和学者其实都清楚；甚至，在他们看来，这只是一些基本常识。问题是，在这样的会上，需要有一个人敢于理直气壮地说出来，而严宏昌作为大包干的带头人，无疑正是最合适的人选。只是大家都没想到，他严宏昌还真的能说，并且敢说。所以，他的话，赢得了会场上一片掌声。

整个研讨会开得非常成功。会议主持者最后明确表态：“个体工商户被吊销了营业执照的，应该一律补发；被查封的主人印刷厂，应该恢复营业！”

因为会上的情况，上海的报纸、杂志、广播、电视，都作了跟进报道，严宏昌走在上海的大街上，有几次竟被行人认出来，称赞他讲得好；有的甚至代表上海市的个体工商户，向他表示由衷的敬意。

上海松江县校办印刷厂厂长宋富豪，和在上海做生意的温州商人李二安，两人在电视上看到了严宏昌发言的新闻，就到处打听严宏昌的住处，找了三天，终于拦住了接送严宏昌的汽车，李二安激动地对他说：“你救了一批上海的生意人呀！”严宏昌说：“我只是在自己救自己。你们找我有什么事吗？”宋富豪说：“想见见你，交个朋友；说不定还会有合作的机会。”

会后，上海人大主任葛修璐、上海市委秘书长李开亚，都分别到严宏昌的住处看望他，希望他充分利用小岗品牌的优势，招商引资，积极发展商品经济。

上海市经委主任汪其也来到了严宏昌房间。汪其不无感慨地聊起了一些往事。

“其实，还是在一九八三年，你们凤阳搞起大包干不久，我们就去看了，以后对你们的支持也不少。一九八五年我们支援县里办起了凤阳眼镜厂，炼硅厂，还有其他几个企业。”

严宏昌并不知道凤阳眼镜厂是上海帮助的，却知道“凤阳”牌眼镜已是名冠一方，畅销省内外。无论凤阳眼镜厂，还是凤阳炼硅厂，今天都已经成了凤阳县重要的经济支柱，成为凤阳县经济发展的一个标杆。

严宏昌对上海无私地支持与帮助自己的家乡，十分感动。但是，汪其接下来的话，却让严宏昌感到无地自容。

汪其说：“为支援凤阳办企业，我们把资金、人员都带去了，也先后上马了，遗憾的是，凤阳方面技术掌握了，就把我们的技术人员一个个地撵回来了。”

“他们做得太不地道了！”汪其失望地说。

一阵令严宏昌难堪的沉默过去，汪其话锋一转，他说，他很关注小岗的发展，如有可能，他也愿意帮助小岗。

严宏昌于是不失时机地谈到了自己的一个设想，他说，是否能让小岗成为上海“菜篮子工程”和粮食生产的一个基地呢?

汪其觉得严宏昌的这个想法很好，他考虑了几分钟，就提笔给凤阳县委、县政府写了一封信，要严宏昌带回去。同时，委托社科院的王振民教授，陪他到上海的郊县去转转，看一看上海还可以在哪些方面为小岗提供帮助。

随后，王振民就带着严宏昌到了淞江县，去看了大江养殖公司。在淞江，严宏昌拜访了刚结识的朋友宋富豪，并应邀在宋富豪家住了几天。住下之后才了解到，这位一见如故的上海朋友，原来并非等闲之辈，还是上海滩上一位著名人物，曾被评为“上海十大企业家”，并且是“上海十大园丁奖”的获得者。

宋富豪听了严宏昌对小岗的一些介绍，就鼓动严宏昌成立一个“小岗农工商实业有限公司”，要干，就先从养殖场干起，他愿鼎力相助。

严宏昌知道宋富豪是真心想帮自己，也就不瞒他：“以小岗生产队的集体名义，搞一个农工商一体化的开发公司，困难不小。我们那里地处偏僻，大都是老实本分的农民，没有商品和市场观念，认为办企业是奸商们的事，大家不一定会同意。”

宋富豪问：“我只问你，你想不想干？”

严宏昌说：“我当然想，也试过，但要自己办一个公司，没那么多资金呀！”

宋富豪大包大揽地说：“你先把平台搭起来，资金我来解决。”

严宏昌想了想又说：“我不了解办公司需要走哪些程序。”宋富豪干干脆脆说：“这好办，我跟你去一趟凤阳。”

回到凤阳，严宏昌带着宋富豪首先找到县委办公室，去见县委书记。办公室的同志听说要见王昌义书记，先是不让进，待严宏昌说明要面呈上海市经委主任汪其的一封亲笔信，这才变得客气，告诉他，王书记正在县供销社三楼开会。

严宏昌立即赶往供销社的三楼，可会已散了。

下午机关一上班，严宏昌再次赶到县委，终于见到了王书记。王昌义看罢信，感叹道：“哎呀，好你个严宏昌！凤阳像你这样的人，太少了，如果有几十个，早发展起来了！”然后，对严宏昌说：“这事我知道了，你如果没有别的事，就先回去吧。”

回到小岗，严宏昌呆了一天，就和宋富豪按计划去了县工商局，提出申办“小岗农工商实业总公司”。工商局说，这要县委、县政府正式批准才行。

这一下，连宋富豪也糊涂了。不过他马上明白，各地有各地的规矩，既然告诉你这事需要县委政府批准，那就必须“入乡随俗”。他要严宏昌再去找王昌义书记。

王书记听了严宏昌的陈述，说，这是政府的事，叫他去找县政府。

严宏昌于是又跑到政府；县政府的同志告诉他，这样的事是由县经委具体在过问。

严宏昌只得掉头去找县经委，可县经委的工作人员却说，你们应该先去县乡镇企业局，他们同意了我们才能批。

就这样，严宏昌在县委、县政府机关大楼之间，来回奔波，把个宋富豪的心都急烂了。他们在凤阳县城住了五六天，花了几千元，才算把办公司的一切手续跑齐了，宋富豪这才放心地回了上海。

公司的平台已经有了，宋富豪也开始忙碌起来了。几天之后，宋富豪就给严宏昌打来电话，要他在小岗村挑选几个年轻人，先送到淞江县大江养殖场接受技术培训，一切费用由他解决。严宏昌没想到宋富豪办事的效率这么高，就把免费去上海学习的好事告诉大家，不过他也把丑话说在前面，大家一听说公司今后是盈是亏，还得看自己怎么干，任何公司都有一定风险，于是都不愿意干。严宏昌跑得腿痛腰酸，说得口干舌燥，也是白搭。最后，也只有自己的大儿子严余山愿意去，无奈，严宏昌只得从小严生产队找了一个，又在小溪河镇上物色到一个，凑齐了三个人，然后亲自把他们送到了上海淞江。

在上海期间，宋富豪还带着严宏昌去了一趟上海市委，他们找到了分管农业的市委副书记孟建柱。孟建柱对小岗村这位“大包干带头人”的到来挺重视，听说他要办养殖场，并已派人在淞江进行技术培训，就亲自给淞江县畜牧局局长洪平写了一封信，要洪平局长帮助解决小岗培训人员遇到的一些具体问题。

孟建柱还客气地请严宏昌和宋富豪吃了一顿饭，对小岗发展养殖业，他表示会给予一定的支持。

很快，就有消息传来，上海决定无偿提供一百头母猪，且均为优良品种，同时拨给十五万元，作为创办养殖场的启动资金，还专门安排了一位姓苏的技术员到小岗村传授经验，这位技术员的工资也是由上海市政府解决。

接到这个通知，严宏昌真的是又喜又愁。喜的是，上海方面提供了这么大的支持；愁的是，这一百头猪和十五万元资金，他不好处理。这些猪和资金，虽说是他和宋富豪跑来的，但上海市领导，实际是在帮助小岗村；他们成立的“小岗农工商实业总公司”，虽带有“小岗”二字，却是与小岗村毫无关系的。

严宏昌就同宋富豪商量，认为这一百头母猪和十五万元资金，还是应该交给小岗生产队。宋富豪也觉得应该这样做。

严宏昌回到小岗后，就把大家找到自己家开会，将这趟上海之行的事儿作了介绍。大家一听上海马上要送来一百头品种猪和十五万元资金，顿时，一片惊喜。都夸严宏昌能办事，为小岗村办了一件大事！

接着，让严宏昌感到悲哀的事情再次发生，猪和钱都还没到呢，会上，大家就为谁当场长，谁当会计，争得不可开交。

首先是严俊昌的三弟严留昌，往起一站说道：“十五万拿来给我，我干养殖场会计，这钱由我掌管了。”接着严俊昌的二儿子严德龙，马上提出：“我来当这个场的场长！”其他村民一看这个架势，心里都不高兴：难道说，严俊昌掌了队里的大权，今后小岗村有了啥好事，就都该摊到他一家人的头上？

就见严金昌挺身而出，自告奋勇也要当场长；他的话音儿没落，严美昌同样也是毛遂自荐，要掌这个权。

刚开始，严宏昌还在笑，他觉得好笑；但看着，看着，不对了，你争我抢，各不相让，热闹得就像一锅开水，他感到了寒心。

那时村里早派有蹲点干部，开会的时候，县农业局的副局长黄士尧也参加了。黄士尧见严宏昌冷着脸坐在边上不说话，就对大家说：“这个项目是容易搞来的吗？你们不听听宏昌有什么想法吗？”

严宏昌忙摆手，只顾抽他的烟。

黄士尧小声问：“你自己想干吗？”

严宏昌又摆了摆手，他慌忙低下了头。他真的想哭啊！

他见黄士尧把头凑过来，就对着黄士尧的耳朵颤着声说：“……这样下去，小岗还有什么希望？”

黄士尧一愣，小着声儿劝说道：“慢慢来，不要伤心。我来找他们谈谈，劝劝严俊昌，哪能一家人干，也要让别人干。”

争论了一晚上，没争出个结果，第二天上午只得继续开会。这时关友章和关友申怕大家再争论不休，就建议，干脆谁都别争了，养殖场也别办了，一百头猪一家分它几头，十五万块钱也平摊到各户。

往常村里开会，有严宏昌去，段永霞是从来不参加的；但今儿个会是在自己家里开，她就坐在一边听，越听，越生气。心想，这猪，这

严宏昌的贤内助段永霞。 ★晨凉 摄

钱，虽说是严宏昌和他的朋友从上海跑来的，留给队里她也认为是对的，但是，严俊昌的一家人一个争当场长一个争当会计，这不是欺负人吗？惹得大家都争都抢，就是没人愿当饲养员。

她看出来了，大家都争会计、争场长，那是不想让严俊昌一家人吃独食，却又都不敢明讲。她知道宏昌不会干这个场长，他还想到外面跑跑，忙他和宋富豪办的那个公司；她其实也不想接这个“烫手山芋”——但是大家都不敢讲，这话怎得有人捅破，捅破了，才能知道严俊昌葫芦里装了啥药。

于是段永霞亮开了嗓门，接过话，说：“我喂过多年鸭子，养猪的事我承包了！”

一直没说话的严俊昌，见段永霞要把这事揽过去，终于沉不住气，拿出了当家人的口气问：“我不给你地，你哪有地建猪场？”

段永霞奇怪地说：“怎么没有？我用我自己的承包地！”

严俊昌一下站了起来，大声训斥道：“哪有你的地？你的地在哪里？地都是共产党的，队里的，你有屌地！”

严俊昌竟当众对弟媳说起了脏话，段永霞不愿意了，也立起身，毫不示弱地同他理论起来。不少人趁机帮助段永霞，一时间，会场上吵成了一片。

严宏昌只感到心口儿堵得厉害，连着猛抽了几口烟。他很想说上两句，却又觉得说不清楚。他听得出，堂兄今天的话不光是说给段永霞听的，他这是在敲山震虎。项目搞回来了，这很好；但是，由谁搞，怎么搞，那是队上的权力，有什么好讨论的？“地是共产党的”这句话，更是在提醒他严宏昌，堂兄现在不仅是严岗大队大队长兼小岗生产队队长，还是有了两年党龄的共产党员；而他严宏昌申请书递了不少，至今仍是个“群众”，党内、党外都轮不到他来召开这个会。

黄士尧昨天会后去做了严俊昌的工作，严俊昌听了，却一言不发。他见今天会上闹成了这么个局面，就咬着耳朵对严宏昌说：“宏昌，我看了，小岗你想搞好，是搞不好的了；你做了好事人家不领情，不如把这批猪拉到我们畜牧局去，等养大了，一家分给两头。”

黄局长的建议，严宏昌并不赞同，但黄局长在征求大家的意见时，大家竟然都同意。能不满意吗？反正大家都没出力，便宜也没被个别人抢了去，何况黄局长也讲了，赶到猪养大了一家还能落个两头，怎么会有意见呢？

严宏昌只感到一阵割肉剜心般的痛苦，但想想，不这样，似乎又确实找不出别的更好的办法。

没有几天，宋富豪就带着上海社科院王振民教授和苏技术员，拉着一百头母猪、三头种公猪，十五万元现金，来到凤阳，一齐交给了凤阳县畜牧局。

谁知，也只过一个多月的时间，苏技术员突然跑到小岗找严宏昌。严宏昌发现苏技术员的脸色不好看，连忙问出了什么事。

苏技术员，一个大老爷们，说着，说着，眼圈儿竟红了起来。他说：“猪到了，钱给了，技术也掌握了，他们就要撵我走，不给我解决吃住，我在那里一天也没办法待下去了。”

严宏昌听了，感到巨大的震惊。当初上海市经委主任汪其说起县里的那些事时，他还半信半疑，现在，同样的事就发生在自己的眼面前，不容他不信。

但是这麻烦却是自己找来的呀——他怎么好向上海市委的孟建柱副书记，上海市社科院的王振民教授，以及为这事操了那么多心的宋富豪交代呢？

没脸去见上海市的领导和朋友，已使严宏昌后悔莫及，他更为小岗村失去一次发展的良机，感到极为痛心。想想上海无偿送来的那一百头母猪和三头种公猪，假如当时留在小岗，有苏技术员的精心指导，小岗村不仅很快可以拥有千头猪场，而且是能够发展到万头猪场的呀！结果，给了县畜牧局，而畜牧局本身也没有养殖场，最后被城西乡白白拣了个便宜。

小岗村丧失的，岂止是一个养殖场呢！他的为上海市直接服务的菜篮子工程和粮食基地的“大文章”，这是连上海市经委主任汪其也认为是很好的想法，也全盘砸了，谁还敢同你打交道呢？

“为什么到手的鸭子会飞了？”严宏昌思来想去，他感到不能不和执掌严岗大队和小岗生产队大权的堂兄严俊昌认真谈一次话了。

有些话，闷在严宏昌心里已经几年了，不说出来会把他憋死。

其实两家住得很近，严俊昌就住在严宏昌家的斜对门。这天，严宏昌走进严俊昌的家里时，严俊昌只是拿眼睛看着他，连一句热乎的话也没有。

严宏昌不介意，自己找个地方先坐了下来。堂兄这两年的变化，他看得很清楚，随着小岗村名声在外，堂兄越来越把自己的“身份”看得很重。平日，严宏昌一直觉得他是兄长，又没有文化，事事处处忍着让着他；今儿个，他却要当面锣、对面鼓，同堂兄打开窗户说亮话了。

他说：“我小哥，小岗村能有今天的名声，这是我们当年冒死包干到户赢来的。小岗搞得好与坏，大家都知道是我们严家弟兄在搞，搞好了，什么都好说，搞不好，就会被下代人落个骂名。你是今天小岗村的当家人，我从来没有想和你争当干部的念头。好有一比，你当你的赵匡胤，我只是杨家将，江山还是赵家坐，我在前面、外头挣命，搞得再好，也是‘挂角将军’。我搞到十块钱，你就能摊到一块钱。但是，小岗村不光是严家的天下，还有关家、韩家，当年不是十八户一条心，包干到户谁也搞不成，现在小岗村在外边风光，这是全体小岗人挣来的。

你是当家人，自家要顾，也不能忘了大家；大家不能抱成团，不尽快把小岗村搞上去，你我脸上都无光。小岗光荣历史的那一页早翻过去了，看看人家农村，我心里不服啊，你应该比我更急才对。其实，我们不是没有办法，只要我们弟兄俩心往一处想，我相信就能把小岗村变个样。这是我此生最大的心愿。这么多年，我们坐下来彼此掏心窝子交谈的机会太少了。”

严宏昌不管严俊昌有什么反应，他一股脑儿把闷在肚子里多年的话，都倒了出来。但他注意到，严俊昌只是拿眼睛看着他，并不说话。

“我小哥，你说话呀。”

严俊昌依然只是静静地看着他，不说话。

严宏昌想，权力确实可以改变一个人啊。

“我小哥，你是当老大的，”严宏昌掏心掏肺地说道，“今后我哪儿做得不对，干错了，你揍我两下子，都无所谓，我只想说一句：小岗不发展，这比你天天打我都还难受呀！上上下下那么多眼珠子，在看着小岗，小岗人丢不起这个脸，小岗村已经落伍了呀！咱不能再仅仅守着包干到户时分到的田，不能只满足吃饱了饭、有了衣服穿，得想想办法，让小岗村变成小康村呀！”

严宏昌说得很激动，但严俊昌自始至终不讲一句话；严宏昌也就不好再往下讲了。

都说“血浓于水”，二人尽管是亲叔伯兄弟，当年可以“割头不换颈”、杀头坐牢也敢往一起站，现在面对面坐着，却没有了共同语言。

第四章　好事多磨

严宏昌就像被人当众扒光了衣服；他甚至越来越怕各地的客人认出自己就是当年的“带头人”，有几次，夜里梦到被人羞辱，他一下被惊醒，惊出了一身冷汗，也委屈得泪洒枕巾。

1. 三家工厂随风消逝

历史是需要某些强人或政治家强有力推动的。但历史的经验同时表明：仅仅靠强人或政治家一时推动，而不建立相应的制度，这种推动只能是暂时的，最终逃不脱“人存政举，人亡政息”的宿命。要让改革的成果能巩固下来，只有依靠建章立制，通过法律的规定，完善相关的权力监督与制约机制，才能保证改革成果不因领导人的改变而改变，不因领导人看法和注意力的变化而变化。

显然，万里就是这样一位清醒的政治家。

他在出任全国人大常委会委员长之后，一直积极主张人大常委会修改宪法，要把现行宪法中关于“人民公社”的提法删去，将“家庭承包经营”作为中国农村基本经营管理的体制，并长期不变。经过他不懈的努力，这一建议于一九九三年三月二十九日，在八届人大一次会议上正式通过：由小岗人创造的“包干到户”——“家庭承包经营责任制”，终于被载入了中国的《宪法》。

这就是这一年的春天，滁县地区易名滁州市，由梨园公社演变而来的梨园乡，也并入了小溪河镇。倒闭了的梨园米厂，因为无人过问，墙砖被人偷偷扒走，机器上的零件能拆掉的基本上也都被拆光，最后只落下了一片空落落的厂房。这空出的厂房，被严宏昌注意到，并动了心。当市财政局一位领导来小岗检查工作时，他就把自己打算将米厂恢复起来的想法说了出来，这位领导觉得他的想法不错，就说：“闲在那儿也是浪费，你利用起来，还能帮助周边农民解决粮食加工上的困难。”问他需要多少钱，他说：“没有二十万恐怕不行。”这位领导也痛快，当场表态：“行，我帮你解决。”

严宏昌马上给上海的宋富豪通了电话，宋也觉得这是个好主意。

在市局领导的帮助下，二十万元贴息贷款很快到位。厂房是现成的，设备有钱就可以买到，严宏昌于是请来了有企业管理经验的曾担任过梨园乡企业办主任的崔志林。他还把小岗村“承包经营”的办法，也移植到了对公司的管理上，将小岗米厂交给崔志林，在搞清了成本和利润上的核算后，由崔承包下来。

梨园乡被撤，梨园乡政府原用于办公的那些房子，也一下都空置起来。发现到这一情况，严宏昌更是兴奋，他的一个宏大的计划，也随之产生。他感到，“小岗农工商实业总公司”大有作为的时机终于来临了。

那两年，为谋求公司的发展，他东奔西走，南下北上，绞尽了脑汁，也接触过大量的企业界人士，但许多好的项目都是可望而不可及，不是缺资金，就是缺地皮。办厂首先就得有场地，土地哪儿来？解决了土地，盖厂房又得要不小的投资，那大量的钱又哪儿来？现在好了，天赐良机，厂房是现成的，花很少的钱就可以租上一大片房子！

严宏昌于是把他早已认识的一位福建能人请了过来，投入几万元，建起了小岗食用菌厂。

第二个厂也搞定之后，接着他就去了一趟省城。以前省外贸组织人来小岗参观过，一位领导同他聊过出口的工艺被很受外商的青睐，曾希望他在小岗也办个这样的来料加工厂，当时因为既没场地，也没厂房，聊了也是白聊，现在条件已经成熟了。再说小岗和周边的不少农民手里都有了一些钱，都添置了缝纫机，平日那机子放在家里，一个月用不上几回，就像乡里的那些房子一样，闲着也是浪费，经他一动员，各家各户的缝纫机一个早上便集中到了一起，他又请出梨园大队老支书史家齐，招来了一百二十名工人，于是一个颇具规模的小岗工艺被厂，便正式挂牌开工了。

就这样，短短时间，小岗农工商实业总公司名下的三家工厂先后开张。

小岗村不声不响一下冒出了三家工厂，这事儿，轰动太大！本来小岗就吸引大家的眼球，严宏昌又是个新闻人物，现在严宏昌在小岗创办出三家工厂，这消息，传得比风还快，一时间各地记者接踵而至；参观学习的人更是先睹为快。

也就在这时候，来采访的记者和来参观学习的人，还会发现，小岗的变化不仅是有了三家工厂，“小岗”也变大了：小岗生产队已经从严岗行政村划出，小岗和大严两个生产队被合而为一，组成了一个新的小岗村。这样一来，原小岗队便发展成有七十五户、三百一十二口人、实有耕地一千六百多亩的行政村。由此，在中国农村的行政序列中，终于有了一个名符其实的小岗村。

小岗行政村，首任村长是严俊昌。为什么是严俊昌？有的说，他早先就是小岗队队长，又曾是严岗大队的大队长，已经相当于行政村的村长，现在小岗生产队扩编为行政村，他从严岗回小岗当村长，这没什么可奇怪的；还有人说，严俊昌已经是中共党员，严宏昌这时还是个“群众”，这么重要的岗位不可能给一个“群众”。

小岗行政村正式成立了，严宏昌也挺高兴，认为这是给了小岗村一个大发展的历史机遇；而且，过去大家也说“小岗村”，其实那只是一个生产队，现在，“小岗村” 终于变得名正言顺。

不过，严宏昌也越发担忧了，堂兄在当严岗大队大队长时，身上就有了霸气，一般人的话已经听不进去，现在真正成了“中国改革第一村”的村长，“风头”更大，权力更大了，可他的思想依然那么守旧，又很少往外面跑，就凭自己悟出的那点经验，怎么能把小岗村带到现代化的农村去？

严宏昌最闹心的，还是堂兄已经入了党，却在自己入党的问题上一直使绊子，这已是公开的秘密。在村里的党支部会议上，就他的入党问题，严立学就提出过几次，每次都因为严俊昌坚决反对，搞得连会都开不下去。要不是严俊昌在外散布消息，反过来说是严立学有反对意见，这话又传到了严立学的耳朵里，严立学气不过，找到严宏昌，提出要和严俊昌当面对质，严宏昌这才了解到支部会上的实情。

一天，严宏昌去滁州办事，中午随便在地委的食堂就餐，正好碰到地委书记吴炎武，吴炎武在了解了一下小岗村的情况后，忽然问：“宏昌，你是党员吗？”

严宏昌不好意思地说：“不是。”

“写过申请书吗？”

“写过，也不是一份两份了。”严宏昌更加不好意思。

吴炎武“噢”了一声，有些诧异，沉吟了一会儿，认真地看着严宏昌，说道：“那明天我过去看一下，你不能不是党员呀！”

吴炎武的话让严宏昌有些感动。他意识到，党组织并没有忘了自己，还一直在关心着他。意识到这一点，他的心情一下变得开朗起来。是啊，有必要和严俊昌一般见识吗？俊昌怕自己入党，是怕自己入了党会占了他的上风，这显然是他的多虑，他严宏昌不是那样的人。如果吴炎武书记了却了他多年的这个心愿，他也可以让堂兄真正放下心来，消除猜疑，齐心协力把小岗村变一个样。

据说，第二天吴炎武就到了小岗村，也了解到问题出在严俊昌身上，就亲自找严俊昌谈了一次话。具体谈得怎么样，不清楚，之后就再没有这事的消息，严宏昌也仍然还是个“群众”。

当然，这期间，也还有让严宏昌高兴的事。他操办的那三家工厂，一个个先后进入了正轨，可观的社会和经济效益已经看得出来：小岗米厂办得红红火火；福建人承包的小岗食用菌厂，也发展很快，生产出的食用菌只待烘干便可上市；小岗工艺被厂第一批两千床加工后的成品交货之后，反映很好，眼看第二期订单不久就会派下来。

这天，严宏昌正忙在厂里，就见严俊昌带着村干部进了厂门。严宏昌忙迎上去，问堂兄有什么事。

严俊昌二话没说，就直奔主题：“你的这些厂，不能是你个人的，我们要来接管。”

严宏昌被说得直发愣，他看堂兄的表情很严肃，不像在开玩笑，也就不客气地反问：“村里凭什么接管？”

严俊昌说：“你使的是‘小岗’的牌子！”

严宏昌说：“我是小岗人，为什么不能使‘小岗’？所有的小岗人，都有这个权利。再说，这三个厂，也都是我和上海的朋友依法在县里办理了工商营业执照，并照章纳税的私人股份制企业，我和上海朋友已‘砸’进了十多万元，村里给过一分钱吗？”

严俊昌一听，火了："我什么也不给，你挂'小岗'，我就得接收！"

严宏昌本来还想好好地解释，见严俊昌又来蛮的，也忍不住了："我小哥，话不能这样讲。你没有这个权力，我是注了册的公司法人，是受到法律保护的。"

严俊昌说："我不管你什么保护不保护，我必须接收！"

严宏昌不得不强调："公司有公司法，必须按照法律规定办事才行。"

这时，站在旁边的严立学，毕竟是个小岗村的秀才，他知道有个公司法，更知道现在得依法办事，就拉着严俊昌回了村。

这件事闹得严宏昌一天不开心，他真的很生气。怎么可以这样胡来呢？事先不问问清楚，不了解一下这些厂是怎么办起来的，到这就要接管，看有便宜就占。

可是，这事显然并没有完。严俊昌也是一不做二不休的人，只隔了一天，他便带上一帮人，找到小溪河镇的工商所，要求吊销严宏昌的"小岗农工商实业总公司"的营业执照。镇工商所不知如何是好，就向镇政府作了汇报。

接下来，来找严宏昌的，就已经不是严俊昌，而是小溪河镇党委书记许正航。

这天，严宏昌老远就看到镇书记带着一帮人兴致勃勃地找上门，知道一定会出故事，却想不到镇书记提出的要求竟和堂兄的如出一辙。

许正航也是开门见山："宏昌啊，到今天我们镇里都还没有一家像样的企业，你哪能在这干起这么多的企业，你把我们往哪儿摆？干脆，公司属于我们小溪河镇吧。"

严宏昌感到这事越来越复杂了，沉吟了片刻，心平气和地解释说："许书记，这哪能呢？这是我和上海一位企业家合办的股份公司，注册资金和许多费用还都是上海那位朋友的，哪能你说收就收走呢？”

许正航有些不高兴，开导说：“你还是想开一点，宏昌啊，不要这样固执。你也可以把我们的意见同上海的这位朋友讲讲嘛！”

严宏昌见解释不通，就明确表态：“这不合适。”

许正航怔怔地望着严宏昌，没再说话，就回镇去了。

许正航走了之后，严宏昌一颗悬着的心才归了巢。他心想：镇书记毕竟比堂兄有法律意识，虽然不高兴，但还是通情达理的。

谁料想，一周后，严宏昌去上海拓展产品的市场时，许正航突然带着镇、村两班人马，再次来到工厂。他把三个厂的厂长也召集到一起，开了一个会。会上，许正航把镇党委镇政府对公司人事的安排，作了通报：小岗农工商实业总公司董事长由他本人兼任，严宏昌为名誉董事长，总公司的总经理由小溪河镇企业办副主任任传吉担任。公司的人事安排通报了之后，会场上鸦雀无声。

米厂厂长崔志祥打破了沉寂，要求发言。过去，他当过严岗大队书记，当然了解小岗村，更了解严宏昌；后调任梨园乡担任企业办主任，虽说当时梨园没有什么企业，但他毕竟熟知了企业管理上的一些政策和法规。

他说：“我来承包小岗米厂，是从严宏昌手里承包过来的，这是有合同的。镇里这样决定，今后米厂的承包费用，我是给宏昌，还是给镇里？交给镇里，按照公司法，我们没有理。再一说，任传吉同志来当总经理，是不是经过了严宏昌的委托，还是有了宏昌的聘请？你们给宏昌任命为名誉董事长，但公司的营业执照上写的法人是严宏昌，这个名誉董事长是怎么来的？”

问得许正航无言以对。

由于崔志祥提出的这些问题，许正航一时无法回答，这个会也就不了了之。

严宏昌从上海回到小岗，从崔志祥那儿听说了这种情况，他还有点不敢相信。正打算去找许正航呢，镇里就来人通知他立即去开会。

严宏昌走进镇党委会议室，发现镇领导不仅都在座，小岗村的严俊昌、严立学、严国品和吴广新四个村干部也都赶来了。

严宏昌震惊的是，崔志祥提出的那些问题，是有公司法明文规定的，但在会上，许正航依然郑重其事地把上次已有疑义的公司人事安排，作为小溪河镇党委镇政府的正式决定，予以宣布。

许正航宣布完决定，见严宏昌不说话，就以为他是默认了，准备就公司管理还发表点意见，这时，坐在严宏昌旁边的小岗村副村长兼党支部委员严立学憋不住了，虽然平日少言寡语，这时却愤然站起，说道："我不同意！"

他猛地喊了一声，弄得许正航一惊。

严立学说："你们都不是小岗人，小岗人办的公司，不能就这样归镇里接过去。你们真给我搞急了，我到县里去反映！"

采访期间，我们问严立学，后来到县里去反映过没有。他无奈地说："没有。我只是忍不住反对一下。镇党委硬是这样干，你找县里也没有用。"

严宏昌说他听了镇里的这个任命决定，除了大惑不解，感到震惊，思想上又极其矛盾。

他原本对小溪河镇党委是寄以莫大期望的，前阵子他又递上了一份入党申请书，正在接受组织上的考验呢。他知道，接受党组织的考验，重要的一条，就是要听话；在小溪河镇，就是要听许正航的话。但是许正航宣布的这个决定，他实在难以接受，为了创办那三个厂，他可是付出了大量的心血啊！

想到这，他不得不低声下气地申辩："公司，有公司法；我觉得应该按照国家颁布的公司法有关的规定办事。小岗农工商实业总公司的管理权，在各级工商行政管理局，任何组织和领导都不应该强行干涉企业的正常运转，即使我和公司触犯了法律，那也是执法机关来处理，镇里这样改变我们企业的性质和作这样的人事安排，是没有道理的。”

许正航显得不耐烦，他严肃地问：“你是在我们管辖之内，我们收你的企业，还能有错吗？我不管你有什么权利，那也都是共产党给的；难道你就不接受共产党的领导吗？”

严宏昌虽然想不通，又不想把关系搞得太僵，只有选择提前离席。

但他仍然抱有侥幸的心理，他认为镇里的这种任命是无效的，因为公司的营业执照上，写得明明白白，他严宏昌才是这个公司的法人。况且，公司的三个工厂，又不是一件小东西，谁说拿走就可以拿走的。

几天后，严宏昌去镇里办事，下意识地朝大门口瞅了一眼。这一瞅，他的眼睛顿时发直了。

门口不知何时竟然多出了一块大牌子，上面赫然写着十七个大字：“凤阳县小溪河镇小岗农工商实业总公司”。

严宏昌不敢相信，揉了揉眼睛，又连瞅了好几遍。

他确信自己没有看错。他怎么也想不到，镇里竟然连公司的牌子都挂出来了！

他气得忘了自己是到小溪河镇来办事的，当时就跳上了一辆去凤阳县城的班车。

严宏昌认为镇里这样做，鲸吞了他依法享有的产权，也剥夺了宋富豪应有的合法权利。他找到县工商局。工商局接待的同志听了他的情况反映，指出这是不对的；但马上又强调局里的当家人不在，这事不好处理。

接着，严宏昌又去找县经委。经委的回答更原则，只是说：“应该依法办事嘛！”

找了几个部门，态度都是谦和的，就如何解决这一具体问题，大多是踢皮球。

他想不通：前几年，镇里年年都搞“普法教育”，难道需要普法的只是农民，当官的就可以不遵守国家法律？

严宏昌不想再找了，他把电话打给了安徽电视台《社会之窗》的汪清。汪清一听，觉得这是一个好新闻，在中央大力号召发展农村商品经济，大力扶持个体经济的形势下，这件事太典型。他很快带人赶到小岗村，先请严宏昌谈企业的隶属关系，又认真核实了公司的各种证照，还采访了有关的承包厂长，并作了现场录像。

汪清回去不久，安徽电视台就将这件事作为一个热门话题，进行了公开曝光。

严宏昌没想到，这以后不久，中央电视台的《焦点访谈》，也将这一事件进行了披露。显然，这事被捅大了。不少村民为他担心，说镇头儿是得罪得起的吗？他却一点害怕的感觉都没有，而是以为这一下一定可以解决问题，会有一个好结果了。

让严宏昌感到悲哀的是，尽管这件事在全国产生了不小的反响，可在凤阳，在小溪河镇，却不是雨点儿小，连个地皮儿都没湿，就好像啥事儿也没有发生。

严宏昌非但没有讨到说法，时间不长，他名下的那三家工厂也相继消失了：小岗米厂由镇里强行收去，不久就被卖掉；承包食用菌厂的福建人是奔着严宏昌来的，企业被镇里接过去，又一下提高了上缴款，福建人不干了，食用菌厂随即关门；严宏昌请史家齐承包的工艺被厂，史家齐发现电视将这事曝了光，外贸那边的订单就再也拿不到，大家无事可做，只得各自回家，工艺被厂也就很快关了门。

好端端的三家工厂，就这样，随风消逝。

2. 当了一回人大代表

同样是在那个难忘的一九九三年春天，严宏昌当上了安徽省人大代表。

这事，非常意外。有小岗人说，这是上面在搞平衡，因为严俊昌当上了小岗村村长，让严宏昌当省人大代表，那是一种弥补。严宏昌却不这样看，他觉得这是有贵人相助，而且，肯定是想起了他曾经是小岗村包干到户的带头人。

是啊，他曾经是，也一直在努力做小岗村的带头人，梦想着带领小岗人，一步步走向富裕。尽管，十几年来他备受挫折，甚至有时感到过灰心丧气，直到今天他还只是一个普普通通的“群众”，但是他当年挺身而出的一腔热血，却从来没有凉过。

小岗的旧貌不变，他就一天心不安哪！

他是经常走出小岗的人，正是因为有了这种远距离，他对一直很熟悉的小岗的一切，才有了新的视角，有了超越，使得他对小岗村的今天有了反省与检讨。当年的那个“秘密会议”，那张“生死契约”，都已经好像是发生在遥远的前世的事情了，他看到的，那已是渐行渐远的光荣，他油然感到一种挥之不去的压抑、焦急、痛惜和感伤。他无法容忍小岗人在温饱之后表现出的那种满足与麻木，那种集体的无意识。

每当看到不远千里万里慕名而来的参观者，高兴而来，扫兴而归，他就像被人当众扒光了衣服；他甚至越来越怕各地的客人认出自己就是当年的“带头人”，有几次，夜里梦到被人羞辱，他一下被惊醒，惊出了一身冷汗，也委屈得泪洒枕巾。

有几回他梦到自己为村里建的轮窑厂，点火了，也出砖了，外地来拉砖的汽车在村子西头排起了长长的队伍；梦到自己办的塑料制品加工厂，办得规模很大，好像比在浙江瑞安看到的都大；还梦到上海支援来的一百头母猪和三头种公猪，后来变成了成千上万头，村里不仅建起了像上海外滩的高楼一样的冷库，还建起了比上海大江养殖场还要漂亮的房子……

他也梦到过，他和堂兄严俊昌配合默契，为小岗的发展一道去各地跑项目，醒来却发现是个梦，好久心里被堵得难受。

特别是梦到堂兄的那晚上，他再也睡不着。他真的不知道，要怎样做才能焐热堂兄的心。他十分清楚，要想能为小岗村办成一件事，首要的就是搞好彼此的关系。为这，他可以委曲求全。有小半年时间，他到各地联系业务，没带自己的长子严余山，带的是严俊昌的三子严德友。他主动把严俊昌的儿子带出去闯荡，让他见世面，那是希望以此换来两人的和衷共济。却不料，就为这件事，他同妻子段永霞，爆发了结婚以来最激烈的一次争吵。段永霞看不惯自己的男人为“讨好”严俊昌，这样低声下气。在她眼里，严俊昌的儿子严德友，同自己的儿子严余山，都是差不多年岁，都处在最重要的人生关口，干吗把自己儿子难得的锻炼机会让给别人？简直就是愚蠢透顶！段永霞还从未同他红过脸，但那次闹得很凶，很伤心。严宏昌看她哭个不停，就不停地向她解释，说软话。谁知，正如段永霞预料的："你把心掏给他，他还嫌胆苦！"他和严德友在外面的所有花费，都是段永霞在家带着孩子拼死拼活没白没黑挣来的血汗钱，但是，有一天，严俊昌竟上门半真半假地向他讨要工钱，认为自己孩子跟着他严宏昌这是在为他打工。

正因为得不到严俊昌的支持，他才会想到要办私人的股份制公司，否则，也决不会闹出村、镇都要接管，三个工厂像流星般消失的事。

现在，他当上了"人民代表"，他感受最多的，显然已经不是荣耀，而是机会！这样，他再要替小岗人出谋划策，拿主张，就无须看堂兄的眼色，再求得堂兄的点头认可，他甚至相信，他可以办成严俊昌想都不敢想的事情！

在去省城开会的第一天，严宏昌就开始行动了。

他利用会间的一切休息时间，一个一个地去拜见到会的各位厅局领导，重要的，他还会不厌其烦地进行"家访"，向他们介绍小岗的现状，求教于各位领导，希望他们支持小岗，为小岗的发展指点迷津。

一天，省人大主任孟富林到各个代表团的住地看望大家。来到严宏昌的房间时，严宏昌就把他发展小岗村的一些思考作了汇报。孟富林听了，高兴地说："你很有想法，思路很清晰，也都很具体，好呀，我来给你牵这个头。"临走时，又认真地说："转告你们凤阳县的领导，等会后，你再把你的思路顺一下，我会找时间专门来解决这个问题。"

严宏昌激动不已，他马上跑去向参会的凤阳县人大主任陈本田汇报。陈本田不相信，问："孟主任能讲这个话？"

严宏昌说："你可以直接去问他。"

陈本田一打听，还真有这回事，便激动地对严宏昌说："宏昌啊，你真为凤阳做了一件大事了！"

省人代会结束后一个多星期，严宏昌就接到通知，要他赶往合肥，去参加一个重要会议。他猜想，这可能就是孟主任说的解决问题的会。因为孟富林主任同时还兼任省委副书记，会议是被安排在省委的会议室召开的。严宏昌进去时，会场上已经坐满人，省直各有关厅局的主要负责人都到齐了，滁州市和凤阳县的一些领导也都在座。

严宏昌感到最有面子的是，孟富林把他请到了主席台上，亲自为他倒了一杯水；知道他抽烟，又亲自为他点火。

孟富林的开场白，简明扼要，开门见山，他说："我们今天专门为小岗村今后的发展，开一个专题联席会。下面，首先听严宏昌同志汇报；来的都是当家的，涉及哪个厅局的，哪个厅局的出来解答，看看怎么个支持。"

这话说得严宏昌热血沸腾。

当然，他是有备而来的。有许多问题，他已是深思熟虑。他先后讲到了小岗村的交通、教育、供电、电讯、水利、农业科技、村办企业以及农贸市场等方面的现状和自己的设想。会上，各相关部门，也都针对他提到的那些问题，一一作了认真回应，或现场拍板，或表示回去后及时研究，总之，小岗村的发展已引起省里众多部门的高度重视。孟富林粗略地计算了一下，会上可以落实下来的，方方面面支援小岗村经济发展的各项有关资金，便高达一千三百多万元！孟富林也十分满意，最后，他进一步强调：需要各部门帮助解决的，望尽快去办。

会开得紧凑，务实，成效明显。别说是严宏昌，到会的滁州市和凤阳县的党政领导也无不兴高采烈，感到意外，感到振奋。

当晚，在省城华侨饭店，孟富林设宴请严宏昌吃饭。孟富林动情地说道："宏昌啊，你打破了安徽省历史上的三项纪录：第一，省委没有为一个村解决实际问题召开专题会议的先例，这是头一次；第二，也没有因为一个村解决这么多资金，和这么多问题；第三，省委更没有专门请过一个农民吃饭。"

严宏昌再也坐不住，激动地站起来。他想，自己已经是省人大的代表了，代表一下小岗村的全体村民，应该不会有问题。于是他为自己斟满了一杯酒，对孟富林说："我代表小岗农民，感谢省委对小岗村的厚爱！"说罢，一仰脖子，将杯中酒一饮而尽。

孟富林的话，打动了在座的所有人，也纷纷过来与严宏昌碰杯，表示要向勇于改革的小岗人学习，致敬。

那晚，严宏昌感到从来没有过的兴奋，他多喝了不少杯，觉出了醉意。当然，让他沉醉的，还因为有这么多的领导仍惦记着小岗村；对小岗人又是这样的关爱与支持。

这以后不久，孟富林就去了一趟小岗，并走进了严宏昌的家。他先是问了一些村里的情况，忽然问严宏昌："你是不是共产党员？"

严宏昌不知道孟富林为什么问起这样一件事，他说："还不是。"

孟富林在省委长期分管党的组织工作，他对严宏昌至今不是党员感到不理解，见严宏昌家里来了不少干部和村民，就大声说道："在场的党员站起来我看看！"

严俊昌和严立学先后站了起来。

孟富林严肃地问："你们党的组织生活是怎么过的？党员是怎么发展的？"

当着陪同前来的地县领导的面，孟富林对严宏昌说："宏昌，你的党龄，就应该从一九七八年带头大包干那天算起！"

接着，他问当年带头大包干的那十八个人中，现在有多少党员，了解到当时三个主要带头人中至今只有严宏昌一人"不在党"，他告诫村党支部：“那你们这个组织要发展呀！”回头又对严宏昌说：“下次你就参加党组织会议！”

孟富林的到来和他说的那一番话，对严宏昌的鼓舞太大。以至很长一段时间，他都处于极其昂奋的状态中。能不激动么，省委副书记、省人大主任孟富林说他的党龄“应该从一九七八年带头大包干那天算起”，从那天算起，那他就是有着十五年党龄的“老党员”了。原以为因为建厂的事，同镇书记许正航搞得不愉快，自己的入党问题就泡了汤，不曾想现在孟富林说了话，他相信，他的“在党”只是个手续问题，不会再有意外了。妻子段永霞，以及那天在场的村民，也都是这么认为的，大家都替他高兴啊！

就在孟富林主持召开的研究小岗发展的联席会议结束不久，凤阳县委就迅速行动，从县里几大班子抽调了十多人，成立了一个专门的班子，开进小岗村。上面的拨款很快下来，严宏昌发现：两层楼的村委会在他家旁边盖起来了；高大的牌楼在村西头竖起来了。接着又要小岗村每家出资五百元，统一在沿路两边为各家各户拉起了院墙。

轰轰烈烈忙了一阵子，县里来的人便不声不响地撤走了，以后就再没有一点动静。

严宏昌很是纳闷。为村委会盖上两层楼，在村头竖出个大牌楼，这些，他在省里的专题联席会上并没提过。小岗村迫切需要解决的，也并不是这些，况且，村委会就那几个人，村民大会也不可能天天开，两层大楼放在那儿，实在浪费。再说村容村貌还十分差，在村头竖上个大“牌坊”，除了惹眼，没有别的用处。他侧面调查了一下，盖村委会、竖牌楼，最多也就需要二十万元；给每家拉的院墙，村民还都是掏了五百元的。孟富林在会上测算过，各厅局承诺的支援的数字那可是上千万元啊，这是怎么回事呢？

严宏昌想：他在会上首先提议的，是希望有关部门帮助小岗村修一条路，不说方便小岗人，现在来自省内外乃至国内外的参观者，踏着“雨天是‘水泥’路，晴天是‘扬（洋）灰’路”，丢的就不光是小岗人的脸面。会上，省交通厅和省财政厅的领导都是表了态的，承诺帮助修条像样的路，从国道一直通到小岗村。难道他们食言了？

严宏昌正犯着疑，镇党委书记许正航找到严宏昌，告诉他，省里修路的钱到账了，为表彰他为小岗发展所做出的特殊贡献，先奖励他二十万元。

严宏昌听说修路的资金落实了，自然放了心，听说要奖励他二十万元，却吓了一跳。不是他没见过这么多钱，因为这是修路的专用款，怎么可以从中拿出这么多奖励人？他说：“资金到账了就好，这是我应该做的，钱我就不要了。”

许正航见严宏昌不要钱，又准备在镇里开发的农贸市场中拿出一套住房奖给严宏昌。严宏昌明确表态，镇农贸市场那儿的房子他也不会要，他说：“我是以小岗村名义争取来的工程款，如果我自己首先从中捞好处，群众会有意见，今后我在小岗村也无法做人。”

谁知，这以后，许正航变得更加慷慨，决定从凤阳县城为严宏昌解决一套不低于五十万元的住房。严宏昌一听，更不敢要，他开始警惕起来，感觉其中定有名堂。

他开始躲起许书记来了。

自己躲出去，他还怕镇里派人找到家里说服段永霞，让段永霞回头来做自己的工作。于是他就又嘱咐段永霞：“我不在家，镇里不管来了谁，也不管给你啥好处，你都不能答应，千万记住！”

段永霞没好气地说：“谁会给你好处，现在啥好处还会摊到你头上？”

段永霞没想到话真被严宏昌说准了：第二天她刚吃过早饭，就见一男一女找上门来。女的因为在小岗蹲过点，好像是县科技中心的，姓蒋；男的自报家门姓曹。二人见她在院子里满头大汗地挖着沼气池，就说：“你这般年纪了，还这么干，这么累呀！孩子都大了，也该去城里享享清福啦。”

段永霞平日爱开个玩笑，她捋捋袖子，笑着说：“我怎么不能干？你们下来试试，不一定能干过我。”接着又说，“我一个农民，跑到县城的街上搞什么？又不会做生意买卖，去了喝西北风呀？”

来人于是摊牌了：“只要你答应去，房子不要你们拿钱。”

段永霞知道他们这是话中有话，马上说道：“我们不想讨那个巧！”

接下来，两人你一句我一句地劝说，段永霞死活不松口。

最后女的悄悄对男的说：“这两口子，一对不好说话。”

只听男的咂着嘴对女的说：“没有棋下了。”

两人垂头丧气而去。

这些，只是严宏昌和他妻子对这件事情的回顾。

采访期间，我们也找严立学作了核实，严立学说：“严宏昌不要那个钱，那个房子，是正确的。要不然，群众准有看法，也中了许正航的计。因为没有严宏昌的签字，镇里是拿不出来钱的。为这事严宏昌同许书记的关系更僵了。后来许正航不再找严宏昌，而是去找严俊昌，严俊昌说他在镇里被灌醉后签了字。结果，严宏昌好不容易为小岗要来的修路钱，全被镇里挪作他用；也修了路，但这路已经与小岗无关，它是从镇里修起，从小溪河修到了大溪河，方便了他们，还是苦了小岗人。”

我们在采访严学昌时，严学昌就两次为严宏昌抱不平，他说：“许正航为了压严宏昌，打那就处处捧严俊昌！”

为此，我们曾问过段永霞，干吗不要那套房子？镇书记被得罪了不说，为小岗村修路的钱还是被镇里挪用了。她笑笑说：“钱是宏昌讨来的，不错；要是宏昌从里使了一块钱，他们就敢使上十块，宏昌还有嘴说他们吗？共产党的钱就这么好使，老百姓会同意吗？我佩服严宏昌，就服他走路稳，滑溜路不走，湿鞋地不站！”

直到了一九九五年的春天，在孟富林召开的那次联席会上许多厅局承诺的援助款项，一直不见下来。严宏昌去参加安徽省八届人大三次会议时，向大会递交了一份提案，询问小岗发展专项资金的调拨情况。这份提案，引起许多代表的关注，最后有十三位代表联合在上面签了名。

会后，这份提案由省政府办公厅分别转给了各有关厅局，同时也转交给了滁州市。很快，严宏昌就收到了滁州市政府的答复函。

严宏昌看了滁州市的答复函，大为惊讶：上面为帮助小岗村进一步发展经济，“根据会议精神，各级财政支持小岗村建设资金逐步到位，目前已投资六百六十一万元。”仅“各级财政”的支持，就高达六百六十一万！显然，这并不包括由省交通厅帮助小岗村修路而被镇里截留了的那一大笔钱！

这么巨大的财政拨款，小岗人可以看到的，除盖了一栋上下两层的村委会办公楼和竖了一个不伦不类的大牌楼，外加帮村民拉院墙，村民还是出了钱的，一共，也就是三四十万，而那六百多万都用到了什么地方呢？

这仅是市政府就各级财政投资情况的答复函，而省直各有关厅局的答复函，他严宏昌一份也没见到，那许多专项拨款肯定也是一笔不小的数字。各厅局的专项拨款是否会连同他们的答复函一齐被截留？他无从知晓。

是谁，或是哪些人，竟敢这样无视省委召开的，有着省、市、县三级党政要员参加的专题联席会？

滁州市政府的这份答复函，却并没有这些相关的答案。

3. 进京看望万里

严宏昌开始怀疑自己在干傻事了。

原指望，以人大代表的有利身份，在上面“跑步”前进，为小岗村争取到一点外援，事实上也是，他确实也获得了很大的成功。想想看，那么多的党政官员坐在一起，共同谋划小岗村的发展，拨出巨款，对小岗的支持也只能做到这样了，小岗已经享受到特殊的待遇了，受到各方面的厚爱，是在“吃小灶”了——然而，到头来，竹篮打水一场空。不是么，自己做了那么大的努力，也惊动了那么多领导和部门，担了那么多的情，最后却既没有给小岗带来实际上的好处，自己的精力和时间也贴了进去，争取来的资金用到了哪里都不知道。回过头看，自己不过在其中扮演了一回《守株待兔》寓言中那只只知道奔跑的兔子。

这样的兔子，也只能做一回。

他真的很后悔，痛感对不起那些真心实意帮助小岗村的人。

尽管严宏昌的那些努力被打了折扣，但是当了人民代表的严宏昌还是被小岗人高看了一眼。小岗人是讲究实际的，大家看得很清楚，严俊昌虽是村长，却盖不出村委会的两层楼，那楼还是严宏昌“跑”来的。严宏昌不是村长，每天只要他本人愿意，就会有忙不了的事情，村子里四十岁以上的人基本上是文盲，严俊昌也没有文化，而中学毕业的严宏昌，他的知识和他丰富的阅历，便都派上了用场，不光村民们遇到啥问题爱去找他请教，就是村里一些迎来送往之事，也常常是非他不行，更何况许多采访者和上面来的领导，找的就是他。

一天，已调任《农民日报》担任总编辑的张广友带来万里想见小岗人的口信，国务院研究室农村经济组组长余国耀也传达了万里的这个心意。

自从一九八〇年万里进京之后，就再没有来过小岗。他曾答应过小岗人，三五年后会来看小岗的，随后的一九八四年的四月，曾传来了万里要来小岗的消息，严宏昌听了，甚是激动。凤阳县委、县政府为此也忙了一阵子，考虑到小岗虽有了不小的变化，主要还只是变在吃饱穿暖上，家家户户住的仍然是茅草房，路也很差，县里就决定拨出一笔专款，为小岗改换新装；可是县财政捉襟见肘，不可能让村容村貌焕然一新，鉴于村子西头是进村的必经之道，就出资为严立付、严立华、严立坤、严立学、严金昌、关友江六家，各翻盖了三间瓦房，因为严学昌家人多，翻盖了六间。当时县里也准备为住在村东头的严宏昌和严俊昌两家翻盖一下，但严宏昌认为村东头还有那么多家不翻盖，专翻盖他和严俊昌两家不合适，就拒绝了；严俊昌是队长，也觉得这样做影响不好，也没有同意。

可以说，一切准备就绪了，万里也来到合肥了，谁知万里突然生病，无法坐几个小时的长途汽车赶去小岗，那次万里就直接飞回了北京。

可万里始终没有忘记小岗村，没有忘记小岗人。这期间，《农民日报》总编辑张广友多次受万里的委托，几乎每年都要来一两次小岗村，看望小岗人。

小岗人也想念万里啊！严宏昌有好几次都准备要去见万里，只是想到万里回京后就身居要职，先是担任国务院副总理，接着出任全国人大常委会委员长，去找他，多有不便；再说自己既不是队长，更不是村长，不好再代表小岗人；特别是想到过去给万里写信都遭到县里的查问，真要去见万里，那还了得？就打消了这个念头。

现在万里已从全国人大常委会委员长的岗位上退下来，安度晚年了，原有的顾忌已不存在；而自己毕竟已当选为省人大代表，这身份，给了严宏昌代表小岗人去看万里的极大勇气。于是他下决心要了却这桩多年的夙愿。

严宏昌准备进京看望万里的消息在村里不胫而走。当时村里早已经有了县里派下来的驻村干部，几个驻村干部找到严宏昌，希望他能请万里给已经盖好的牌楼题个字，他们认为，由万里来题这个字最权威，也最合适。

行前，严宏昌觉得去见万里比给万里写信的事儿要大，为慎重起见，他想还是去征求一下县委书记的意见。

这时的凤阳县委书记，正是我们前面提到的那位原县委秘书，调查报告《一剂必不可少的补药》的作者吴庭美。

严宏昌领着小岗人包干到户最困难的时候，吴庭美受当年县委书记陈庭元的指派，深入小岗搞调查，是他带着吴庭美挨家挨户地跑；那时吴庭美住在公社，每当他把吴庭美需要的各种数据收集齐了，就会马上送到梨园去。后来吴庭美的那篇调查报告受到万里的高度赞赏，小岗村也因此被确定为农村改革的典型，名扬天下。严宏昌是打心眼里感谢这位吴秘书的，他相信现在已是凤阳县委书记的吴庭美，是会支持他的。

没想到，吴庭美听说严宏昌要去看万里，眼睛一下睁得老大，认为他这是异想天开。虽说万里已从全国人大常委会委员长的职务退下来，到底曾是党和国家领导人，就奇怪："去见万里？你以为万里是随随便便可以去见的？"

严宏昌就把万里多次托人捎口信的事说了，没想到吴庭美不同意。严宏昌于是又告诉吴庭美，他还准备请万里给村里新竖的那座牌楼题个字，因为这件事是县里的驻村干部委托他办的，就以为这也是县委领导的意思，肯定会高兴，没想到吴庭美还是坚决不同意他去。

县委书记的态度让严宏昌有些找不到北。难道他是顾忌我会在万里面前说一些对县里不利的话？

严宏昌后悔不该给县委书记打招呼，他这是给自己找了麻烦。

为躲开县里人的目光，出发时，他先绕道去了上海，虚晃一枪，并在上海呆了两天，然后就和宋富豪一道乘机直飞北京，住进万寿路原国家农委大院内的一个招待所。

说是国家农委招待所，其实只是一个地下室。之所以选择住在这里，一是因为它便宜，二是去找既是万里的朋友又是《农民日报》总编的张广友也方便，张广友就住在这个大院里。

当天晚上，他就和宋富豪找到张广友的家。他恳请张广友帮助联系一下万老，说小岗的农民非常想念他，感谢他，现在日子都好过了，他特地带了两只小岗的老母鸡来，要送给万老。

张广友这才注意到，严宏昌手里拎着的大纸盒子里，原来装了两只大活鸡。

他被严宏昌的这种可爱又可笑的诚意所打动，二话没说就打去电话，然后，高兴地告诉他："明天上午十点左右，万里同志在中南海的家里等着你。”

严宏昌简直不敢相信：“万老真的同意了？我们县委书记说万里不是想见就能见到的。”

张广友说：“万里同志退下来后是给自己订了一些规矩，党政官员一概不见，但农民例外！”他见严宏昌光顾着高兴，就又说：“鸡你就不要送了，作价卖给我吧，中南海里什么东西也都有。”

一九九四年五月九日上午，天已经开始变热，严宏昌和宋富豪在张广友的陪同下，钻进了从中南海开来接他们的一辆黑色轿车。从上车起，严宏昌就屏息静气，没再讲一句话。他端坐在车厢里，眼睛一眨不眨地盯着车外，脑子里翻江倒海。

车是从中南海的西门进去的，严宏昌因为太激动，想得也太多，车子穿行在中南海的大院里，他只依稀记得，道路两边树木不少，但没有大树，房子全是古色古香的，赶意识到应该好好看一看两边的风景时，车已停在了丰泽园。就见万里的沈秘书迎出了门，把他们引到了一个大的会客厅。

只一小会儿，万里就从里屋踱了出来。

十几年不见，严宏昌发现万里的头发变得更白了，腰也似乎不像记忆中那般挺拔了。万老确实老了！严宏昌不由心里一热，赶忙起身迎上去。

万里也显得十分高兴，他拉着严宏昌的手说：“你怎么现在才来看我，来得太迟了！”

严宏昌紧紧地抓着万里的手，颤着声说：“小岗农民都很想念您，我代表大家来看望您！您支持我们搞大包干到户，现在小岗人过上了好日子，从心底里感激您，都很想念您哪！”

万里也有些激动。他亲切地拍着严宏昌的手背说：“请你回去代我向乡亲们问好！”

待严宏昌坐定后，万里问道：“现在小岗群众的生活怎样啊？”

“比您去那时好多了，都能吃饱饭，没人再要饭了！”

“都吃上细粮了吧？”

“大米、白面都吃上了！”

“吃到肉了吗？”

严宏昌大声说：“想吃，随时都可以买！”

“穿的情况怎么样？”万里又问。

严宏昌说：“穿暖了，穿好了！”

“住的怎么样？都住上新房了吗？”万里整个问了一遍，“还有多少草房？”

严宏昌说：“百分之八十的人家都盖了新瓦房；草房也还有，只是一部分了。”

“人均收入有多少？”

“去年人均收入有八百多。”

万里马上说：“还差得远呢。达到两千元还差不多。除去吃住以外，至少要有一千元的购买水平才算可以；达不到这个水平，市场就兴旺不起来。外国人说中国是个大市场，其实中国的人口主要还是农民，农民没有购买力，这个市场怎么大得起来呢？光靠城市不行，所以希望你们都尽快富起来，全国农民都尽快富起来，收入大大增加，都能过上好日子！”

“现在电视机都有了吧？”万里又问。

“家家都有了。”

“是彩色的吗？”

严宏昌说：“还都是黑白的，只有两家是彩色的。”

万里说：“太少了。”转而又问，“现在村里人均合到几亩地？”

严宏昌说："三亩多。"

万里说："按亩产计算，一亩地纯收入才两百多元，光靠种地是富不起来的呀！"

这时张广友把话接过去说："如今种粮的收入太低，粮食成本高，价格低，有的一亩庄稼的收入，还不如一斤螃蟹的价，一斤螃蟹市场上一百五十元，一只老鳖也要一百五十元，光靠种植业很难富起来。"

"一个劳动力能种到五十亩地，收入才有可能超万元。"万里思索着说，"现在一个劳动力只种个十亩八亩的，有的更少，这显然不行。"

"现在村里文盲多不多了？"万里突然又问。

严宏昌如实回答："小孩子都上学了，但大人文盲不少，在百分之五十左右；四十岁以上的差不多都是文盲。"

万里不无忧虑地说道："一定要注意人才的培养，抓好教育才有出路。人才问题很重要，要重视人才的培训，生产能否上得去，经济能否发展，归根到底取决于人的素质。你们可以和上海等发达地区建立联系，有组织地派人到那里打工，订个两年三年的合同，这样，既能赚到钱，又学到了技术，人才也培养出来了。"

当问及村级财政和集体经济的发展现状时，严宏昌只汇报说村里和镇里都没有企业，至于其中的曲曲折折，他避开没谈。但即便这样，万里也变得十分不安起来。他说："这样不行啊！近两年我到江苏省等地去转了一趟，像张家港那样的过去一个小港，今天发展成为全国两个文明的典型，一个重要的成功经验，就是村级经济发展很快，乡镇企业撑起半边天。你们应该去看看，学习人家的经验，借智引资，联合发展，互惠互利，这样村级经济发展就快了。"

谈到这个话题，万里感叹道："'无农不稳，无工不富'嘛！一定要发展工业，办好乡镇企业。定（远）、凤（阳）、嘉（山）过去都是贫困县，现在怎么样了？”

张广友多次深入到那一带搞调查，这时说：“定远县有个盐矿，嘉山县还有个酒厂，都是大项目；凤阳县有丰富的石英石资源，那年我跟你去时，你曾提出要他们办个玻璃厂，可就是一直没有搞起来。”

万里想起来了，说道：“蚌埠市玻璃厂用的石英石，都是从凤阳运过去的，凤阳有这么好的资源，为什么办不成玻璃厂呢？”

“可能缺资金吧。”严宏昌说。

“那就想办法搞一些钱，”万里关切地说，“帮助他们搞个一到两亿，看看怎么把凤阳的经济发展搞上去！”他问严宏昌，现在的凤阳县委书记是谁？能不能联系得上？严宏昌告诉他，叫吴庭美，并报出吴庭美的电话号码。

万里听说是吴庭美，又夸起吴庭美当年的那篇小岗的调查报告写得好，敢于实事求是地反映民情，提出问题，便叫张广友当场挂电话。

吴庭美从电话中知道是万里在了解今天凤阳的经济情况，但他压根儿不清楚万里询问这种情况的意图，竟十分乐观地汇报说，现在凤阳的经济形势很好，县财政已达到四个亿。万里一听，很诧异：“不可能！”很生气地说道：“他也在搞浮夸了？不说真话，搞浮夸，要不得啊！”

严宏昌想把话题支开，这时就说：“县里在小岗村村口造了个牌楼，希望您给题个字。”

万里一听，断然说道：“不，不题！我不赞同搞形式主义，摆花架子；修庙、修坟之类，我是不支持的。要扎扎实实搞好生产！”

严宏昌见万里本来谈得很愉快，一个吴庭美的电话，一个要他为小岗村的牌楼题字的事，竟弄得很扫兴，忙说：“我们回去一定好好干，做出成绩再向您汇报。”

“不要向我汇报了，”万里说，“你们赶快扎扎实实地干吧！”

万里这时站了起来,严宏昌意识到该离开了,他和宋富豪就上去和万里握手告别。

走到门口时，严宏昌一回身，发现万里也跟了上来，很是不安，连忙请万里留步。万里却说：“一道走走，我带你们在附近看看。”

严宏昌仍在劝着万里止步，万里已经健步走到前面带路了。

中南海里的每一幢建筑，每一棵树，对严宏昌来说，都充溢着一种神秘的色彩；每一个景致都有着许多传奇故事。他正这么想着，万里忽然指向一处，告诉他：“那是毛主席休息工作的地方。”说着，就走到了一个古树参天、浓荫匝地、草木茂盛的大园子。万里说：“过去，这里是毛主席的‘后花园’。”严宏昌望过去，觉得眼睛不够用了。万里接着又指向一个不远的地方，说：“邓小平同志就住在那里！”

严宏昌突然感到呼吸急促，背上的衣服已经汗湿。他很奇怪，这儿的一景一物就实实在在摆在眼前，他却一下觉得都不真实。是啊，像做梦，但他做梦也不曾梦到自己会走在这些地方呀！望着满头白发的万里——一个曾经的党和国家领导人，领着自己——一个泥腿子、一个过去到处讨饭的小岗人，兴致勃勃地浏览中南海，禁不住让他受宠若惊，浮想联翩。

最后，他们来到南海边上。严宏昌遥望着波光粼粼的水面，心潮澎湃。只有此时此刻，他才强烈地感受到，是万里，是万里在内的中国共产党人；是这场改革，是这场波澜壮阔的伟大改革，使得古老的祖国焕发出无限生机，他一个默默无闻的小岗人，也才拥有了今天这样的生活与荣誉!

当天晚上，他仍止不住地血脉贲张，在阴暗而拥挤不堪的地下室的招待所里，奋笔疾书，再次写了一份入党申请书。

严宏昌从北京回来后，立即把万里的讲话传达给了小岗村的领导班子。他原原本本地传达了，可是，传达完，也就完了。见不到村里有一点儿动静。

这种无动于衷，让严宏昌感到很无奈。

第五章 证明自己

走下主席台时，严宏昌发现自己的眼睛潮湿了。这是压抑了多年的心中的狂澜一次掩饰不住的流露。同时，他还感到，整个人也好像成了喷泉，渴望立刻喷射出去，跃出一个梦寐以求的速度和高度。

1.不平静的小岗村

一九九五年，严宏昌被安排到了镇工委工作，成为正正经经“吃财政饭”的国家干部。说是主管小溪河镇的企业，全镇却没有一家工业企业。这工作显然是个聋子的耳朵，但他必须每天按时地上班。上班除了喝茶，就是看报，没有别的事，严宏昌不习惯，也受不了；更受不了的，是填写各种报表。没有一家企业，就不可能会有经济效益；可没有经济效益，也要填出经济效益。他对镇领导说：“这事我干不了，要报，你们找别人报。”镇里就找人报了当年全镇乡镇企业总产值六千万元，结果，县电视台来人采访，严宏昌一听，吓了一跳，他不接待。他不接待，镇里就找别人吹了一通。

和严宏昌一道调到镇里的，还有严俊昌，他出任了镇农委副主任。

严俊昌是从小岗村村长的位子上过去的，多年的小岗队长和小岗村长的经历，让他充分感受到了小岗村当家人的荣耀。这份荣耀是有着巨大的诱惑力的，他当然不会轻易地让给别人。其实，他有这种想法也并不奇怪，如果说城市的现代文明正在形成，在中国的县乡，特别是在广大农村，“家”与“家族”这一社会结构的定型，早在数千年的延续中获得超常的稳定。不是说“肥水不流外人田”、“打仗还靠父子兵”么，尽管严宏昌也是严俊昌同一个奶奶的叔伯兄弟，可在“荣誉”和“权力”的面前，却无唇亡齿寒之虞，严俊昌是当仁不让的。他甚至不去考虑三子严德友还在读书，才读到初中二年级，就叫他中断了学业，趁自己还是村长，管着小岗、大严两个生产队，就先让严德友当了小岗生产队的队长，在自己离任村长之前，又成功地解决了他的入党问题，并设法让他干上了小岗村的党支部副书记。这时的村长是由大严生产队的一个人担任的，村支书则是镇财政所长兼任的，他的儿子实际上就成了小岗村的当家人。

那一年，严宏昌到镇工委上班了，镇工委无事可做，除隔三差五去“点个卯”，他大量的时间还是呆在小岗。这时他的大女儿已经出嫁，长子、二女都外出打工了，二儿子与小儿子也离家在小溪河中学读书，除去严宏昌，家里再没有可以帮助段永霞干农活的人手了。

五六月间，是农村最忙的时候，麦子已经黄了，要忙着做场，好到时把割下来的麦子，赶在雨天前在场上打出来；花生地要忙着锄草，秋稻要忙着插秧。有一天，劳累了一天的严宏昌，一不小心把拖拉机开翻了，机子就砸在腿上，一时血流如注，动弹不得，吓得段永霞当场昏死过去。这样一来，严宏昌就只好躺在床上养伤，地里的活只能由段永霞一人干了。一天，段永霞从田里回来，突然发现严宏昌不在床上，四处去找，也不见人影，她一下慌了，失声地哭喊着。最后是在房顶上找到了严宏昌。原来严宏昌躺在床上心里仍惦记着地里的农活，他不放心，就一瘸一拐地爬上房顶，想看段永霞干活，结果上去却下不来了。

这以后，严宏昌的腿伤虽然好了，却落下了后遗症，走路腿脚不灵便了，可又没办法，他还得像其他村民一样下地干活。

一九九六年六月的一天晌午，严宏昌刚从地里干完一歇活回来吃饭，就碰到上海《解放日报》的记者李超来小岗采访，而且一定要他谈一谈。

因为“不在其位”，严宏昌不便去谈村里的事，他于是就给李超谈起了自己去北京见万里的事；谈到万里希望小岗人学习张家港的经验，想方设法借智引资，联合发展，尽快把村级经济搞上去。当然，他也说出自己作为当年小岗村大包干的带头人，眼看着小岗村裹足不前，既力不从心，又深感痛心。

严宏昌不过是像平日接待任何一个记者那样，介绍了一些情况，谈了点个人的感想。但他的这次谈话，却带来了一个他意想不到的后果。

李超在后来的一篇报道中写道：“村民迫切希望实现村级经济发展的呼声震撼着记者的心。”

随后，李超到滁州市采访市委书记时，便把严宏昌去见万里，万里对小岗村的殷切期望告诉了张春生。万里对小岗村的忧虑让张春生很有感触，就真诚地委托李超通过《解放日报》社，帮助联系张家港市委，请张家港市委选派一个经济比较好的村子，和小岗村结成对子，以便借智引资，互惠互利，联动发展。

李超回到上海，就给总编秦绍德、副总编余建华作了汇报，报社领导非常重视，决定在张家港和小岗村两地之间架起一座桥梁，积极促成这件事。

一九九七年十月十二日，这事终于有了重大进展。在张家港市的会议中心，市委书记秦振华向全市六百多位党政干部郑重宣布：“我们张

家港市将和大包干发源地凤阳县小岗村开展合作，经市委常委研究，这个工作交给长江集团公司总经理郁全和。”

郁全和是在张家港市港区镇长江村当过三十多年村干部的村党委书记，他所在的长江村在保税区，是国家农业部命名的“全国最佳经济效益乡村”单位；这个村年收入四亿元，外贸创汇就是一亿两千万元。

秦振华宣布了市委的决定后，接着对郁全和提出了明确要求：“你们要把这项工作做好，体现张家港争创一流的水平！”

就在同一天，滁州市委书记张春生也在《解放日报》社建议召开长江村和小岗村结对会议的联系函上，向凤阳县委、县政府提出要求：“这是一件发展村级经济的大好事，期盼搞好合作，推动发展。”

一个月后的十一月二十二日，上海《解放日报》社建议召开的“两村联动发展”会议在凤阳举行。开会那天，张广友受万里委托，专程从北京赶过来，并在会上宣读了万里的贺词。贺词说：“凤阳县小岗村和张家港市长江村结成对子，联合发展，这是一件很有意义的事情。小岗村在农村改革中带了头，长江村在改革中得到了发展，小岗村走出去和经济发展较快的地方结对子，这是加快东部和中西部经济共同发展的路子。祝两地在共同发展中结出硕果。”

中国管理科学院区域发展研究所所长刘纯彬，也从北京赶来参加了这个会。他从理论上阐述了“两村结队”的重要意义。他指出：“从政治上看，小岗人从多年的徘徊迈向市场经济，说明政治上逐步成熟了；从经济上看，两村联合发展将对其他地区产生良好的示范效益；从效应上看，改革历史中的第一村和今天经济发展中的长江岸边第一村的携手，大大丰富了农村产业发展趋势和加强区域合作的新思维。”

会上公开了长江村和小岗村联动的方案，大体是：一，两村协商在村内修一条横穿全村的水泥路，并在一九九八年三月修建完成；二，长江村出资二十万元，帮助小岗村进行农业、农副产品的高科技改良；

三，小岗村每年供应长江村六十万斤稻米，按市场价执行，以解决长江村缺粮困难；四，长江村提供资金、技术，小岗村提供场地劳力，兴办两个企业，作为长江集团公司的配套厂，利润留在企业作为扩大再生产，等等。

当天，新华社则向全国播发了这条新闻的通稿，《人民日报》和各地传媒也分别进行了及时报道。《解放日报》还特地发表了《小岗，长江：共托明天的太阳》的专题报道，详细介绍了“两村联动”的来龙去脉，并且坚信：“历史将证明，这的确是一件很有意义的事情。”

长江村与小岗村结队发展的热情是很高的。在这次会议召开之前，长江村就出资购买了水泥和沙子，小岗人出工出力，开始动手修建一条横贯全村的“友谊路”。严宏昌说，那时，正值三秋，麦子还没种下去，修路的工程就开始了。县里根据总的工程量，要求小岗村每人都要完成六十一立方米的路基任务，他家当时是七口人，摊到了四百三十立方米，因为工程量大，他不得不从外面请人，还先后请来了十二台拖拉机；既要清出路基，又要按规划填上石块，为这，他从石门山买了二十多车石头，自己到板桥也挖了不少石头。总之，麦子还没下地就开始忙，一直忙到春节跟前，仅十二台拖拉机就“喝”掉上千斤柴油。

虽然一村人都忙坏了，但小岗村终于有了一条像城里那样的“大马路”，他们还是感到特别地高兴。

就在一九九八年的春上完成“友谊路”不久，紧接着，又有消息传来了，说小岗不光有了“大马路”，马上还要有更大更大的变化，而且，也不再须小岗人出工出资。一开始，严宏昌还以为是长江村又要拿出一笔巨资，来帮助小岗村彻底改变面貌呢。到了六月中旬，便发现，省委分管农村工作的方兆祥副书记亲率省交通厅、省建设厅、省教育局、省水利厅、省卫生厅以及省新闻出版局等厅局的头头脑脑，来到小

岗村。

严宏昌并不清楚这么多领导的到来，会给小岗带来什么样的实际好处，因为，这么多年了，来小岗参观、访问、视察、指导工作的领导太多，他们来这儿转转，看看，来来往往，小岗人就没把这当回事。

可是，这一回不大一样，一场让小岗改天换地的工程很快拉开了序幕！其工程之浩大，速度之快捷，不仅让严宏昌，更让小岗人目瞪口呆。

首先赶到的，是凤阳县教委主任徐彪。他给小岗带来了福音：一所可容纳师生一百六十人，从一年级到五年级一条龙五个班的小岗村小学，六月动工，八月竣工，确保九月一日正式开学的工程开始了。

接下来，省建设厅、省水利厅和省卫生厅联手帮助小岗人破天荒地像凤阳城里人一样吃上了自来水。

紧接着，由凤阳县建委统筹，县委、县政府六部门联合出资，为小岗家家户户住房的墙面，刷上一遍涂料，涂料一上墙，整个村子就好像摇身一变，光鲜了许多；为提高小岗村的文明程度，他们还为各家各户建造了一个卫生厕所。随后，小岗村大包干展览室和招待所，也平地而起了；党支部办公室，也因为得以美化而让人眼睛一亮。

凤阳县电信局更是雷厉风行，他们替小岗村一家不拉地装了部程控电话，不仅事情办得漂亮，而且明说收费，实际并未让小岗人掏多少腰包。

虽说此前小岗村和长江村携手修了一条很气派的“友谊路”，但美中不足的是，路两边光秃秃的，不好看，现在凤阳县林业局的队伍也开进了小岗。当时正是五黄六月，酷热难当，他们却自有办法，从百里之外的凤台县林场买来八百三十棵蜀桧，每棵都在两米高以上，并且搞起了科学实验，在蜀桧根部包上营养土，趁夜抢运，当天入土，还专门雇了两位懂业务的工人，吃住在小岗，精心浇水，培土，看护，高温植树，居然棵棵成活。

这一项又一项工程，变戏法儿似的出现在严宏昌的眼里，他很是纳闷。在省人大主任孟富林主持的那个专题联席会议上，他希望各厅局领导能够帮助小岗改变一下发展经济的环境，可眼下的这些工程却是他想不到、也好像不应该是这样“帮助”的。再说，联席会毕竟过去四年了，要说这事与那个联席会议有关吧，怎么看怎么都不像。

前后只用了三个月，小岗村的小学校就开办了，墙也带彩了，路也变平了，大包干展览室和村里的招待所也冒出来了，两排冲天的蜀桧也拔地而起了，家家户户的电话也通了，厕所也变了，也都喝上自来水了。严宏昌于是料定：将有大人物光临小岗村了。甚至，猜都不用猜，这一年正是中国农村改革二十周年，要来小岗村的，便是江泽民总书记！

那些日子，严宏昌一直沉浸在无比的激动之中。他深知总书记这时来小岗的历史和现实的意义，作为当年小岗村大包干的带头人，他由衷地感到骄傲与自豪；尽管历经了二十年的沟沟坎坎，现在能得到这种肯定，也值了！

岂止是严宏昌呢，所有的小岗人无不感到振奋。

不过，这时候，小岗人也注意到，就在那个热火朝天的日子里，严俊昌和严德友父子变得非常活跃。

开始，没谁觉得奇怪，因为改变小岗面貌的各项工程都在齐头并进，作为小岗村的新老两代当家人，代表大家热情地接待，也是人之常情。

然而，慢慢地，便发现，父子二人不仅活跃，而且十分勤快与主动。

注意到严俊昌这种变化的，并不是小岗人的敏感，他的这种变化，也被熟悉小岗村的温跃渊意外地发现了。温跃渊是最早写出小岗村包干到户报告文学作品的安徽作家，二十年来，他一直坚持不懈地对小岗村跟踪采访，就在那火爆的三个月，他约了摄影家康诗纬一道，再次来到小岗。这一次，他却吃惊不小。他在后来的《小岗纪实》一书中，这样含蓄地写道：

“按我原来的设想，写《小岗十八家》，打算把当年按手印的十八位农民一个一个访问。谁知十几年中，十八人中已‘走’了四位。那就访问十四家吧。可是当天下午我访问了一户农家后，我对我们的计划就动摇了。”

他访问的这“一户农家”，便是严俊昌。严俊昌和他已成小岗村“新支书”的三儿子严德友，“爷俩在新盖的村中唯一的一幢二层楼接待”了他们。之后，他居然大大地感叹道：

小岗人是绝顶聪明的人。

小岗人是很不简单的人。

小岗村是个不平静的村。

究竟严俊昌和严德友在接受采访时说了一些什么，何以又会引发作者叹喟小岗人是“绝顶聪明”、“很不简单”，以至得出“小岗村是个不平静的村”的结论？温跃渊均未交代。他只写出了一点儿细枝末节以及感情上的失落：

“晚饭后，严德友给我们一人一张草席，要我们和安医大‘三下乡’的几位学生一块睡在会议室的水泥地上。

我们欣然接受。我和诗纬都来自工厂。我俩都能吃苦。

严德友原来说给我们二老弄张床，看来有困难。可为什么不叫我俩睡在‘群众’严宏昌家呢？

我俩都觉得，小岗村的这篇文章，不太好做了。

我心里一动：我只是觉得，严宏昌是不该被排斥在村领导之外的。

这个念头只是一闪而已。

我只是从感情上，觉得严宏昌好像应该是个村干才是，而且应该早就‘在党’了。”

温跃渊曾把他的这种直感，坦率地向严宏昌提起过，严宏昌不好说什么，只是笑得有些勉强。

作家温跃渊（右）在采访“二严”。 ★康诗纬 摄于2008年

真正让严宏昌感到有点儿“不对头”的，是这不久，一份中国发行量很大、影响也很大的《南方周末》报，突然发表了一篇署名曹俊的“解密新闻”：《大包干红手印是真是假？》

文章的题目看上去像个疑问句，文中却言之凿凿地认为严宏昌当年执笔的那个摁有“红手印”的生死契约是假的。

“大包干红手印”那事，还是发生在一九八二年的十月，中央新闻纪录电影制片厂编导王映东带着摄制组到小岗拍摄《来自农村的报告》，后来他在那部新闻影片中最早公开了严宏昌交给他的那份“红手印”。第二年九月，中国革命历史博物馆派人到中央新闻纪录电影制片厂征集影片中使用过的“红手印”，王映东就无偿地将它转交给了中国革命博物馆。这事，已经过去十三四年了，为什么偏偏在这种时候突然冒了出来呢？

文章提出了不少疑点，诸如秘密会议究竟是在谁家召开的，那张生死契约又是谁执笔的；诸如契约的纸张几无皱褶，何以被农民密藏这么久而如此光鲜？到底是多少人参加了会议，严宏昌的名字为什么会出现两次？

乍看上去，质疑者的矛头是指向被存放在中国革命博物馆那张编号为“GB54563”的秘密契约，其实是指向严宏昌的。因为，契约领头位置写着的，是严宏昌的名字，契约也是严宏昌提供出来的。

严宏昌从作家温跃渊那儿见到这一期《南方周末》时，越看越纳闷：秘密会议是在严立华家开的，契约是他自己亲笔写的，小岗村的十八位当事人都是可以作证的，怎么会冒出“这些重要的细节亦无定论”的问题呢？

至于自己的名字为什么会出现两次，不仅出现在全体人员的名单之中，在所有名单的正上方，他也还写有自己的名字，这正表明他当时不怕杀头坐牢也敢承担带头人的责任。至于那张契约密藏已久为何纸张几无皱褶，那是因为这契约写好后，就谁也没有再摸过，再碰过，先是由严立学保存，后来交给了他，他是把它藏在当房梁的毛竹管里，直到后来交给了王映东。

严宏昌不知道这位作者是哪里人，他奇怪这位曹先生为什么会把滁县地区写成了“滁州地区”，居然把当年支持小岗包干到户的两位书记的名字都弄错了：把当时的县委书记“陈庭元”写成“陈奎元”，错了一个字，尚情有可原；居然把滁县地委书记、后任安徽省长的王郁昭，写成了“陈学昭”，则是不可思议了。一篇翻案文章可以把一个六千万人口的大省省长的名字错得一塌糊涂，却对一个只有二十户人家的小岗村的历史说三道四。岂不可笑！

此事也让小岗人大吃一惊。因为文章上认为契约是严立学写的，质疑秘密会是在严立华家开的，严立学和严立华听说后，气愤地说：这是有人故意把水搅混，想浑水摸鱼！

此事，也惊动了中国革命博物馆。文章见报后，他们遂派人从北京赶到小岗村，对契约产生的情况深入调研，并让仍健在的十四位当事人，一一比对“红手印”上的指纹。大家用的都是右手的食指，唯独关友江说明当时他摁的是左手；因外出讨饭缺席会议的关友德和严国昌名下的手印，关庭珠和严立坤则强调是由他二人代补的，这些情况一一核实后，中国革命博物馆又组织了一批专家和学者，对真伪“红手印”进行了一次认真地分析与论证，最后，对馆藏“红手印”给予了充分肯定。

谁知这事刚平息，有人又发现了唐山作家采写的报告文学《毛泽东以后的岁月》，严宏昌看到这篇报告文学写到的小岗村的故事时，不由感到吃惊，才知道事情已远不是他想象的那样简单了。

作品对严俊昌的介绍，只是短短的一段话，竟然出现了多处失实：

“生死攸关的春种时节，硬逼出了三位‘揭竿而起’的农民。

第一位是生产队长严俊昌，曾在上海游荡的乞丐。‘学小靳庄’的时候，他就是生产队长，上午赛诗下午唱样板戏，一天农活干不了三个小时。盛怒之下，他撂了挑子。公社书记逼他上任：‘干也得干，不干也得干！’……”

问题是，“揭竿而起”时，严俊昌并不是生产队长；他也从没做过“在上海游荡的乞丐”；一九七四年“学小靳庄”时，小岗村的生产队长是严立学；既然严俊昌不是队长，也就不存在“盛怒之下，他撂了挑子”的事，更不可能会有“公社书记逼他上任”的故事。

事实怎么会出现这么大的差错呢？几乎没有一句是实话！显然，这不可能会是一个唐山作家凭空想象出来的。

当这部报告文学写到万里来小岗的情节时，越发让人不可思议：

“（万里）一连看了十几户，最后来到严俊昌家。这时，全村的人都聚到这里来了，连金履蹒跚的老太太也一步一挪地赶来了。

严俊昌把一大箩刚炒熟的花生端上，招呼万里一行。

万里客气地摇摇手：‘不吃，不吃！’

‘不要钱！’严俊昌幽默地说。

在场的人都笑了。

老太太说话了：‘万书记，以前想给你吃也没有，现在多也不在乎了……’

‘那好！’万里点头，‘我带点给常委们尝尝你们‘大包干’的成果！’”

其实这是所有小岗人都知道的故事，也是当年陪同万里来小岗的省、地、县、区四级领导干部都亲历的故事；这事，就发生在光天化日之下，发生在众目睽睽之中！谁都知道，万里最后到的是他严宏昌家，是他妻子段永霞用当年结婚时所戴过的墨绿色的头巾包了花生交给万里的，那头巾后来又是由接任万里工作的安徽省委第一书记张劲夫来小岗时亲自还给段永霞的，怎么一下都变成了严俊昌和“老太太”的故事？

接下来，让严宏昌感到“不对头”的事情，接踵而至了：小岗村大包干二十周年纪念展览室建成了，在介绍当年“大包干带头人”的文字说明上，居于首位的，赫然写着队长严俊昌的名字，严宏昌被排在了后面，被冠之以“副队长”。他什么时候被村民选为或被组织上任命为“副队长”的呀？自从被梨园公社张明楼书记“赶”出小岗生产队的领导班子，他何曾以“副队长”的身份参加过一次队干会议？

对此，更加恼火的是严立学。要说当时小岗生产队的队干部可以算是“带头人”，他严立学当之无愧是“三个带头人”之一，而且，他不仅是三人之中、还是整个小岗生产队最早入党的一个！他很气恼地告诉我们：“牌子上，不光把严俊昌放进去，还放在第一位；我的名字却‘丢掉’了！”

2. 江泽民看望小岗人

一九九八年九月二十二日下午三时三十分许，江泽民总书记在温家宝、曾庆红等中央领导和回良玉、王太华等省委领导的陪同下，来到小岗村。

江总书记首先走进了小岗村大包干二十周年纪念展览馆。被安排代表小岗人迎接江泽民一行的是严俊昌。

江泽民并没留意展览室前言上的文字，当然就不会刻意去搞清小岗村包干到户带头人的名字，倒是被墙上挂着的当年契约的影印件所吸引。他走过去，指着它，问严俊昌："这就是你们那份字据吗？"

严俊昌回答道："是的！"

那份"字据"显然太有名了，也太经典了，江泽民干脆停下来，一字一句地大声念了起来。一边念，一边仔细观看。那一字一句朴实而又震撼人心的文字，一个个醒目而又无法不让人为之感动的“红手印”，让总书记凝视良久。

接着严俊昌就向江总书记就当年的改革作了汇报。他说的一些成绩，被新华社记者何平、《人民日报》记者何加正登在了《人民日报》上。我们把他讲的数据，与当时吴庭美深入小岗写出的原始的调查报告相比较，发现有了一些出入。比如，严俊昌汇报说：实行了包干到户后，“第一次向国家交了两万多公斤公粮”；而吴庭美的报告上写的是：“向国家交售粮食两万四千九百九十五斤”。吴庭美提供的数字是“市斤”，严俊昌汇报时却变成了“公斤”.

不过，严俊昌确实是个“绝顶聪明”之人，马上背诵起了当年的顺口溜：“大包干，大包干，直来直去不拐弯。保证国家的，留足集体的，剩下都是自己的。”

说得江泽民笑了，评价道：“农民的语言简洁生动，一下就把家庭承包的好处说明白了。”

我们查阅了新华社和《人民日报》记者联合写出的《总书记来到小岗村》的专题报道，整篇文章突出严俊昌的重要是显而易见的。江泽民在参观了村办图书室、农民文化科技学校后，来到严宏昌家时，具体的表述是：“又走进村民严宏昌的家。在院子里，总书记同当年在包干到户字据上签字的十几位农民围坐在一起，回顾小岗村不平凡的过去，展望中国农村更加美好的未来。”不难看出，组织者、宣传者只是把严宏昌看做是“村民”。不过是借用一下“村民”严宏昌家的大院子，开了一个群众座谈会。

其实，这段时间，还是有不少故事的。

当江泽民走进严宏昌家的院子时，四处看了看，对严宏昌说：“到家里看看。”严宏昌和段永霞就高兴地把总书记请到家中。

江总书记看到客厅的右侧有座楼梯，不免一怔：因为他走进院子时，显然注意到严宏昌家的住宅只是平房，便奇怪地问："有没有二楼？"

严宏昌这才发现总书记观察得很仔细，回话道："还没顾得上盖。"

"打算什么时候盖呀？"

严宏昌当时并没有具体的打算，随口说："过年吧。"

江泽民接着去看挂在墙上的那些陈年照片。他认真看了严宏昌和万里在一起的合影，当看到严宏昌和宋富豪的合影时，忽然说道："这不是上海的宋富豪吗？"

严宏昌有些吃惊，忙问："您也认识宋富豪？"

江泽民笑着点点头。后来严宏昌询问宋富豪，才知道，江泽民在担任上海市委书记时，宋富豪被评为"上海十大企业家"，并荣获"上海十大园丁奖"，其证书和奖牌，就是江泽民亲自颁发的。

随后江总书记还详细询问了严宏昌的生活情况，甚至叮嘱严宏昌的儿子严德锦"好好读书，为国家的繁荣富强奋斗"。

最后来到院子里，段永霞就像当年招待万里一样地把炒得香喷喷的花生端到总书记一行面前。气氛是十分融洽而亲切的。

但是这些都没有出现在记者的报道中。

当然，江泽民、温家宝、曾庆红一行来到小岗村，还是让严宏昌，让小岗人激动不已的。况且，总书记在小岗，还讲了不少让严宏昌和小岗人这一辈子也难以忘怀的话。

江泽民说："我过去虽然没有来过小岗，但我一直很关注小岗，一直想来看看乡亲们。因为邓小平开创和领导的改革开放事业，首先是在农村开花结果的，而小岗村又是率先进行农村改革的。家庭承包经营这一政策要长期坚持下去，是不会改变的。这不只是我个人的意见，也是中央集体研究决定的。”

谈到小岗村农民二十年前的那次了不起的创举时，江泽民动情地说：“在当年‘一大二公’的环境下，你们敢于包干到户，是冒了很大风险的。你们靠的是实事求是的原则，靠的是改革的勇气，靠的是团结的力量，靠的是穷则思变的精神，说明路是人闯出来的！”

这时省委书记回良玉插话说道：“总书记来安徽视察的第一站就是小岗村；看望的第一户人家就是小岗人。”

小岗人听了，热烈地鼓掌。

最后，回良玉提议，请江泽民总书记同当年大包干的农民们合个影。江泽民欣然答应，并诙谐地说：“好啊，不胜荣幸！”

当时同江泽民等中央领导和省领导合影时，参与在秘密契约上摁过“红手印”的十八条汉子，还剩下十四人。摄影师一点数，不对，只有十三人，才发现独独少了严俊昌的弟弟严美昌。江泽民就要来小岗了，严美昌却去了小溪河的邮局取钱。后来听说了此事，严美昌头皮直搔，连声说：“不能提，不能提，越想越后悔！”

3. 二十年后当村长

江泽民总书记在中国农村改革二十周年时专程来到小岗村，从新闻宣传上看，严俊昌攒足了面子。尽管此时他和严宏昌都已调离了小岗村，严俊昌也已经不再是小岗村的村长，但在舆论上，“小岗村当家人”，乃至“小岗村的形象代言人”，均非他莫属!

但是，严俊昌也有难言之隐。这就是，他好不容易扶到了小岗村“接班人”位置上的三儿子严德友，却在江总书记来前的几天，被组织上调出了小岗。

这事，很突然。他也很无奈。在他看来，这事的后果很严重，至少有两个不应该有的后果。一是，严俊昌说：“要不是把德友调走，小岗就搞上去了！”二是，严俊昌说：“江总书记来小岗，也不让德友见，媳妇觉得政府不讲理，女人遭不得人孬，几句话受刺激，想不通就上了吊！”

为什么偏偏在总书记进村的前几天，突然将严德友调走？小岗村的村民给出的答案是：“怕老百姓告他‘御状’。”

我们在小岗走访了一些人，提起严德友，不少人说他爱喝酒，一喝醉就开始骂人，有时就在村子里的大喇叭里骂，骂得你爱不爱听反正一村人都得听，一骂就是半天，什么话都骂得出来；有时候还打人，而且打人从来不考虑后果，老人孩子都敢打。

因为严德友是在一个极其特殊的日子被调走的，这至少说明，为确保总书记来小岗期间不闹出“乱子”，即便是严俊昌，也改变不了儿子必须“走人”的命运——这件事极大地鼓舞了小岗人伸张正义的信心。

再说了，江泽民来小岗，夸赞小岗村是“率先进行农村改革的”，并且为此“是冒了很大风险的”，这些话，鼓舞了小岗人，更触动了小岗人的心。大伙平日都忙着各自的家事与农事，年复一年地过着枯燥而琐碎的日子，并不觉得严宏昌有什么稀罕，也不完全清楚二十年前的那个晚上，在严宏昌的带动下搞起包干到户，对中国今天的改革开放有着多大的意义；更想不到事情已经过去二十年了，总书记居然会亲自来看望小岗人，并给小岗人这样高的评价。这让小岗人又想起了严宏昌的好处来。

是呀，包干到户“是冒了很大风险的”，真正冒了很大风险又吃尽了苦头的，其实就是严宏昌！

总书记来小岗，非但引起了小岗人对自己“光荣历史”的回顾，也激发起了他们的思考。现在，眼看又到了小岗村村委会应该换届的时候了，越来越多的小岗人，这次站出来，他们通过各种方式和各种渠道，要求小岗村进行一次真正的村民选举。

小岗人的这种强烈的要求，引起了省、市领导的高度重视，就决定放手让小岗村进行一次民主选举。

消息传来，小岗人奔走相告；那些天，严宏昌的家里热闹极了，大家都希望他能当上村长。

严宏昌表面却显得很平静。他早已不是那种会把喜怒哀乐放在脸上的人了，但他还是为之激动，为之振奋，因为太激动，太振奋了，有两个晚上失了眠。

他感谢小岗人终于争取到了这种民主的权利，他感谢省市领导给了他一次可以证明自己能力的机会。除他刚回小岗那一次，生产队长是社员选出来的，二十年了，队长和村主任就都是上面指定的。

他从来不缺少信心。他相信自己会在这次民主选举中胜出。只是他有一种预感，在这样放手的选举中，不会没有意外，不会没有沟沟坎坎，在最后的结果出来之前，他没有理由过于乐观。

一九九八年十一月十八日，是小岗村新一届村委会进行预选的日子。省委和市委的组织部门，省市民政系统都派员赶来了；凤阳县委书记李耀才也带着县委、政府、人大、政协几大班子领导亲自“督阵”；省委机关报《安徽日报》、省电台、电视台及省城多家报刊记者，也都闻风而至。

这时的小岗村，已不再是一个小岗生产队，大严生产队早划归为小岗村，因此这次与严宏昌在预选中将有一番较量的，是来自大严队的吴广德。当地人都知道，吴广德是当年写过小岗村调查报告的那位吴庭美二哥的孩子，算是吴庭美的亲侄子，而这时的吴庭美也不再是当年的县委秘书，不再是凤阳县委书记，已升任滁州市委常委、政法委书记。不少支持严宏昌的小岗人心里面在打鼓，严宏昌能否在预选中获胜，谁也说不清。

也因此，预选的那天，新落成不久的小岗小学人头攒动，逢集赶庙会一样的热闹非凡。

不过，小岗人还是理智的，他们大多不仅早早地就进入会场，并且还把神圣的一票投给了严宏昌；大严人被划入小岗村毕竟也有了四五年时间，谁能当好这个村长，大家心里明镜儿似的。因此，预选的结果不出所料：在二百二十张选票中，严宏昌比吴广德整整多出五十一票!

预选的结果，立即被各家媒体争相报道。《安徽日报》记者冯骏撰写的消息和配发的照片，甚至被安排在头版最显要的位置。

这时，大家都认为，严宏昌最后当选为小岗村村长，肯定不会有问题。

然而，就在正式选举的前两天，情况有了变化，许多早已经外出打工的小岗人和大严人赶了回来，小岗村具有选举资格的村民增加到了二百五十九名。十一月二十六日上午，小岗小学的操场上比预选那天还要热闹。省、市、县、镇四级党委政府的有关领导和各地记者，很早就来到会场。在经过了漫长的四个多小时的投票、唱票和计票之后，正式选举的结果出来了：严宏昌最后只以一百三十七票的微弱多数票，当选为小岗村新一届的村民委员会主任，村长。

支持严宏昌的村民一颗心才落了地。

大会安排严宏昌发表就职演说。他真的有一肚子话想对村民们说。不过上台之后，他却只是作了一个简短的表态。

他首先感谢大家对他的信赖与期待，但他说："要把小岗的各项工作搞上去，靠我一个人肯定是不行的，当然我会竭尽全力，主要还是靠大家。靠大家的帮助，更靠大家的监督。我要说的是，今后不分辈分高低，不管年龄大小，也不问学问的深浅，任何人，随时随地，都有权力对村里的工作提出建议和批评；对村委会特别是对我进行监督。如果发现我已经不称职了，大家随时可以把我免掉！"

严宏昌短短的这几句话，赢得在场的村民和领导的一片掌声。

走下主席台时，严宏昌发现自己的眼睛潮湿了。这是压抑了多年的心中的狂澜一次掩饰不住的流露。同时，他还感到，整个人也好像成了喷泉，渴望立刻喷射出去，跃出一个梦寐以求的速度和高度。

散会时，县委书记李耀才走到严宏昌面前，向他表示祝贺，同时说道："宏昌啊，你要是能干好小岗的村长，当县委书记也绰绰有余；我们只要求小岗平稳就行了。"

严宏昌还等着李书记的下文，但李书记只说了这一句，转脸就走开了。

严宏昌由不得一愣。因为，他听得真真切切，李书记只字没提小岗村的发展，这让他难以接受。这与他已经燃烧、已经沸腾、已经跃跃欲试、已经无法遏制的"大干一场"的梦想，相去太远了呀！

好一会，他才冷静下来。望着李书记走远了的背影，心里终于明白：说这话的，虽然是李耀才书记，但这么多年来，县里镇里对小岗村的要求，又何尝不都是如此？小岗村的发展不发展，都不是最重要，"只要求平稳就行了"，不出问题就好。

但是，他不甘心那样做。他做不到。离开会场时，他看着一个个小岗人期待和兴奋的眼光，就下了一个沉甸甸的决心：不蒸馒头也要争口气！无论自己将付出多大的代价，也要把小岗村搞上去，让它变个样！

当天晚上，严宏昌首先去拜访严俊昌。他诚恳地对这位堂兄说："我小哥，小岗必须要发展。要是发展不起来，我们都将愧对下一代。德友不干了，我希望这次你要支持我。我是你弟弟，往后我哪儿做得不对，做错了，你一定要提出来；我希望我们俩团结好，齐心合力，共同把小岗的经济搞上去！"

没想到严俊昌会反问他："我家德友干不好，你就一定能干好？"

问得严宏昌哑了半天，再无话可说。

自己当选为村长，堂兄会不高兴，这，严宏昌能想到，但堂兄说出这样的话来，让他甚感意外。怎么能把自己与严德友相提并论呢，严德友毕竟还是后生，没有经验，在堂兄的眼里，难道自己还不如他的儿子？严宏昌当时并没深想堂兄的这句话将带来的后果，更没想到这句话将一语成谶！

作家温跃渊得知严宏昌当选上了小岗村村长，立即从省城给严宏昌打来电话，代表新闻、文艺界的一帮朋友，向他祝贺。

“但是放下电话，我的心里并不轻松。”温跃渊告诉我们，“他以一支铮铮的钢笔，二十年前亲手写下了大包干‘生死契约’，在经历了二十年零两天之后，才被选为小岗村的村长，这个时间也是太迟了点啊！”

是的，迟了二十年，可他毕竟还是被选成村长了。当年跟他在“生死契约”上摁下了“红手印”的许多“战友们”，却认为直到二十年后的今天，严宏昌还是个“群众”，还被“关”在党的大门之外，这和他当不上队长、村长一样的不应该！

于是这些曾经生死与共的老伙伴们又走到了一起，起草了一份《为严宏昌入党呼吁书》。参加这次呼吁的，除严立学是中共党员，且是小岗生产队的第一个中共党员，其余的，都是“群众”，但他们坚信，大家虽不“在党”，却有向党组织呼吁的权利。

采访期间，我们见到了这份呼吁书的复印件——

为严宏昌入党呼吁书

严宏昌（一九）七八年是（小岗生产队）队长，是大包干的带头人，已成为事实，国人皆知，公认他在农业（村）改革上有重大贡献。以大包干带头人的身份，严宏昌接见（待）过全国电台、电视台记者和名人，国家干部乃至国家主席数人。严宏昌已是全国知名者，这并不虚夸。

严宏昌为小岗发展致富奔走，四处求助，招商引资，路费都自掏腰包，还不算清正吗？就凭这两袖清风，一身正气，在村委会选举中，以决（绝）对多数的选票，当选为村委会主任，这是群众的信任，就这样群众推崇的好人，到现在却不是党员，说起来不成了皖北奇闻吗？是他不愿进步吗？不是。

在梨园乡时他就向徐学文、周益兵、怀学仁三任党委书记交过入党申请书，向村支书崔志祥交过入党申请书，划为小岗村后又向代支书徐家宝、张从安交了入党申请书，所有这些申请书，都石沉大海。一九九三年春，省人大主任孟富林视察小岗，当众宣布：严宏昌理应是党员，党龄从大包干那天算起，这是人所共知的事实，可至今仍被拒之党外，为此我们死不服气。

我们认为严宏昌艰苦朴素，默默奉献，够入党条件，若有缺点在党内会改的（得）更快，特别应提的是他虚心诚恳正派，能很好地为党工作。因此，我们呼吁：尽快吸收严宏昌入党，党龄应按孟富林同志的指示从大包干那天算起。

谨呈

呼吁人签名：关友申　严金昌　严立学
严付昌　关友江　严立华
严美昌　关友章　严学昌
严立坤　严立付

（一九）九八年十月一日

从呼吁书的内容看，这应该是写于新一届村委会的选举之后，落款处的“十月一日”，显然用的是小岗人习惯使用的农历，推算应该是公历的十一月十九日，即严宏昌在预选中大获全胜的第二天。

当年参加秘密会议签下“生死契约”的是十八个人，这时已经过世四人；我们从这份呼吁书歪歪扭扭的签名，和深浅不一的“红手印”上，数一数，只是十一人。就是说，仍健在的当事人中，除严宏昌本人外，少了严俊昌和严国品二人。严俊昌的弟弟严美昌也在签名者之中，而且还是较热心的一位。

温跃渊告诉我们，那天，他又去小岗，在严宏昌家，他见北京《经济日报》女记者文晶正在采访严宏昌，没有打扰，就坐在一旁静听。

蓦地，他发现，严美昌风风火火地跑进来，手里拿着一张又摁有许多红手印的东西。温跃渊因为同小岗人都很熟，就问：“美昌，你拿的啥家伙？”

严美昌说：“我们在为宏昌的入党问题呼吁。”

温跃渊觉得奇怪，他要过呼吁书。看着，看着，笑起来。说：“美昌呀，不妥不妥。严宏昌‘接见’记者还好说，‘接见国家主席’不能这么说，应当是国家主席接见他才好。”

严美昌听了，咧嘴直笑。

温跃渊和严美昌的这段对话，显然引起了北京记者的注意，文晶忙问严宏昌：“你还不是中共党员么？”

严宏昌说：“不是。”

文晶大为惊愕：“这倒是个新闻呢！”说罢，她居然长时间地保持着惊愕的表情。

4. 一段西西弗的故事

二十世纪最后一个元旦，严宏昌召开了小岗村新一届村民委员会会议。小溪河镇党委副书记、镇长张从安，因兼任小岗村的党支部书记，也参加了会议。

当上了村长的严宏昌，举手投足无不显得从容与自信。在会上，他分析了小岗村目前的形势，提出村委会平日只留一两个人，在家负责抓好村民的生活，为村民们服务，其余的，由他牵头，“走向市场”。

“庄稼是必须要种好的，”他特别强调，“但要下大力气抓市场，想方设法借智引资，按照万里的要求，学习张家港，尽快把小岗村村级经济搞上去！”

原先的村会计也在座，严宏昌问：“现在村里还剩下多少周转资金？”

会计说：“一分钱也没有，还欠了一二十万元的账。”

严宏昌一听，顿时傻住，感到问题的严重。再一问，才知道，早先小岗村和长江村共同修建“友谊路”时，用了大量的电，那一笔就是九万多元，至今还挂在账上。

严宏昌要会计把账本拿出来给他看看，会计说，不用看，没有账，啥事都是严德友他一人掌管。

问到村委会的公章在哪儿？得到的回答是：严德友调走以后公章就没交。

没有一分钱的资金，反欠下一二十万元；公章也拿不到——这叫人怎么干事？

严宏昌闷了一会，说：“那我先掏二百块，今天就把笔和纸买来，会计要把账目建起来，我们不能给村民一笔糊涂账；在座的每人一支笔，一个笔记本，会议记录人人要写，每次开会要记住会议精神；定下来的事，不扯皮，不搞拖泥带水！”

他把丑话说在前面：“我会去找攒钱的门路，如果干得好，干部工资没问题；干不好，没有贡献，一分钱没有。”

大家都说没有意见。

就这样，严宏昌开始了一无所有的小岗村村长的工作。

他的第一笔经费，来自凤阳花鼓。他早就注意到了，驰名中外的凤阳花鼓，在凤阳县城十多元就能买到一个，而在省城的市场上，作为有地方特色的工艺品，一个就能卖到五十多元。于是，他从县里买了六十个，委托严立华送到省城的“商之都”去出售，扣除一切花销，这一项攒回了一千八百元。

有了这笔收入，严宏昌重新雕刻了村委会的公章，各项工作接下来就开始运转起来。

由于严宏昌当村长的消息被各种媒体集中地报道过，他在接受采访时，每次说得最多的，又是小岗人渴望借智引资，怎么能把村级经济搞上去，所以，那些他早先就接触过的，以及素来并不相识却慕名而来的人，一时间，络绎不绝。

江苏省三泰集团的老总庞文东，是最早找上门的。他带着四五个工作人员，同时带来了一项哈尔滨工业大学的技术专利——“汽车煞车防爆装置ABAC”，打算投资三千万元，在小岗村创办一个汽车制动安全器厂。此外，还想在小岗再上一个汽车尾气净化器厂。这些都是庞文东筹划了很久，市场的前景又都是十分看好的产品。他希望借助“小岗”二字的品牌效应，同时希望严宏昌借用自己的优势，帮助他们疏通安徽的市场。

严宏昌热情地接待了他，严宏昌积极配合的态度，更是让庞文东非常满意。庞文东当场决定：将这两个企业百分之二十五的股份，送给小岗村，以支援小岗村的经济发展。

可以说，严宏昌一上阵，便旗开得胜，形势喜人！

接着严宏昌就带着县、镇两级党委政府的驻村干部，一起前往张家港市长江村，去落实一年前就已经达成的“两村结队”的联合计划。这以后他又多次去同长江村的党委书记郁全和、村主任卢振英进行协商，最后敲定：小岗村拿出八十亩地，由长江村在此兴建一个“小岗工业园”。在这个工业园里，长江村将建一个电梯配件厂；另外，长江村虽在张家港有了一个纺织厂，但那儿的厂区面积太小，就决定在小岗再扩建一个规模更大的纺织厂。

尽管三泰集团的两个厂将来也要占用不少地，但他们的一期工程只是先把办公场所盖起来，所用的土地还有限；长江村要建“小岗工业园”所需的八十亩地，马上就要，这确实颇费了严宏昌的一番脑筋。首先，要选好场地；场地确定后，接着要弄清这场地范围内的地是属于哪些农户的？而这些农户分别又占到多少？被占用后会不会影响到他们的生活？长江村给出的每年每亩五百元的租金，大家能不能接受？这些都牵扯到群众的具体利益，都是要考虑到的，都得要耐心地做工作。于是他只有一家一家去跑，一块地一块地去落实。最后决定把“工业园”放在村西，动员出小岗村十九户，还有严岗村的三户，拢共二十二户人家的七十九亩五分三的土地，这与长江村要求的八十亩地基本吻合，因为工作做得细，各方面都还比较满意。

为尽快把“小岗工业园”建立起来，严宏昌在征地的同时，就准备好了两台推土机。可以说，为把小岗的村级经济搞上去，把小岗村的“优势”用足，他是“无所不用其极”。这期间，分管农业工作的省委

关友江　　★康诗纬 摄于2008年

常委、副省长王昭耀来小岗检查工作，他发现王省长对小岗要建“工业园”大加赞赏，就趁机提出，希望省政府能帮助解决购买一台推土机的银行贷款，结果，贷款很快批下来，一台崭新的推土机买了回来。新机子刚到不久，他马上去找县农机公司，经过他的一番游说，又从县公司开回来一台旧机子。就这样，被租用的地里庄稼一收完，两台推土机同时出动，一场机械化平整土地的工作便有条不紊地开展起来了。

有了两台像模像样的推土机，却没钱为这两个“大家伙”安个“窝”，严宏昌想了想，跑到省农机公司去求援。结果，省农机公司投资了二十万元，在小岗村盖了一处农机大院。这不仅为小岗解决了大型器械的存放，省公司也在皖东地区多了一个产品推销点。

“小岗工业园”的土地平整工作正在进行，严宏昌在临淮镇的一个朋友就把湖南郴州的伍家宝和郭春松带到了他的家。两位湖南的客人也是慕名而来，希望在他的帮助下，来小岗村办一个贵金属二次冶炼厂。

严宏昌当然欢迎。他听说这种贵金属的二次冶炼，还是属于特殊行业，首先需要经过省里黄金管理部门的批准，二话不说，他当即表态：“行，这中间的手续由我来跑！”

这以后，严宏昌就一趟一趟往省里跑，跑黄金局，跑相关部门，一切手续跑下来之后，回头又动员村民们让出土地。他的这种认真劲头和办事效率，感动了两位湖南人，他们很快就连人带资金一道儿来到了小岗村。

今天回忆起当初那些创业的日子，严宏昌依然止不住地激动。他感到每一天的太阳都是新鲜的；他每一天都在忙碌着，又都在兴奋着。一想到有了一个施展身手的大舞台，一想到有了来之不易的报效小岗人的机会，他倍感珍惜！

他算了一下，他当村长的第一年，三百六十五天，至少有二百多天是在外面奔波，却没有花小岗人的一分钱。家里一季麦子卖来的钱，长子严余山、次女严小兰两人在外打工寄回来的钱，以及自己当村长月月的薪水，全都贴了进去。但他贴得无怨无悔，贴得心甘情愿。长年在外，他睡的只是二三十元一天的小旅社，吃的是大排档，凑合着有地方睡、不饿肚子就行。他常爱在马路牙子上的小摊上吃碗面，用他的话说："吃那种东西，最划算。又当饭，又当菜，还有汤，稀的稠的全有了；既饱了肚子，又省下茶水钱。"

那段时间，段永霞说他像个野人，一天到晚不粘家。那正是一个孩子不在身边的时候，长子严余山和二女儿严小兰都在广东东莞打工；二子严德宝正在福建当兵，三儿子严德锦又在省城一家电视台工作；大女儿严德凤也已嫁到了石马村，家里的几十亩地只有段永霞一人照看。一天，段永霞正在水田里干活，两头磨角的牛顶红了眼，其中的公牛突然狂奔起来，把毫无防备的段永霞从背后掀翻在地，尖锐的犄角将她右乳房撕裂，还从右手手腕刺到肘处，筋都被挑出一尺多长，整个人血肉模糊，惨不忍睹。严宏昌当时刚从外边回来，汽车刚到站，闻听此事，吓得一句话讲不出，从汽车上就下不来了。段永霞被送往镇医院，右乳房和右手臂分别缝了十几、二十几针，差点送了性命。在段永霞住院的二十多天中，严宏昌也没办法全程陪护，见她不再有危险，就又抓紧时间到外面跑项目和帮忙企业解决困难。

一九九九年九月二十二日，江泽民总书记视察小岗一周年的时候，长江村要建的"小岗工业园"所需的七十九亩五分三的土地，全部平整完毕；三泰集团的两个、湖南郴州的一个，三家工厂也都破土动工了。三家中，贵金属二次冶炼厂，刚开始时规模小点儿，第一年只能上缴里村八万元，第二年是十五万，第三年就可增加到二十五万，随着以后规模的逐步扩大，前景是喜人的。三泰集团的两个厂都不小，汽车制动安全器厂建成后年产值将是一千两百万；汽车尾气净化器厂也能达到八百万。两家百分之二十的股份归小岗，想到这些，严宏昌虽忙，虽累，却感到浑身长劲，恨不得能长出个三头六臂来！

在为这几个企业张罗的同时，严宏昌还带着兼任村支书的张从安，跑了一趟江苏省常州市。常州柴油机厂支援小岗村一辆客货两用车，通知严宏昌去接车，严宏昌带着张从安路过全椒县时，忽然想到了全椒柴油机厂的老总肖振海。严宏昌和肖振海都是省人大代表，每年的“两会”期间都在省城相聚，彼此是老朋友了，肖振海早说过今后有机会一定帮助他，现在既然路过这里，外省外市的柴油机厂同行尚且支援小岗一辆客货两用车，他肖总难道不“表示表示”？想到这，严宏昌就对张从安说：“咱不忙去‘常柴’，先拜访‘全柴’！”

于是，严宏昌临时决定改变行程，先奔肖振海而去。

严立华

★康诗纬 摄于2008年

肖振海见到严宏昌亲热得不行，当知道此次是去常州柴油机厂接车，显得更加慷慨，更加痛快。他说："宏昌，你现在是小岗村村长了，看在你我五年'省代会'上的交情，我也得支持你！"他考虑了一下，说，"我送你福田小货车吧，送你一辆没大用处，干脆给你四辆，这样你们就可以跑运输！"

严宏昌一听，高兴地说："够朋友！我照单全收！"

他想不到，一次"常柴"之行，半路之上，"搂草抱住了一只大兔子"，竟然有如此意外的收获！

当然，这期间，严宏昌也没忘记妻子段永霞过去提起过的一件事，那就是，日本驻上海领事馆乔木一男先生来小岗参观时，发现段永霞喂了许多鸭子，曾说过要大家都喂，他来出钱；还说村里可以建加工厂、建座冷库的话。为这，严宏昌专程跑了一趟上海，找到领事馆，去拜见那位乔木一男。乔木一男不但没忘记这件事，而且，当场表示，愿帮助小岗村建一个养鸭基地，一期投资一千万日元，先把基地的管理中心大楼建好；二期投资三亿日元，再建冷库和加工厂。

严宏昌听了之后，真的是兴奋不已。他一分钟也不愿再在上海停留，立即乘车赶回凤阳。到达凤阳时天已很晚了，不便向县里汇报，就赶回到小岗。

他告诉我们，他是兴奋得"连滚带爬"往回赶的，只想尽快把这个好消息告诉大家。

第二天一大早，驻村干部就把这件事向县里反馈了，凤阳县委、县政府都非常重视。考虑这项工作有着"涉外"性质，就让县农业局、畜牧局来具体落实；严宏昌需要做的，就是组织村民们养鸭子和解决未来市场的销售问题。养鸭子的事比较好办，段永霞过去就养过，许多小岗人都养过，资金到了，再忙不迟；但销售场地得马上要落实。于是严宏昌就派副村长关友江、村党支部支委严立学具体去办。

关友江和严立学先跑到南京去考察，跑了两天没跑出个所以然，掉头又去合肥。他们发现，合肥市板桥那儿就有一处专门的家畜市场。一联系，人家听说他们是小岗村的，十分欢迎，不仅马上提供出两个门面、两间住房和一片场地，每年的租金也给予了优惠。

日本驻上海领事馆随后就把一千万日元汇到了凤阳县农业局，严宏昌及时解决了养鸭基地办公楼的用地，地皮腾出来后，县农业局很快组织起施工的队伍。可就是不见农业局把养殖经费拨下来，村里没钱买“鸭苗”，也就没办法组织村民养鸭子。当然，鸭子可以等到经费拨来时才养，但关友江、严立学在合肥板桥家畜市场订下来的两间门面和住房，闲在那儿却是要付租金的，严宏昌跑了几趟农业局没结果，只得从贵金属二次冶炼厂周转过来三万元，让关友江和严立学从外面收些家畜，先在合肥干起来，边干边摸出点市场销售上的经验。

总之，严宏昌当村长的第一年，一切还算顺风顺水。有一天，还是六七年前在大连参加一个全国性会议时认识的老朋友贾泰斌，听说严宏昌当了村长，就从北京赶过来。他们在大连认识那会儿，贾泰斌还只是铁岭一家饲料企业的负责人，这次来小岗，已是北京大北农饲料科技有限责任公司开发部的经理。他见小岗在大兴土木，整个村庄快赶上一个大建筑工地了，很是为严宏昌感到高兴；得知村里的经费还非常紧张时，临走就丢下了一张十万元的汇票，对严宏昌说：“你们不是缺钱么，这钱，我借给你们，年底再还我，不用考虑利息。”

严宏昌自然十分感激。可是，他绝没有想到这笔钱日后竟会为他带来一个大麻烦。

眼看着三家工厂和一个养鸭基地管理中心的工地上，白天热火朝天，晚上灯光耀眼，只有早已平整出来的“小岗工业园”那一大片空地上，显得落寞与幽静，严宏昌就和长江村书记郁全和联系，希望他们能够及早“启动”。这天，郁全和突然告诉严宏昌，要他到县里参加一个会议。

起初，严宏昌只想到，“小岗工业园”不光事关两个村，还涉及两个省的两座城市，凤阳县为“小岗工业园”的正式启动，开个会，搞个什么仪式，是说明县里的重视。

那天小溪河镇党委书记许正航、镇长张从安也都去了，严宏昌和严俊昌就是坐镇里的小车一同前往的。

到了县城，才发现，县委确实把这当成了一件大事，县里几大班子主要成员都来了。然而，意外却再次发生，这是严宏昌无论如何也想不到的。

当长江村党委书记郁全和一行从江苏赶到，县委书记李耀才同他们亲切会面后，不像是马上要开会的样子，而是各自钻进小车，离开了县委；其他领导也纷纷上车，跟了上去。

严宏昌同镇领导便也尾随着长长的车队，来到了凤阳县纺织厂。

为什么要来纺织厂？县委书记把大家带到这儿干什么？严宏昌不免感到奇怪。下车后，他问随行的一位政府干部。他不认识人家，人家却认识他，知道他就是小岗村大包干的带头人，高兴地同他握手，告诉他，这是县委李书记让张家港长江村的同志到现场看厂址。

“这些厂不是放在小岗吗？”严宏昌越听越糊涂。

那人告诉他，县委领导觉得长江村的这几个企业，放在凤阳县城更合适。因为这儿已经有了现成的厂房和人员，而眼下这几个县办工厂都不景气，正愁着没法治，因此就决定把长江村准备在小岗扩建的纺织厂，放在凤阳县纺织厂来扩建；长江村的电梯厂和全椒柴油机厂原计划建在“小岗工业园”的缸盖厂，都改在凤阳县农机二厂；合肥江淮汽车制造厂原打算落户到“小岗工业园”的汽车配件厂，也被安排在了凤阳县汽车水箱厂。

严立坤
★康诗纬 摄于2008年

严宏昌听说了这一情况，直感到天旋地转！这一切，来得太意外！他甚至连一点思想准备也没有。

整个人懵住了。

当小溪河镇党委书记许正航知道了这个情况后，脸上也挂不住。既然这事与小岗村无关，也就与小溪河镇毫不相干了。通知他们来，显然只是要他们知道，原放在“小岗工业园”的这些企业已各有归宿了。

许正航钻进了小车，不愿再继续奉陪。严宏昌跟着张从安和严俊昌也上了车。

严宏昌发现许正航很是不满，不禁想起自己六年前创办小岗米厂、小岗食用菌厂和小岗工艺被厂时的情景。那几个厂好不容易张罗起来，办得好好的，却被这位许书记陡然插上一竿子，明明是自己依法注册办起来的私人企业，却被他“强取豪夺”，就变成了镇里的。今天县委李书记干的，其实和他许书记当年干的是一个样，许书记是否就会由此想到当年别人的感受呢？

一路上，严宏昌都在想："小岗工业园"里的四家企业被放到县办工厂去了；"小岗工业园"租用的小岗村那十九户、严岗村那三户人家七十九亩五分三的土地，现如今已全被推平了，推成一片了，他回去该怎么跟这些村民交代？他严宏昌要建"小岗工业园"的事，不仅小岗、严岗人人知道；两台推土机惊天动地地干了那么些日子，风声太大了，一个凤阳县，一个滁州市，恐怕也没人不知道；各地的记者也早把这消息张扬了出去。他将如何面对那一大堆的问题呢？

更奇怪的是，县里现场会结束之后，长江村的郁全和一行就再没来小岗，甚至回去后也没来一个电话。

隔了几天，严宏昌实在忍不住，就给郁全和打去一个电话，他问郁

严金昌

★康诗纬 摄于2008年

全和："你叫我们搞了这么多地，花了这么大劲把地整平了，也都知道你们要到小岗建'工业园'了，现在突然变了卦，厂子都放到别处了，你叫我怎样向大家交代？"

没想到郁全和像个没事人似的，说道："我们已有安排，可以在那里种葡萄。"

"你们既然有种葡萄的打算，干吗要说办'工业园'，还叫我们把好好的耕地推平？"严宏昌很恼火。

郁全和说："以后种葡萄就是了，我们也不想再参与。"

严宏昌听出了对方的无奈，意识到这事也使得他们很被动。严宏昌越想这事越窝火。本以为，有了"小岗工业园"，小岗村从此就抱上了"金娃娃"，可现在说没有一下就没有了。

这头，指望不上了，严宏昌不得不把全部的精力立即转移到正在施工中的三泰集团旗下的两个厂，和湖南郴州人办的一个厂子上去。为配合他们打开安徽的市场，他跑得更加勤快、更加主动了。

这天严宏昌又去了合肥，找到安徽省环保局。因为三泰集团在小岗即将投产的汽车尾气净化器，是已经经过有关专家论证了的环保产品，他希望能够得到省环保局的支持。功夫不负有心人，省环保局在确认这确实是性能可靠的一种环保新产品后，态度很积极，明确表态，愿意在今后产品的推广上给予支持。

严宏昌正要把这个大好消息告诉给三泰集团的老总呢，就在这时候——你说多巧呢，庞文东正好把电话打了过来。

庞老总的一句话，说得严宏昌不由一愣。

"严主任，"庞文东是个恪守规则和秩序的人，他从来不喊严宏昌村长，而称他为村委会主任。"你那个地方没办法再叫我们蹲下去了！"

严宏昌猜想庞总一定是在村里碰到了什么不顺心的事，所以就先把喜事儿告之于他，说：“我正在合肥，在解决你们的市场问题。安徽省环保局对汽车尾气净化器很认同，今后的市场会很大，他们为推广这种新产品还准备起草一个文件呢。”

这当然是庞文东早就想听到的好消息，但此刻，他气愤地说：“严主任，我要说的，不是这个事。你们当地公安人员跑到我们的工地上，嚷着要收税，不给钱就要抓人！”

严宏昌听不明白：“你说有警察跑到工地去收税了？警察收什么税？”

“我也奇怪，”庞文东说，“生产车间还没盖，办公场所也正在建，来人收什么税？就是收，也不该由警察收。但是据工地人员汇报，他们开来的确实是一辆警车，人很凶，不给钱就要抓我的人！”

严宏昌觉得情况不妙，又不清楚到底发生了什么事情，就告诉庞总，他这就赶回去。

严宏昌百思不得其解：三泰集团的两个厂，现在正盖着十多间办公用房，房子的墙虽已“四沿找齐”，门窗也都安好了，但毕竟还没来得及封顶，再说二期生产车间的用地还正在同村民们协商之中，这时候来收哪门子税？又是谁要来收的？

回到小岗，严宏昌找到在工地干活的村民一了解，才知道，下午工地上确实开来一辆有“公安”字样的警车，跳下几个人，态度很蛮横，说是来收税，一张嘴就要两万元。开始，三泰集团工地负责人没把这当真，税务局才收税，开着警车来收个啥税？再说工厂正在施工，啥啥还都没生产，这不是开玩笑吗？

但是，来人话出口，等于板子上钉钉，不给不行。三泰集团工地负责人执意不从，来人大为光火，冲上去就要把他带走。在工地干活的小岗村民，觉得这些人有点儿胡搅蛮缠了，起初还好言相劝，见对方要抓人，做瓦工的韩庆江实在看不顺眼，这时站了出来，指着来人怒斥道："你们这也太无法无天了！"随着韩庆江的一声吼，几十个小岗人就将三泰集团工地负责人团团护住。

来人一看犯了众怒，站出来的又都是小岗人，不敢再动粗，但仍恶狠狠地警告三泰集团工地的负责人，喝道："两万块钱少一块也不行，必须给！超过明天早上八点钟，这钱，就得翻番！"

丢下了这句狠话之后，这些人乘车而去。

严宏昌赶到工地时，三泰集团的那位工地负责人，已于事发不久就吓得逃回江苏省。正在贵金属二次冶炼厂工地上的两位湖南郴州人，听说了三泰集团工地上发生的事，感到十分恐怖；想想小岗地处偏僻，他们在这儿又是人生地不熟，也连夜逃走。因为走得慌张，二人甚至连衣服和被褥都没来得及收拾。

三个工地上的负责人一走，所有的工程不得不停将下来。

听他讲述这段坎坎坷坷的创业故事，我们恍惚觉得，他是在讲西西弗的那个神话。不屈不挠的西西弗，一次次令人不可思议地把石头推上山去，充满了成就感。可是，那些石头又都滚了下来。但他依然顽强地去做自己不可预知后果的事情。

现在，望着早先还是热火朝天，骤然变得死寂一般的建筑工地，严宏昌欲哭无泪！

他紧急安排村民去工地看护，同时给县委书记打电话，直接向李耀才作了汇报。他几乎是在哀求："李书记，这样搞，小岗还怎么发展？我希望这事一定查个水落石出，给帮助和支持小岗村的那些同志一个交代！"

后来县里确实下来人调查过，据说，也查了一段时间，最后却是：没有结果。

第六章 祸起萧墙

严宏昌说："小岗的出名，就出在带头搞了'大包干'。'大包干'的三句话，如今已是家喻户晓：'缴足国家的，留够集体的，剩下都是自己的。'想不到后来的麻烦，也就出在这三句话上……"

1. 讨个说法

严宏昌原以为以前办不成事，是因为手中没权，可是现在已经当上村长了，说话管用了，就认为自己可以一展宏图，为小岗村干出一番事业来了，然而，要办的事还是办不成。

这件事，对严宏昌打击太大，差不多将他击垮了。

二〇〇〇年元旦，他把自己关在屋子里，一整天没出房门。他和衣躺在被窝里，浑身上下还是冷。有时迷迷糊糊地睡着了，但一个接一个的噩梦，又将他惊醒。有几次，他听见隔壁的客厅里来了人，那是当年的弟兄，好像要找他商量什么事，段永霞在给他们解释："宏昌感冒了，吃了药，刚刚睡下。"段永霞是个聪明的女人，知道怎样在别人面前维护他的自尊。

傍晚的时候他爬了起来，点上一支烟，慢慢吸了一口，感觉头脑清醒了许多。猛地，想到了县委李耀才书记“只要求小岗平稳就行了”的话。由李耀才书记的话，他又自然而然联想到了当年陈庭元书记不同他谈该不该办塑料加工厂，只是强调：“不能因为这样一个工厂，闹得上上下下都以为小岗出了问题”的话。

他不能不承认，无论是陈庭元还是李耀才，都是像爱护自己眼睛一样地爱护着小岗村的声誉；但两位书记为什么都撇开是非不谈，小岗村应不应该发展、“中国改革第一村”还需不需要继续拿出敢为天下先的改革精神再创大业，这些，都避开不谈，只要求平稳，不出问题。他想不通啊！

他一边吸着烟，一边想着接下来应该做的事。他不能不冷静地为自个儿的事情多想一想了。他意识到，现在已经不是他想通想不通摆在面前的这些问题，而是，如果自己就这样一意孤行，把他们苦口婆心的告诫当作耳旁风，他面前的路会越走越窄，越来越孤独，最后能够把自己当年已经获得的那点荣誉也毁于一旦！

想到这他打了一个冷战，警觉起来。他感到，自己当务之急要办的一件事，就是去趟北京。当年，他没有想过自己会成为一个历史人物，但是历史却把他推到了“大包干带头人”的这个位置上。这个历史，他不允许任何人玷污。为了当年那些生死与共的弟兄们，也为了证明自己，他必须到北京去，向中国革命博物馆索取当年那份“生死契约”的馆藏证书。

这件事，其实两年前他就应该做了。两年前，他发现报刊上的宣传有些不对了，有的还赤裸裸地把矛头指向了他，质疑“红手印”是他所为，质疑他是“小岗村大包干带头人”，甚至，连电影编导王映东，正是最早宣传小岗村的一个人，居然也发表文章向他提出了责难，指责他提供的那个“红手印”是“复制品”，还说了一些言辞过激的话。

严学昌
★康诗纬 摄于1998年

严宏昌不再犹豫，于是去找严立学，说了他自己的想法。严立学同样感到这件事非常重要，应该去趟北京，一是找到王映东，讨回十六年前他借去的“救济款”的收据，免得他再拿它在外面说事；二是要向中国革命博物馆索取编号为“GB54563”的“生死契约”的收藏证书。

严立学还建议：要去，把关友江也喊上，他是村里的副主任。这样，村长、副村长都出面了，他毕竟也还是村党支部委员，要去，就以组织的名义去。

就这样，二〇〇〇年一月二十二日，严宏昌、严立学、关友江三人，像二十多年前的那个晚上参加秘密会议一样，趁着夜色，从蚌埠登上了北上的列车。次日，住进了北京东便门外一个不起眼的招待所里。

一月二十四日，三人起了个大早，冒着首都零下十四度的严寒，赶往天安门广场，参加了升旗仪式。然后，才走进广场东侧的中国革命博物馆。

中国革命博物馆办公室主任杨燕热情地接待了三位小岗人。当了解了三人此行的意图，却面有难色。因为博物馆珍藏的这个“红手印”，毕竟不是从小岗村直接征集来的，是当时他们的工作人员，拿着馆里的介绍信，找到中央新闻电影制片厂，由王映东编导提供出来的。如果要颁发证书，也须由王映东本人写出证明，说明这件馆藏“红手印”是他何年何月从小岗村何人手中借来，又于何年何月转交于博物馆何人，没有这样的证明，是不符合程序规定的。

严宏昌想一想，人家说的有道理。

可是，事到如今，老王还愿意配合吗？从他写的“辨析”的文章看，他坚持馆藏件是“复制件”，现在要他出具证明，等于要他否认自己的文章，他肯吗？

当然，博物馆的这些程序规定，严宏昌事先并不清楚，但是见一见王映东，却是他事先就计划过的。他已经把见到王映东可能会出现的一些情况，都作了充分的估计。严立学和关友江也都是有备而来的。

于是，严宏昌坦然地希望杨燕主任能帮助联系一下王映东。

杨燕与王映东打通了电话，不想王映东听说严宏昌、严立学和关友江三人到了北京，现在就在革命博物馆，倒也爽快地同意赶过来。

在博物馆“皇家宫廷御膳”的大厅里，彼此见了面。

毕竟，严宏昌对王映东是心存感激的，王编导为宣传小岗村是出了大力的；王映东呢，对严宏昌也是由衷敬佩的，他也是同敢于站在时代前沿的人互为感应、声气相求的，况且，彼此已是旷时十六年才得以再次相会，一次握手，一声问候，双方的感情顿时就融洽了许多。等到大家坐下来，才发现，其实没有什么不可以沟通的。一了解，才知道，原来王映东还是安徽怀远县人，他的家乡离凤阳近在咫尺，历史上怀远就曾隶属凤阳府，大家都是喝着一条淮河的水长大的！

王映东不计前嫌地提出了他的困惑与疑点，严立学和严宏昌则帮助他回忆当时的情景，过去的一幕幕很快就变得清晰起来——

那还是一九八二年的十月初，王映东作为中央新闻电影制片厂的编导，慕名前往小岗采访。进村后他第一个遇见的，就是被他称作"大胡子"的严立学。严立学当时正在自家门口摘柿子，他像往常碰到来小岗参观采访的客人一样，热情地邀王映东去家坐坐，尝尝柿子。

当王映东知道严立学便是当年小岗村包干到户的三个带头人中的一个，接着就问："听说你们当年为了包干到户还开了会？"

严立学说："那是。不光开了会，大家还赌咒发誓按过手印！"

王映东到底是新闻电影的资深编导了，建国初期就拍过《成昆铁路》，一九五六年还和谢晋、林农等著名电影导演合作过新中国最早的春节联欢晚会。他一听，很敏感，忙问："那手印是什么样？能不能拿给我看看？我给你们拍上电影。"

严立学知道说漏了嘴，有些犹豫，觉得这不是一般的小事，他一人怎能做得了主？就胡乱翻了一会，找出一张摁有手印的领取救济款的凭证。

王映东接过去仔细看了看，觉得上面虽有手印，却没有一个字的具体内容，显然说明不了任何问题，但他还是收了起来。

王映东这次到小岗，只是初步摸一下情况，时隔四个月之后，再次来到小岗时，他就把严宏昌、严俊昌、严立学三位带头人找在一起，说明来意，请求合作。他拿出严立学上次提供的那张救济款的凭证，问严宏昌和严俊昌：“这是不是你们当年的‘红手印’？”

严宏昌一看，笑了。说道：“这哪是，在我那里。”

王映东兴奋地说：“那好，请你把它拿出来给我用一下。”

严宏昌才说过，马上也就后悔了。他不想拿出来。这份“红手印”，散会的当天他确实先是交给了会计严立学负责保管的，但没过几天，严立学的家里要翻修茅草屋，又把它给了严宏昌。严宏昌也怕丢失，就藏在自己房梁上头的毛竹筒里。后来，万里来小岗，这给了严宏昌莫大的鼓舞，他曾经一度为当初开秘密会，赌咒发誓按手印搞“生死契约”感到可笑，可是万里前脚调回北京，随后继任安徽省委第一书记的张劲夫，就把万里肯定的包产和包干的农村承包责任制全盘推翻，这事对他刺激太大。他想不明白，万里都升到中央当了那么大的官，地方

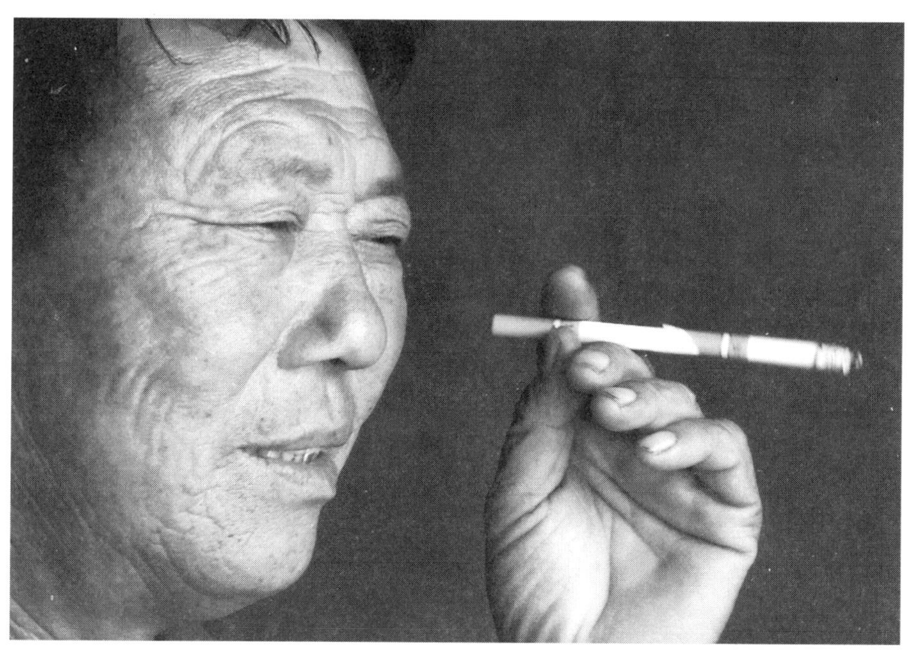

严美昌 ★康诗纬 摄于2008年

上的官员也敢同他叫板！要说随后的形势渐渐明朗了吧，可公社党委书记张明楼免了他的小岗生产队队长的职务，到今天也不给他恢复，他也就一直担心政策有变。所以这“红手印”，他再没给任何人看过，除去十八个当事人，谁都不知道，他也不希望外人知道。现在这位拍电影的王编导知道了，他就值得信赖吗？

严宏昌沉吟了一会说：“那东西早就不知道弄哪去了。”

第二天，王映东从凤阳宾馆又来到小岗村，依然盯着严宏昌要看“红手印”。严宏昌推辞要到小溪河去买化肥，说化肥很难买，说着就要出门。王映东为表示诚意，拦住严宏昌说：“化肥我帮你买，我负责从县里给你多搞些票！”

王映东见严宏昌仍不吭声，就慷慨激昂地说道：“你别搞错了，我拍这部新闻电影，就是在宣传你们的包干到户，在支持你们，肯定你们，歌颂你们，保护你们，为你们作证，为你们摇旗呐喊，为中国的改革大声疾呼！”

他说得很激动，最后，无可奈何地摊开双手，说道：“随你的便。给还是不给，我不强求！”

显然王映东被严宏昌的冷淡激怒了，他有些恼火，不再找严宏昌。但他确实又不死心，转身去找严俊昌和严立学。

这时严俊昌忍不住了，他找到严宏昌，劝说道：“宏昌啊，人家老王来几趟了，现在形势也变了，那个纸条我看也没多大用场了；再说这事宣传宣传又有啥不好？算了，算了，给他吧！”

严立学也上门劝严宏昌：“王编导是为我们好，把‘红手印’拍上电影，让大家都知道，指不定万里、邓小平也能看到，有啥不好？”

严宏昌见严俊昌和严立学都这样说，这才不大情愿地从房梁上头的毛竹筒里取出那份“红手印”，交给了王映东。不过，他再三叮咛：

“用完后一定还给我！”

王映东兴奋地应允：“那当然，用过就还！”

严宏昌后悔当时没让王映东打个借条，他甚至没弄清他是哪个电影厂的。后来，一直不见王映东归还“红手印”，他曾托上海的朋友到上海电影制片厂去打听。结果上影厂说没有人来小岗村拍过电影，直到很久以后，他才知道当时拍的是新闻电影，王映东是中央新闻电影制片厂的人。但大包干早已在全国普及了，对他来说，当年的“生死契约”也确实没啥用场了，后来听说“红手印”被中国革命博物馆征集去作为馆藏的展品，他还打心眼里感激这位大编导呢。要不是这位大编导突然怀疑起这个“红手印”的真实性，他们肯定不会找到北京来。

毕竟有过一段难忘的记忆，毕竟有着太多的共同语言，毕竟时间是可以冲淡甚或消融一切的，彼此经过一番解疑释惑，这时王映东才坦言，那段时间，凤阳不断有人找到他，他听到了有关“红手印”的不同说法，真真假假，一时难辨，于是就写了那篇文章。

最后，王映东欣然为三人写下了“证明书”，并签字具名：

安徽凤阳县小岗村大包干合同书，是我于一九八三年拍摄电影《来自农村的报告》时，从小岗村借的（经手人严宏昌），一九八四年我将此件交给中国革命博物馆（经手人张新文、林谷良）。

特此证明

证明人：王映东

二〇〇〇年一月二十四日

严宏昌拿到了王映东签署的证明，严立学马上说王老已是七十高龄了，就提出大家送王老回家。

严立学提出送王老回家，其实是“醉翁之意不在酒”。他认为，真正的“红手印”已由国家收藏，他当年交给王老的那个救济款的凭证，也应该讨回来了，否则，除了徒生隐患，就没有再请他“保管”的必要了，何况本来这就是此次进京的目的之一。

但是，木讷的庄稼人不好意思就这样开口要，在王映东家里坐了很久，也说了很多，直到临走了，严立学才喃喃道：“王老，还有一桩事麻烦你，就是请你找一找那个‘生活救济款名单’，当初你是向我借的，你得还给我。”

王映东沉吟了片刻，这才说道：“此件是我从你处借的，不错；但我现在还不能给你。”

“为啥？”

“……我至今仍对馆藏件是否原件表示怀疑，一直认为你提供的这件更真实。”

三人听了，面面相觑。他刚为馆藏件签署了证明，却又坚信这份“生活救济款名单”是真正的“红手印”。

不过，王映东倒也爽快。接下来，他说出了心中的疑点。其中最主要的，还是馆藏件上标明的时间。“你们说是十一月二十四日开的会，何以上面标出十二月，而且不标明具体日子？”

严宏昌原以为是啥了不起的问题呢，他说：“王老，你是熟悉农村的，你该知道，乡下人大多至今不认阳历，只讲农历；种田不误农时，心里惦记的都是节令。二十多年前更是稀里糊涂过日子，能认个大差不差就不错了。你王老这是在以城里人，这是用现在城里人的眼光，去要求当时‘四海为家’讨饭的小岗人。”

王映东寻思了一下。又提出“分田单干”的“黑会”究竟是开在十一届三中全会之前还是之后的问题。

严宏昌回答得直截了当：“如果我们摁‘红手印’是在三中全会后的一九七九年春天，小岗还能被称作‘中国改革第一村’吗？再糊涂，

严国品

★康诗纬 摄于2008年

我们也不会错记小半年的事情。当初的十八个人，至今还有十四人活着，除你文章上提到的那个人否认我写的那个馆藏件是原件，认为严立学给你的‘救济款名单’才是真的，其余的十三个人对这事都是确认的。难道我们中间的一个人有了不同于大家的说法，就可以以此否认绝大多数当事人的证词吗？当然，我知道，你的另一些疑点是来自别人的文章，难道一个丝毫不负责任的局外人才有发言权吗？”

王映东沉默了半晌，最后说：“这样吧，我可以考虑把我手里的这一份‘红手印’也交给中国革命博物馆。……”

“又为啥？”严立学觉得太奇怪。

这时王映东毫不隐瞒地说道：“实话实说吧。你们那时开的是不怕杀头坐牢的秘密会议，秘密会议形成的契约，应该是小心又小心的，所以，我认为，严立学最早给我的这个所谓的‘生活救济款名单’，上面只留下手印而不作任何文字的说明，应该更真实。因为这东西也只需要参加会议的人心知肚明，留有各位的手印就行了。而严宏昌给我的那份，太完整，太一目了然，太说明问题，不像是在那样一种背景下产生的，反倒令人生疑。”

严立学等王映东说完了，接着就问：“按你这样分析，听起来好像挺有道理，不留文字，只要到会的人留下‘红手印’，就是被发现，也查不出破绽。但是，我问你，这名单是我写的，说明我是到会的吧，为什么我的名下没有摁手印呢？”

严立学这一追问，问得王映东一个愣怔：“不会吧？”他忙起身去找那“红手印”。找出来仔细一瞅，果然上面只有严立学的名字，没有指纹。

这下，轮到王映东问“为啥”了。

严立学慢慢道来，他说：“当时小岗生产队二十户人家，每次发放生活救济款时，我事先都会把二十户户主的名字一一列上，但生产队开社员会时，大伙讨论认为不够‘救济’条件的，领不到钱或领不到粮食的，自然不须摁手印。那年，大伙觉得我家种有柿子树，收入还可以，就没通过。”

听严立学这样一解释，王映东仍然将信将疑。

“我没有‘红手印’；在我的印象里，严立华家当时也种有柿子树。”严立学回忆道，“严立华家也不可能被通过，通不过他也不会有手印！”

这时，严宏昌接过话，肯定地说道：“关友申那时是出了名的‘小炉匠’，收入还不错，大家肯定也不会给他‘救济’的！”

王映东一一对照，果然，严立华和关友申二人的名下也都是空白。

王映东无话可说。

二〇〇〇年一月二十五日，严宏昌、严立学、关友江三人早早地就来到中国革命博物馆。在博物馆的保管部，他们参加了馆藏证书的授证仪式。

授证的仪式简单、庄严而又激动人心。严宏昌代表依然健在和已经逝去的当年十八位当事人，从保管部主任丁敏京的手中无言地接过有着绛紫色绒布外套的证书，六个被烫着金黄色的大字跳入眼中：“捐赠文物证书”。

严宏昌怔怔地去看证书上的每一个字。这时，严立学和关友江没有想到，博物馆保管部主任丁敏京也不会想到，手捧着馆藏证书的严宏昌，突然泪如泉涌!

他忍不住哭出了声。

他哭得声泪俱下，哭得撕心裂肺，哭得像个孩子!

都说：男儿有泪不轻弹。此刻，多少屈辱，多少酸苦，多少艰难，多少痛楚，全都融进了他泉涌般的热泪中!

2. 瓶盖厂被炸

严宏昌从北京回来，虽然了却了一桩心事，但看到小岗村原先热火朝天的几处建筑工地，现在变得悄然无声，就依然抱着一线希望，去同江苏三泰集团老总庞文东联系，希望他们两个厂的基建工作能够尽快恢复起来。庞文东何尝不想立刻投入建设呢，特别是得知安徽省环保局对他们要上的汽车尾气净化器的新产品很有兴趣，在市场的开发上，省局还准备帮助下达一个有关的文件。可当他了解到，开着警车强行收税，不给钱就抓人这样简单不过的恶劣事件，县里至今也给不出一个结果，他对在小岗村办厂就没有了信心。不过他委婉地说："我们保持联系吧。这事先放一放，看看情况。"

严宏昌也给湖南郴州的伍多宝和郭春松打去电话。二人也对小岗村目前办厂的环境深表忧虑，他们说，工厂八字还没一撇呢，就遭到莫名其妙的骚扰，那今后工厂正式投产了，麻烦岂不更是防不胜防？二人一再表示抱歉，说：“这事不急，我们会和你联系。”

严宏昌还能说什么呢？该说“抱歉”的，不应该是他们啊！

“难道，小岗村就真的办不成一家工厂吗？！”回顾一二十年来办厂的惨痛经历，严宏昌恨不得去撞墙。他不承认自己是个失败者。导致了失败的，不是因为自己的失误，自己的能力，压根儿就不是自己出了什么差错！他咽不下的是这口气啊！

最后，他下了狠心，一定要办！他不信这个邪！既然请进来要人家办，会把人家吓跑，那就自己办！他倒要看看，究竟是谁在搞鬼，又是怎样搞鬼！

作家温跃渊在二〇〇〇年春天又一次去小岗村时，记下了当时的情景：

这次去小岗，我就宿在宏昌家。宏昌家斜对面是严德友家，门窗紧闭。前两年，严德友在村里当支书，所有到小岗的人，吃饭都在他家，年轻俊俏的妻子吴凤雪清晨就要上集买菜，然后汗流浃背地烧饭、炒菜。家里十分热闹。如今，那位吴凤雪却突然地消失，不在人世了。

春雨将小岗罩在雾中。

这天中午，我在宏昌家吃的午饭。

宏昌家里去年盖了楼。八大间，二百六十多平方，宽敞，来几十口人都睡得下。不过他不是招待来人的，他是为了办厂。江总书记来他家时，只看到他家的楼梯，但却没有楼，江泽民曾问：“什么时候盖楼啊？”宏昌说，过年把就盖。去年五月，省委书记王太华、省长许仲林陪同钱其琛副总理到他家，见他正盖楼。钱其琛说，你们的楼房盖起来，算是对江总书记有一个交代。问他盖楼房派什么用场，他说他要办厂。

我问宏昌："引进的几家企业，怎么开了工又停了？"

宏昌说："一言难尽。干预的太多。都歇了，但还联系着。集体企业难缠不好斗，我只好自个儿先干起来了。"

我的眼睛为之一亮："你干起来了吗？"

宏昌平静地说："我干起来了。昨天开工了。'碧绿春'酒瓶盖厂。先租队上的房子，月月交房租给队里。"

段永霞在一边抱怨："老温，俺家宏昌去年搁外头跑一年，二百三十三天不归家，不顾家，腰里揣两三万旅费也没头绪报销。给集体干事，出力不落好。"

宏昌说："也不要说得那样悲观，反正自己先带头干起来再说。如果光指望集体干，不知要到哪一年才见眉目。我先带个头，希望小岗村家家都能搞起家庭作坊式的工副业，然后慢慢扩大。一句话，要干！"

说罢，宏昌还拿出一张产品设计，上面是"宏昌"牌。我说"不行不行，'宏昌'前面得加个'严'字。'宏昌'二字，在全国成千上万，又多又滥；而严宏昌只有一个，才能成为小岗名牌！"

我迫不及待地要看他的酒瓶盖厂。

看了，才知道，不大。两台小机器，四五个工人，但操作得井井有条。

宏昌指着他的平房说："我家小孩大舅是搞建筑的，我准备再花上六七万元，在二楼平台上加盖上一层厂房；要盖，就盖得像模像样一点，再办一个磁卡电表厂。"

不错！不管怎样，它是中国改革第一村的第一个小工厂。虽然小得可以，但它终于宣告了小岗无工厂的历史。毕竟是开始了艰难的起步。那瓶盖厂的单调的机器声，不很喧嚣，在我听来，却是十分的悦耳，它像新生婴儿的第一声啼叫，宣布了小岗村工业的新生！

不知道记者出身的温跃渊真的不知道，还是他把那许多沉重的话题绕开了，我们从他的《小岗纪实》一书中，确实读不到严宏昌在兴办企业中悲壮而辛酸的历史。这个瓶盖厂也绝非是小岗村“第一个小工厂”，更不能说它“是开始了艰难的起步”。这种“艰难的起步”，其实早在此前的十七年，一九八三年，严宏昌要办小岗轮窑厂；以及一九八四年他南下浙江瑞安考察回来，创办小岗塑料制品加工厂的时候就开始了。因此，我们只能说，这个“虽然小得可以”的瓶盖厂，又一次地宣告结束了小岗无工厂的历史！

这期间，县农业局在小岗为日本驻上海领事馆投资兴建的养鸭基地盖的办公楼，经过紧张地施工，很快落成了。日本领事馆的乔木一男闻讯，遂决定派人来小岗就养鸭基地的下一步工作做进一步交涉。县农业局当然希望他们尽早来人，因为对方一期给的一千万日元只是盖办公楼的钱，而后续要建的加工厂和冷库的投资，将是三亿日元。按当时人民币与日元的比值，那就是两千万元人民币，不是一笔小数目啊。所以，县农业局非常重视。既然日方要来人了，是来进一步研究建加工厂和冷库的有关事宜，来了后，在村子里见不到一只鸭子，没有一点儿“养鸭基地”的样子，肯定是不行的。为给人家留下一个好的印象，也说明二期工程需要很快上马的必要性，事前，他们从燃灯乡“借”来了一车已被喂养得肥嘟嘟的鸭子，赶在日方一行进村之前，把它们散放在楼附近的水塘里；从会议室的窗子望过去，那是密密麻麻的一大片，很是惹眼。

那天，日方来人时，县里和镇里都没有人通知严宏昌，他还是从村民那儿得到消息的。县里镇里也来了不少领导，养鸭基地办公楼的前面停了许多漂亮的小车。

"村长，你还不赶快去！"村民大声唤着严宏昌。严宏昌高兴地应着，慌忙赶过去。

来到那座两层的办公楼跟前，他发现有一大片鸭子在不远的水塘里欢腾、嬉戏，就猜出这准是县农业局干的"好事"。

严宏昌颇有些不屑，他想：既然知道日本领事馆会来看一期工程，谈二期投资，你农业局怎么说也得从一千万日元中拨点钱，让小岗人先把鸭子养起来，人家来看了才像这么回事，也不至于临时抱佛脚，这样的弄虚作假。日本人就那么好糊弄？除非你有办法不叫日本人进村，否则，进村一看，一只鸭子见不到，就想要人家打钱过来建冷库和加工厂，加工什么，又冷冻个啥？不让人家进村看，那三亿日元会稀里糊涂交给你？这是把乔木一男当愣子，还是当傻子了？

严宏昌在楼下听到上面很热闹，便猜想是领导们和远道而来的日本贵宾在寒暄客套，就没急着进去，他想等到正式座谈时，再上去不迟。

他琢磨着，如果会上需要他发言，他该讲些什么呢？他考虑，一定要把市场的情况介绍一下，他们已经在省城的家畜市场上落实好了门面和场地，而且早就正常运转了；再就是，请日本客人放心，小岗人也一定会把鸭子养好，并把这件事做大。这些都是没有问题的，他是可以代表全体小岗人作出承诺的！

严宏昌这么盘算着，猛然发现，楼上早已经安静下来，可是过了这么久，竟没有一个人通知他进去。

他意识到座谈会已经开始了，赶忙进楼，却被阻止。

严宏昌向拦住他上楼的人说明，这个项目是他跑到上海去找乔木一男先生联系成功的，他是代表小岗村村民委员会来参加座谈会的。但是他的这些解释根本没有用，就是不允许他上去。

严宏昌先是十分恼火，但他很快就平静下来了。因为，出现这种情况本来他就应该想到，可还是抱了侥幸的心理，没人通知他，他却自己跑来了。

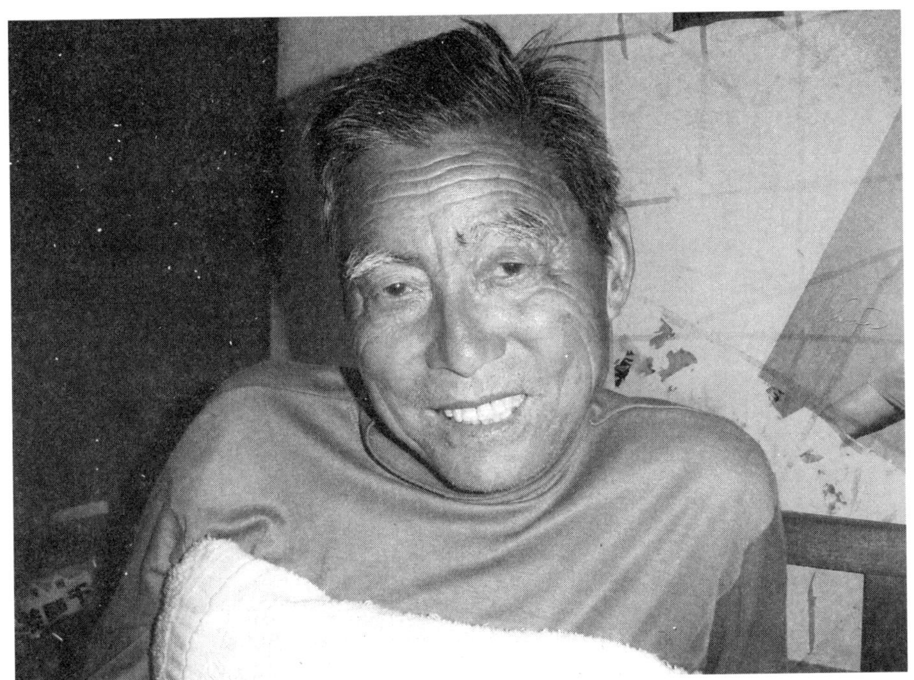

病床上的关友申。 ★康诗纬 摄于2008年

越想越尴尬，于是，他默默地走了。

至于会上双方到底谈了一些什么，严宏昌不知道；他只知道那天散会之后，日本客人和各级领导都没有进村，没再同小岗人照面，就一个个钻进汽车，鱼贯而去。

这以后，没谁告诉严宏昌双方座谈的情况，也没谁告诉他二期工程何时动工，直到发现被作为养鸭基地管理中心的办公楼，突然变成凤阳县农业局一个种子、农药和化肥的销售点，才料到日本驻上海领事馆后来再没把钱打过来，续建加工厂和冷库的二期工程，彻底“黄了”。

养鸭基地就这样化为泡影了，但是县农业局非但没有一点损失，反而因此多了一处“豪华”的农资销售点。这事，把严宏昌要将小岗村村级经济搞上去的雄心壮志彻底地摧垮了。

他在心里赌咒发誓，从今往后，再不提发展小岗村村级经济的事，能把自己的瓶盖厂和准备上马的磁卡电表厂干好就不错了。

然而，随后发生的事，却连他的这点小小的心愿，也被完全击碎！

被作家温跃渊描写成“十分的悦耳”的瓶盖厂的机器声，“它像新生婴儿的第一声啼哭”的机器声，在二〇〇〇年秋天的一个傍晚，被一双罪恶的手窒息了！

那一声惊天动地的爆炸声，连远在四五华里之外的梨园都听到了。

小岗人全被这从没听到过的一声巨响吓得惊恐万状。

严宏昌当时正在吃晚饭，听到响声，他像被电击了一下，他听得出这响声就来自隔壁，来自他的瓶盖厂，他一下跳了起来，冲出厨房，奔往现场。

跑到跟前，才发现，被用作生产车间的平房的大门，已经被炸飞，只剩下了残存的半边；堆放在门旁边已加工好了的三袋瓶盖，也被炸得有如天女散花，落得遍地尽是。正在干活的六个小岗人，虽幸免于难，脸上全都没有了血色；关友章大女儿的孩子杨柳，吓得躺在地上爬不起来。

周围弥漫着呛人的火药味。

当时，段永霞也在吃饭，天摇地晃的一声响，吓得她端在手里的碗不知道放下，跟着严宏昌就跑到现场。现场一片狼藉，她愣了半晌，才想到去帮助被吓呆了的工人检查伤情。

随着响声，一股黑烟冲天而起的时候，严宏昌长子严余山正开着拖拉机从地里回来，他见冒烟的地方正是瓶盖厂，就把拖拉机开疯了，向厂房奔过来，到了近前，顾不上将机子歇火，便飞身下车，大喊：“谁都别动，保护现场！”

接着，严余山给小溪河派出所报了警。

派出所郑所长很快驱车赶到，他发现火药味很浓，料到事情不小，自己不好处理，就立刻向县公安局汇报。

应该说，县局对这事是十分重视的，出警很及时。滁州市公安局第二天也派人赶了过来。据在现场的小岗村民听公安干警分析，这次爆炸用了不少炸药，好像是“几锭炸药捆在一起”引爆的。

严宏昌一直在现场。他面无表情，像一尊塑像似的一言不发，一动不动，就那么望着狼藉一片的厂房。

他其实早知道，不仅是自己要办厂，哪怕他只是想办一点儿什么事，就有人睡不着觉，想方设法出来捣点乱、使点儿绊子，可他决然想不到，他们会如此嚣张，明火执仗，肆无忌惮，无法无天！

显然，这是针对他来的。这是一种威慑，一种警告，并且，他相信，这绝不是肇事者毫无头脑的一次铤而走险，是经过了周密策划的，虽是一次光天化日之下的暴力犯罪，最后却可以做到“事出有因，查无根据”。所以，他赶到现场时，除了震惊，便是无奈，对是不是要报案，都很犹豫。

3. 县领导批办的凤阳大案

严宏昌耐心地等了一周，案情的侦破依然没有一点儿消息。

尽管这种局面他同样是可以料到的，但如此平静，还是使他感到一阵阵心悸。倒不是他被这种恐怖的爆炸吓怕了，他担心的是，像这样的恶劣事件，如不查它个水落石出，不给肇事者一种应有的惩罚，小岗村将从此不得安宁；小岗村的社会环境，还会进一步恶化；发生更加难以预料、更加触目惊心的事情，那也只是个时间问题！

当然，他也知道，我们的许多领导干部，早已习惯于隐瞒问题，习惯于掩盖坏的消息，好像隐瞒了问题，便没有了问题，掩盖了坏消息，就一切平安无事。但是，这一次，严宏昌铁了心，他决定不再忍让，不再迁就！尽管他一直认为自己是一个沉得住气的人，泰山崩于前可以面不改色，但出了这样的事，已经把他逼得无路可走。现在他什么也不想，什么也不顾及了，不管这人是谁，不管这人有什么背景，他也要把这件事追到底！

他真的是被这件事气昏了，丢下家里的农活不管，搁下村里的工作不问，像疯子一样去找县公安局，去找县委；同时要长子严余山去找市公安局，去找市委。一次不行，就两次；两次不行，就三次！

那段时间，市、县、镇各级党政机关不断来人，公安转来转去也忙了十多天，显得神秘莫测，可就是没有结论。被严宏昌盯急了，就说："有些眉目了。"

小岗村的村民也都很关心，围着来现场的警察打探消息，警察被问得不耐烦了，忽然冒出一句："事情就出在你们小岗村，要是在别处，有多少我们都抓了！"

那些日子，严宏昌像掉了魂似的，没睡过一个安稳觉，不屈不挠地去找他认为有关的一切部门和领导。

当然，这样做可能会出现的后果，他考虑到了，他知道有关的部门和领导都是在以"维稳"的政治高度工作的。唯独没有想到的是，这天，他正要出门，就见一男一女两个穿着制服的人，突然来到他的家。在确认他就是严宏昌之后，便十分严肃地告诉他：根据有人举报，他贪污、挪用了北京大北农集团的十万元公款，要依法接受检察。

接着，就宣布了有关纪律："这段时间，你任何地方不能去，必须随传随到！"

严宏昌一时没反应过来，因为这事太唐突。听说给自己定的"罪名"是"贪污、挪用"了北京大北农集团的十万元公款，感到莫名其妙。来人指的"北京大北农集团"，他知道指的就是贾泰斌。不错，两年前，贾泰斌知道他当了小岗村的村长，特地从北京赶过来，听说村里正缺钱，临走前曾慷慨地丢下一张十万元的银行汇票，让村里先用着，年底再还他，不要利息。可是后来他已经按照贾泰斌的要求，在贾泰斌代表集团去上海兼并一家饲料厂时，已经由段永霞把钱带到上海还给他了。那时大儿媳正好也在上海，段永霞要去看大儿媳，顺便就把钱还给了贾泰斌；因为带去的是现金，一路上段永霞还为这提心吊胆，怕出意外。

现在怎么会突然冒出这么个问题呢？他想，自己的瓶盖厂被炸，造成了那么大的恶劣影响，他父子俩上上下下找过那么多部门、那么多的领导，至今音信全无；怎么这事一“有人举报”，马上就查上门来了？

“你们这样漫天空里炸雷，我犯的是那家王法？”严宏昌的脸色涨成了紫茄色，眼睛里也喷出了火，他愤怒地大声质问：“你们是干什么的？”

来人这才出示了凤阳县人民检察院检察官的证件，亮明身份后，严肃地指出：“这是县委主要领导要求查办的。本来打算拘留你，因考虑到你的名声，才决定让你待在家里，配合我们，随时随地接受检察！”

严宏昌越听，问题越大了。一个莫须有的举报，不仅马上予以立案检察，而且，还是“县委主要领导要求查办的”，就是说，这已不是一个一般的经济案件，而是由“县委主要领导”亲自批办的一个大案、要案了！

严宏昌忍无可忍地拍了桌子。

他心想：小岗村村民选他当村长，是信得过我严宏昌，当时县委主要领导也是在现场的，这一点应该看得很清楚；为了当好小岗村村长，把村级经济搞上去，他把一家人的钱差不多都贴了进去，何止一个十万，两个十万元！这一点，县委主要领导也应该是有所耳闻的。再说，北京大北农集团的这十万元，还是贾经理主动借给村里用的，汇票上的钱又是转在了村里的账户上，一切公开、透明，根本就不存在我严宏昌个人“挪用”，更扯不上“贪污”；连这些起码的事实都没调查清楚，就先期“打算拘留”，岂不是滥权枉法？这也叫考虑了我的名声？

既然想到“小岗村村长”的名声，“中国改革第一村”村长的瓶盖厂被炸，还不算凤阳县的一桩大案么？如果有县委主要领导的亲自批办，一个并不复杂的破坏案件岂有久侦不破之理？

这以后，凤阳县检察院就盯住严宏昌不放了。

这天检察院又来人时，发现严宏昌不在家，他们很是不悦，觉得严宏昌这样随随便便外出，是不能允许的，于是说了一些难听的话。气得段永霞浑身发抖，她冲着来人也说了狠话：“我可以告诉你们，你们就是把凤阳县的干部逮光了，也逮不到我家严宏昌！”

长子严余山毕竟自学过函大，又在广东东莞一家外资企业学习过现代管理，他心平气和地在一边劝：“妈，你不要发脾气，爸不做亏心事，不怕他们查。查查也好，查清了大家都明白！”

检察院不断来人，弄得严宏昌既没法出门，更没心思工作。检察院的人一趟趟找上门，就好像他严宏昌真的做了啥对不住小岗人的事。

其实，他看得很清楚：检察院派人“盯”住他，是要他老老实实待在家里，别到处去找人，坚决要求彻查瓶盖厂被炸一事。他看得出，没人敢查那案子，是因为没人愿承担它的后果。他相信，检察院查他也只是“吓吓”他，可他却不是被吓大的；问题是，他只有把这空穴来风的“举报”真相戳穿了，自己最终才能解脱。可是，谁举报了他，举报的又是些什么“凭据”，这些“凭据”又从何而来？检察院搞得神神秘秘，不告诉他，他光发急发火，却无济于事。

一天，事情突然有了转机。严立学悄悄找过来，告诉严宏昌：“俊昌手里有你问题的‘条子’。”

严宏昌有些奇怪：“你怎么知道？”

严立学说：“要从经济上使你坏，肯定越不过我，村里的账都在我那儿。今天他他跑到我家，想拉我同他一道干，说他手里有关于你的一个什么‘条子’。”

在给我们讲述这段往事的时候，严宏昌显得有些痛苦。他说，他真的不希望这一切是真实的。尽管他早猜到这事会与堂兄有关，但一旦得到严立学的这种证实，他还是觉得心里很难受。莫非堂兄真的是撕破了脸皮，处心积虑收买严立学，要他站出来作伪证，要置自己于死地?

他问严立学：“‘条子’你见到了吗？”

“没有。”

“请你想办法把那东西弄到手，复印下来。”

“他会给吗？”严立学有些怀疑。

严宏昌是太了解堂兄了，他说：“你也别把他想得太复杂。他现在想拉你，你就可以告诉他：‘你说宏昌有问题。你得把有问题的字据让我看看，我才好帮助你，让大家都知道’！”

严立学按照严宏昌的建议，果然，很容易就取得了严俊昌的信任，并把“字条”拿到了手。字条一到手，他就当即找人骑摩托车到镇上复印了一份。

严宏昌于是看到了检察院所说的“举报材料”：那是一份由北京大北农集团合肥分公司的“证明”。证明北京大北农集团十万元是“无偿支援安徽省小岗村”，是“用于支援小岗村发展农业建设”，却被严宏昌从中贪污挪用。证明人是陈玉良。

这真是不看不知道，一看吓一跳。严宏昌压根儿就没有跟这个所谓的“合肥分公司”打过交道，当初他从集团开发部经理贾泰斌的手里拿到那张十万元的银行汇票时，现场也没有这个叫“陈玉良”的人；且不说他拿到汇票的日期同“证明”上写的不对头，“证明”最后的落款日期更是莫名其妙：“二〇〇　年二月十三日”，到底是二〇〇几年呢?这样的“举报证明”严肃吗?

最大的问题还在于，“证明”上说的是“无偿支援”，而且，说的是“现金”；亏得他严宏昌做事谨慎，当时他就要求严立学到银行转账时，务必将汇票复印一份。更蹊跷的是，当时贾泰斌给他的明明是“银行汇票”，明明是“往来款”，怎么就变成陈玉良笔下的“无偿支援”，变成了“现金”呢？

驴头不对马嘴！

这叫严宏昌哭笑不得，好在他有扎实的证据：当年贾泰斌给的那张银行汇票的复印件，至今还在严立学的手上！

当检察院又一次来人时，严宏昌就把这事说得清清楚楚，尽管人证物证都足以说明陈玉良的“举报”严重不实，但检察院依然不厌其烦地跑到上海，找到贾泰斌本人；又跑到北京，找到大北农集团总部；该调查的地方都去了，却只查不给结论。这段时间，本来还和严宏昌保持着联系，仍然想等事态好转后把厂建起来的三泰集团老总和湖南郴州的两位投资人，了解到检察机关正在对严宏昌立案侦查，就再不敢和他接触。严宏昌去电话联系三泰集团的庞文东，庞文东直言相告，说：“我相信你会是清白的，但连你这个村长都自身难保了，我们去小岗还有安全感么？”

一句话噎得严宏昌张口结舌。

“严宏昌出事了！”

“严宏昌被立案了！”

“严宏昌被抓了！”

这些消息，随着南来北往的参观者与采访者带到了全国各地。一时间，严宏昌名声扫地。

这消息后来被贾泰斌知道后，他很是不安，没想到集团的合肥分公司一个莫名其妙的“证明”，竟给严宏昌带来这么大的灾难。他很过意不去，便爽性又寄过来七万元，声明这一回是真心实意无偿地支援小岗村发展生产的。县检察院掌握到这一情况后，就想截留这笔钱，认为他们办理此案是花了心血的，就问严宏昌：“你还能不给一点费用吗？”严宏昌怒不可遏地问道：“我小岗村凭什么给你们费用？”结果这钱还硬是被检察院查封了三个月。

三个月后，这钱被严宏昌提了出来，他征求了贾泰斌的意见，用这钱为小岗村家家户户挖了一口当家塘，缓解了小岗人长期缺水的局面。

遗憾的是，本来这是严宏昌为小岗人办的一件好事，但许多小岗村民并不清楚事情的真相，他们只看到严宏昌被检察院盯住不放，一盯盯了大半年，也就怀疑严宏昌真的有什么问题。胆小怕事者，开始躲着严宏昌；不怀好意的，更是趁机妖言惑众，说这七万元是被严宏昌贪污了的，后经检察机关查出来，“现在他不得不‘吐’出来，拿这钱挖塘！”

这谣言最后又传到了严宏昌这儿，他像被人从背后捅了一刀，只感觉心里在滴血。他异常愤怒，于是找到县检察院，要检察院给他公开恢复名誉。道理很简单：既然你检察院是依据“北京大北农集团合肥分公司陈玉良”的“举报”来查他的，那么，他就要追问，陈玉良证明的那“十万元现金”“无偿支援”小岗村的，到底支援谁了？谁接手了？

问得检察院无话可说。

现在，轮到严宏昌去找检察院了，他放下斯文，连撅带骂：“这件事你们查不清，我就怀疑钱是被你们检察院贪污了！”还正告检察官们，不搞来陈玉良，他是决不会罢休的，他就要告检察院！弄得检察官们一见严宏昌来了，一个个吓得直躲。

检察院被严宏昌搞得没有办法，最后不得不派人把陈玉良从合肥带到小岗村，带到了严立学家。严立学就让陈玉良看当年贾泰斌留下的那张银行汇票的复印件，陈玉良看后，狼狈不堪。

检察官突然问陈玉良：“你认识严宏昌吗？”

陈玉良支支吾吾说：“不认识。”

检察官终于发火了，怒斥陈玉良：“你连严宏昌都不认识，就敢写那样的举报‘证明’？！”

4. 退隐

二〇〇一年阳春三月，为写《中国农民调查》一书，我们专程去了一趟小岗村。我们是从与凤阳相邻的蚌埠市过去的，当时蚌埠检察院一位检察官，听说我们要去小岗采访，又担心那里的村长大场面大人物见多了，不好展开工作，就自告奋勇地要为我们带路。他告诉我们，小岗村的老村长正在告新村长的经济问题，凤阳县检察院已经对新村长立案调查。他说蚌埠与凤阳检察院之间素有协作关系，这边去了人，那边会抽出人来陪同，到时候有凤阳检察院的人陪同前往，他不敢不接待。

他们说的这位新村长，就是严宏昌。

这是我们第一次走进小岗村。它与淮北一带的农村看上去相差无几。房子多是一层的，简简单单，唯一区别于其他村庄的地方，就是村中央通了一条水泥路，村西头竖了一座大牌楼。进村后，我们没有看到有来参观访问的人，甚至没碰到一个村民，整个村子冷冷清清，好像人们已经把这个地方遗忘了。

严宏昌那天穿了一身藏青色西装，比现在瘦一点，他拿了几把椅子把我们请到院子里坐。他家的院子很大，水泥的，看上去像一个小篮球场；围墙边上，一个长头发的女人正在埋头拌着米和糠一类的东西，后来才知道那是他的妻子段永霞。

那天太阳很好，很柔和地照在严宏昌的身上，看上去像一尊塑像。他始终面带微笑，给我们的感觉是客客气气的，却又敢讲一些真话，不卑不亢，丝毫不像有些被司法机关控制的人，见到执法人员就诚惶诚恐。

那是我们和严宏昌的第一次见面，当时安徽省正在进行农村税费改革的试点，我们谈得最多的，还是农民负担的问题。

提起农民负担，他同我们见过的那些村长一样，把头直摇。

他说："小岗的出名，就出在带头搞了'大包干'，'大包干'的三句话，如今已是家喻户晓：'缴足国家的，留够集体的，剩下都是自己的。'想不到后来的麻烦，也就出在这三句话上。上面刮下来的乱征、乱罚、乱摊派的'三乱'风，没有一项不是打着国家和集体的幌子，后来农民就没法子可以'缴足'和'留够'了，'大包干'带给农民的好处，早就一点一点被掏光了！"

我们惊讶于他的直言。可以想象，他当年的挺身而出，绝非匹夫之勇，是个爱动脑瓜子的人。这或许正是他区别于绝大多数中国农民的地方。当时我们就想，他的这种性格，在风起云涌的大变革的年代，会如鱼得水；但是当改革也遭到"绑架"的时候，他面临的可能将是数不清的麻烦。其实那时我们还不知道有关他的别的一些故事。

“就说喂猪吧，”他说，“生猪税，又多又烂，气得村民干脆不喂；谁家买了辆拖拉机，缴齐机械管理税还不算，你上不上公路？上，那好，养路费，监理费，检测费，少了哪一项也不行。有些完全不讲道理，不管你田里有没有‘特产’，也一样得缴‘特产税’。当然安徽实行了税费改革以后，乱七八糟的这税那费少了许多，可是，村级收入普遍下降，新的问题又出来了。村里的办公费一分钱没有；镇政府的日子也不好过，返回给小岗村的经费，一年也就只有三千零八十块钱。”

他把右手伸在我们面前，扳着指头，算了一笔细账：“村干部七人。支书、主任、文书，每人年薪一千八；另外四人每人年薪就只有一千。这样的工资，不能说多吧，可仅这一项加在一起，也得要九千四百元。村里没有可以赚钱的企业，村干部工资首先便没了着落；优抚对象的补贴、贫困户的救济，自然都成了问题；再说村里还有三个‘五保户’，每户每年要一千八，三人一年就是五千四，这笔供养费也就无法兑现。”

他无可奈何地说了句顺口溜：“现在是，国家财政扶摇直上，县级财政摇摇晃晃，乡镇财政没啥名堂，村级财政一扫而光。”

他苦涩地笑了，说道：“为搞好这次农村税费改革的试点工作，中央和省里都拨下来专项资金。村级建设专用款，凤阳县拨下来二百万，大村小村一律五千元，这显然是对我们最大的支持了。但是缺口太大，总归还是无济于事。当然，作为小岗村的干部，我们再困难，也不能去向村民伸手，村里的‘一事一议’也不能超过规定的十五元。这两年，我从村里总共就报销了十六块钱，那还是去祝贺我们小溪河镇居委会成立；上县开会，没办法，全得掏自己腰包。”

我们听了很感意外，就问：“你就是能按时足额拿到一千八百元的年薪，每月也只摊到一百五十元，这点钱，养家糊口都成问题，外出开会，还要自己破费，日子怎么过？村长还怎么当？”

严宏昌在自己家的客厅接受作者采访。 ★康诗纬 摄于2008年

严宏昌无奈地说："靠老婆，靠孩子。"他说，"长子严余山和次女严小兰，兄妹二人早就外出打工，现在都干得不错，严余山还在一家企业做上了管理工作；老小严德锦，也在省城电视台当经济记者；爱人段永霞一直在搞家庭养殖，收入也不赖。我这个村长全靠他们支持！"

去小岗前，我们已经地毯似的跑了省内五十多个县市的广大农村，普通的情况是：农民不堪重负。究其根源，有不少农民负担就来自党政机关的"红头文件"。据中央农民负担监督管理部门的统计，仅中央一级的机关和部门制定的与农民负担有关的收费、基金、集资等各种文件和项目，就有九十三项之多，涉及二十四个中央国家部、委、办、局，而地方党委政府制定的收费项目则多达二百六十九项；更不用说，"这达标，那达标，上面从不掏腰包"，"这大办，那大办，都是农民血与汗”。这名目繁多一哄而起的“三乱之风”，明显超越了县乡财政的承受能力，为了“验收”，为了“达标”，更为了“升官晋级”，许多县乡干部黑了心肝，村级干部则往往被置之于矛盾的焦点。因此，“恶人治村”，农村基层政权黑恶化的现象已经出现，农民稍有不从，便进门抢粮，上房揭瓦，动不动就被打被抓。

那次，我们对小岗的调查，所以感到意外，是发现小岗并没有因为是“中国改革第一村”，上面就给予特殊照顾，它的“农民负担”并没幸免；村长严宏昌宁愿苦了村干部，也没再向村民强取豪夺。我们暗访了一些村民，发现他们的负担是我们所调查到的最轻的，我们在别的地方听到的那许多因为不堪重负而引发的触目惊心的故事，在当时的小岗村，并没出现。

所以，在《中国农民调查》一书中，我们曾写下了这样的感慨：告别小岗回到合肥，我们一直在想，这可是小岗村啊！严宏昌们为维护“中国改革第一村”的殊荣与形象，可以这样大公无私，有这种觉悟和境界，相信他们再苦再难也不会去掏老百姓的腰包。可是，这显然并不能说明，更无法保证其他地方的村官、乡官和县官们，都会像严宏昌一样的“克己复礼”，一样的“委曲求全”。在税费改革的“风声”比较紧的“高压”态势之下，有些人可能会变得收敛一些，但如果中国农业体制和政策上的那许多弊端与缺陷，没有一个根本性的改变，农民不合理的负担想要得到彻底制止与有效防止，几乎是不可能的。农民负担的这种反弹，也只是迟早的事！减轻农民负担尚且如此之难，那么，又怎么才能解决农民富裕、农业现代化，解决城乡差别迅速扩大的问题呢？

这一次去采访，我们才注意到，小岗村至今没有一家企业，村级财政竟是那样捉襟见肘，但当时上面的“三乱”风毕竟会刮下来，又怎么解决的呢？我们问严宏昌。这一点，上次调查时，确实没有顾及。

严宏昌说："一开始当村长时，我就向村民们承诺：一切'上缴'和'提留'全由村委会负担。说这话时，我是满腔热血的，真的没想到，各种各样的税费不断下来，为兑现自己的承诺，三年里，我是'拳打脚踢'，啥办法都用上了。"

他说，首先是克制自己。为把小岗经济搞上去，他疯了一样去跑项目，虽然那些项目最后都流产了，自己却为此花了不少钱，一大堆的票据现在还放在家里，不可能去找村民们报销。

再就是，千方百计去"找钱"。

小岗村和长江村共同修建"友谊路"时，村里欠下的那九万多元电费一直挂在账上，县供电局多次催要，再不缴就要拉电了。严宏昌说，没办法，他只得硬着头皮去找县政府，前前后后为这事跑了十多趟，终于给免掉了。

常州柴油机厂援助的那辆客货两用车，他和张从安书记从常州弄回来后，就被镇里搞去了；好在全椒柴油机厂慷慨支援的四辆运输车，留在了村里，他把四辆车都承包出去，每辆每年的承包费是三万元，四辆就是十二万元，三年下来则是三十六万元。

合肥卷烟厂看中了"小岗"二字的社会效益，想借用"小岗牌"打开农村市场，严宏昌说，他也没客气，经过商定，烟厂生产"小岗牌"香烟，第一年支付给小岗村十五万元的商标使用和广告费，第二年给十万，三年共给了三十八万元。

这都是固定的收入，严宏昌就用它抵消了小岗村民应"上缴"和应"提留"的款项。当然，为改善小岗小学的教学条件，他还去找过省教委；碰上了一些问题，他就去找各级政府，甚至直接去找省市银行。总之，上面多如牛毛的各种税费，他凭着多年操练出的"十八般武艺"，最后把小岗村的"农民负担"，都找了个地方"买单"。

三年期间，仅是这"农民负担"一项就搞得他焦头烂额。本来他完全可以不这样打着“小岗”的牌子，去四处“化缘”；这样做，他自己也觉得无趣，难堪。假如——是呀，假如自己引来的那些村办企业，一个个都能正常地投入生产，他又何苦要像当年填不饱肚子的小岗人外出讨饭那样，四处去求人呢？

当村长的那三年，他说他没有过上一个节假日，甚至，不能像一个正常人那样为人之夫、为人之父，他尤其感到对不住妻子段永霞，欠下她的太多太多。可是，三年的辛苦，回过头看，却又几近一事无成！这似乎验证了堂兄严俊昌当初说过的那句话：“我家德友干不好，你就一定能干得好？”

他拼尽全力想把小岗搞上去，但到头来小岗在他的手里仍然是“江山依旧”。他不服输，只想赢，最后却不知是谁在赢。平生他最看不起的，就是那些碌碌无为、无所事事之人，然而，他做出了那么大的努力，也不过是充当了一回堂吉诃德。

尽管，到现在，他也捉摸不透县委书记李耀才那句话的深意：只要小岗平稳就行了。他却不得不承认，这话就像如来佛的手掌，他纵有三头六臂，也无法跳出它巨大的掌心。

他感到心力交瘁，不想再干下去了！

严宏昌当村长的三年里，小岗村并没发生多大的改变，但与小岗有过瓜葛的一些人与事还是有了不小的变化。小溪河镇党委书记许正航，升任凤阳县副县长；县委宣传部长陈怀仁调任县人大副主任。一九九八年九月，在江泽民总书记来小岗视察前突然被调离小岗的严俊昌三子严德友，从城南乡经李二庄乡，转了一圈之后，如今又回到小溪河镇，并且出任了镇党委副书记。

占地七十九亩五分三的“小岗工业园”，终因无厂可建，于二〇〇〇年秋天改种上了葡萄，因此，“工业园”变成了葡萄园。张家港市长江村党委书记郁全和为了葡萄园之事，没少来过小岗，并派来技术人员给小岗人传授种葡萄的技术；逢上春节，还会给村里六十岁往上的老人，每人发上一件衣服，或是送点过年的礼品。当然，郁全和也知道，当初张家港市委派他来小岗的目的，是同小岗村搞好合作，但恰巧这时小岗村村长严宏昌“出了问题”，被检察院盯着不放，而严德友却回到了小溪河，并成了镇党委的领导，所以，自然而然地，郁全和同小岗人的合作，就成了同严俊昌和严德友父子的合作。

突然一天，这个张家港市长江村的村书记，不和小岗村党支部和村委会通气，就亲自上门通知村民，要开小岗村的群众大会。

开始大家感到奇怪，小岗村开村民会，不是村长严宏昌派人通知，而是长江村的这位书记挨家挨户上门喊人。到了会场，更让大家莫名惊诧，他一点不客气地自个儿主持会议，自个儿讲话，讲话的中心意思就是：小岗村又快到换届选举的日子了，这次大家都要选严德友当村长。

为什么要大家选严德友？他不说，只强调：“选上严德友，我长江村就会继续支援小岗，让小岗村的经济尽快搞上去！”

因为这事“太好玩”，所以大家没当真，只当是笑料，作为小岗人茶余饭后的谈资。

但是，郁全和却很认真。一次不成，二次不成，就再开村民大会；会议的宗旨只有一个：说服大家选严德友当小岗村村长。在又一次召集小岗村村民开会时，因为会就是在村委会里开的，严宏昌也在场，郁全和竟毫无顾忌地当着还是小岗村村长的严宏昌的面，放言道：“只要你们投上德友一票，一张选票我给你五百块钱；要是德友选上了，全村每户我就再给两头奶牛！”

这话说得小岗人一愣一愣。不仅感受到了长江村无可比拟的经济实力，更亲眼见识了这位亿元村村支书的财大气粗。

许多人小心地去看在座的严宏昌。

严宏昌认真地听着，并不准备说点什么，只是觉得好笑。小岗人选谁当村长，毕竟是小岗人自己的事，郁大书记一趟趟地从千里之外的张家港跑过来，累不累？

但是，郁全和不达目的不罢休。这天，他带着长江村女村长卢振英，一道来到严宏昌家，亲自来做严宏昌的工作。他劝严宏昌把村长的位子让给年轻人干，并许诺：如果严德友当村长，他会拿出三百万元作为小岗村的发展基金。严宏昌依然认真地听着，临了，他明确地表态说："只要能把小岗村搞上去，谁干不一样？我愿意让！"

这消息很快被不少小岗人知道了，就来找严宏昌。他们害怕严德友还和过去一样，动不动就打人骂人；虽然郁全和说得天花乱坠，但他毕竟不是小岗人，大家还得在小岗村过日子啊。

当年摁过"红手印"，并站出来为严宏昌的入党呼吁过的一帮"老战友"，这次，又都站在了一起，劝严宏昌不该退缩，一定要干下去。

这一次的村委会换届工作，县镇两级党委政府考虑到各方面的意见，就没再让小岗村的村民事先进行候选人的民主预选，而是将新一届村长的候选人，确定为严宏昌和严德友两个人。

正式选举的那天，在安排候选人与村民们见面的时候，严宏昌的选前讲话，让人们大出意外。因为他当众宣读的，不是竞选的材料，而是一份退出选举的"辞职报告"！

他真心实意地劝告大家："请不要再选我！"

在场的村民们一片愕然！

"为什么？"瞬间的静默，有人便喊了起来。接着，就有人当场哭了。村民们发现，这天县民政局有一位到会的姓徐的女局长，也在擦眼泪，还忍不住地说："这样的好干部难找了……"

由于严宏昌的主动放弃，小岗村的这次选举，村长的候选人就只剩下了严德友一个人，严德友如愿以偿地被选为小岗村的村长。

当然，组织上为考虑小岗村今后形势的“平稳”，在严俊昌三子严德友当村长的同时，也安排了严宏昌的次子严德宝做了村党支部副书记。严德宝那年的秋天刚从部队退伍回来，参军前他还在凤阳县专门培养乡村干部的一所中专学校读过书，并且早在学校里就入了党。

我们曾就此事问过严宏昌：“为什么一定要放弃村长的选举？”

严宏昌说得很坦率：“本来，我也干得够累了，听郁全和那样一讲，我已别无选择。你想想看，一票就给五百块，一户再给两头奶牛，我一放弃，小岗人的利益跟着就来了；同时还意味着我又为小岗村攒来了三百万元的发展基金，多大的好事呢！即便我继续干村长，这样的环境，三年我肯定没办法为大家带来这么大的好处。”

“长江村后来给小岗村那笔发展资金了吗？”我们问。

严宏昌只是笑，说：“这你要去问郁全和。”

我们也访问过许多小岗村民，他们并没觉得有什么不正常，说，严宏昌主动弃权了，长江村的郁全和又许下那么多愿，谁不想选严德友呢！虽然后来一票五百块钱，一户两头奶牛，大家没看到，给小岗村的三百万发展资金也成了“空头支票”。也还不错，最后长江村还是给每家每户发了台彩电。

5. 一次流产的村长选举

严宏昌卸任时，为新一届的村委会留下了二十多万元，外加可以向外承包的四辆货车，四辆货车一年的承包费便是十二万元。就是说，严德友走马上任，就可以坐享其成，至少，他为村民解决一年的“乡镇提留”是没有问题的。但是，严德友当村长后，小岗村的“农民负担”村里不再负责，一概由村民们自己承受。二〇〇四年二月省财政厅下派干部沈浩在接受记者采访时，就介绍过他刚来小岗当村书记时的狼狈相：“村里为欢迎我写标语的墨水、纸张都是借钱买的。村集体没有一分钱，还欠下四万多元的债。大包干展览室陈旧不堪，村小学门窗桌椅破破烂烂；国家投资办起来的自来水、有线电视也停了。”说到这，沈浩苦笑道：“唯一的资本——‘名气’，如‘小岗’、‘小岗村’、‘大包干’等，还都被人注册了。”

何止是沈浩描述的这种情况呢，严宏昌留给村里账上的二十多万元，四辆货车，后来都不知去向。

当上村长的严德友，并没有改变多少，据说，不仅小岗村村民把状纸写到县里，连留守在葡萄园的张家港市长江村村民，也把意见反映到了县里。

二〇〇五年春天，滁州市委副书记毕美家来到小岗，来做小岗村党员的工作，要把严德友的村支部副书记的职务“扶正”，好让他村长、书记“一肩挑”。

对此，小岗村党支部委员严立学，如实地向毕美家介绍了村民对严德友的反映。

毕美家说：“他能改嘛。”

“他改不了！”严立学不是不给市领导的面子，他是要维护小岗人的利益。

显然这事是毕书记下来前就被确定了的，或许并非他个人的决定，他依然耐心地做党员的工作。最后还好，这事让小岗村的全体党员投票表决。

表决的结果是：十二名中共党员中，严德友仅得四票。严立学说，谁都猜得出其中三票的出处：他和他老子严俊昌，就占两票；沈浩是挂职干部，他会听命于组织上的意见。

就这样，身为小溪河镇党委副书记的严德友，却在能否胜任小岗村党支部书记的民主表决中，落选了。

严德友的这次落选，其实只是一个先兆。在随后举行的又一届村民委员会的换届选举中，尽管组织上仍把他确定为村长的候选人，但是，在预选时，原副村长、当年摁过“红手印”的十八条汉子之一的关友江，却赢得高票。虽然那只是预选，但预选的结果一公布，全场还是一片欢腾！大家当时都认为，这种悬殊巨大的票数，已使得接下来的正式选举没有了一点儿悬念。

这是小岗村继严宏昌当村长后的第二次民主选举，县里很重视。正式选举时，县委、县政府和各有关部门的党政要员，都来小岗“压阵”；为维护好正常的选举秩序，不希望会场上发生什么意外，那天还调来了不少警察，不仅小溪河派出所的干警如期赶到，县公安局也来了人。

然而，谁都不曾预想到的事情还是发生了！

那天上午，作为选举会场的小岗小学的操场上，虽不见红旗招展，歌声嘹亮，一切似乎都显得有些简单而仓促了，但是醒目的会标，众多的警察，和主席台上坐得满满堂堂的党政官员，还是把现场衬托得庄严、肃穆而又神圣。

那天，严宏昌到得也很早，他一如既往地带着平静的微笑，同村民们打着招呼，说着闲话。他很早就进入会场，是要给他的老战友、老朋友、老伙伴关友江助阵。关友江是个忠厚之人，他当村长，大家放心。

可是，一个小时过去了，会场上依然稀稀拉拉，很多村民并没有赶过来。

两个小时也过去了，仍不见更多的村民来到校园。

眼看就到了中午时分，操场上还是冷冷清清，不见村民增多，倒是有不少已等得不耐烦的村民在偷偷往外溜号了。

大家好像都感到这事儿有点不对头。

县委书记马占文坐不住了。到会的其他县领导也都坐不住。这时会场上有一个消息在悄悄地口耳相传：外面出事了！

一个村民小声告诉严宏昌：有人带着一家老小二十多个人，没敢惹小岗人，却把大严生产队通往小岗小学选举会场的几条路，全给封死。他们守在那些路口，对前来参加大会的大严选民威胁说：“今天你要去参加这个会，不要想好了，晚上就叫你家的门开花！”大严村民一个个吓得掉头往回走，生怕走慢了会惹上大祸。

对方没把话儿挑明，但严宏昌猜得出说的是谁，仍不免追问：“警察不管吗？”那人说：“有的警察就同他们面对面站着，没敢管！”

据到会的村民介绍，马占文书记了解到事情的真相时，他的脸色很难看，神色异常地朝会场上张望了一下，同边上的领导耳语了几句，就一声不吭地走下主席台，走出了会场，再没回来。

接着，与会的其他领导也都一声不响地走下主席台，然后在校园里消失。

接下来，威风八面的众警察，交头接耳一番之后，一个个也溜出校门。

没人宣布这次选举大会开还是不开了，更不理解这么多领导和警察为什么连个招呼也不打就全走光了，村民们骚动起来。赶到有人大声地告诉大家村口发生的那一幕，校园像猛地扔进了一颗手榴弹，炸了场！

严宏昌跟着涌动的人流，默默地向校门口走去，只听到村民们议论纷纷。有的说：“政府太无能，为啥怕这样人？”有的说：“警察是吃干饭的？这事也不管，要这些警察做什么？”有的说：“这事看着奇怪，没这事才奇怪，小岗村迟早会有这出戏！”更多的村民对这样不负责任的选举，深表忧虑：“没个结果，就全跑了，小岗村谁是村长呀？”

这事发生后，凤阳县各有关部门用心在做的，就是封锁消息。但是这事就发生在那么多群众、那么多官员、那么多警察的面前，怎么可能被掩盖得天衣无缝呢？

小岗人被警告：“不许乱说话！”

一位不便透露姓名的县政府官员说：这事不好处置。弄不好会像“动”了一个禹作敏，毁了一个大邱庄！

话说得很无奈，不过听得出，这样回避，这样沉默，或者说这样姑息，这样放纵，还都是在维护小岗村“中国改革第一村”的形象。

因为选举的流产，严德友于是继续当他的小岗村村长。

遗憾的是，采访期间，我们没有接触到严德友。从年青一代的小岗人那儿，我们发现他们对严德友似乎并不反感。承认他有毛病，但由于严德友和张家港长江村党委书记郁全和的友好关系，还是给不少小岗人带来了看得见的实惠：长江村不仅帮助小岗村许多人掌握了种植品种葡萄的技术，而且无偿地为这些农户提供了种葡萄所需要的有关设施，如葡萄苗和水泥架。因为一亩葡萄的年收入可以达到三、四千元，这就让一些外出打工的年轻夫妇回到了村里，这样既照顾了家里的孩子，也没有少赚钱。

在严德友又干了一年时间的村长之后，他的职务才被县里免掉，由早在预选中就已获得高票的关友江正式接任了小岗村村长的工作。

而担任了村党支部副书记的严德宝，是寄托了严宏昌很大期望的，但是严德宝与严宏昌的人生志向和性格却完全不同。严德宝是个在场面上讲不好话的本分人，很小的时候就帮着家里喂猪、放牛，一直就是家里的最主要的劳力，劳动带给他无穷的乐趣；他对从政竟没有一点儿兴趣，对土地却有着深厚的感情，夏天他最爱跑到楼顶上睡觉，无远远地望着自家田里绿油油、黄灿灿的庄稼，心里就有说不出的成就感。他宁愿一辈子只跟庄稼打交道。所以，在严德友被免职后不久，他也就主动卸任不干，回家种田当农民去了。

两个孩子都从村领导的位置上退了下来，尽管情况并不一样，但严俊昌和严宏昌二人却一样地感到失落，感到痛心。

第七章 壮士暮年

小岗村事件，从根本上讲，不是十八户或二十户农民创造了历史。就算小岗人不挺身而出，也会有大岗人挺身而出，前赴后继，直到成功。因为他们的诉求代表了历史的进步。这是人民赢得的胜利，是人民创造了历史!

1. 斗胆再进中南海

严宏昌虽说不再是村长了，村民们有个什么事，总还是爱去找他。严银昌女儿严静到浙江宁波一家工厂打工，在上班第一天的试车时，因为没谁告诉她有关的安全知识，左手的四个指头被冲床冲断。又因为没签劳动合同就上岗，严静经医院抢救后，厂方发现她没有大的危险，就一推了之，不管不问。严银昌气不过，花了两千块钱找了律师，但当地的法院却不受理，没办法，就跑回来找严宏昌。这事在严宏昌的帮助下，虽几经周折，最后打赢了官司，严静得到了应有的经济赔偿。

随着梨园乡被并到小溪河镇，梨园中学也并入了小溪河中学。这种学校的合并，使得师资的力量得到了加强，却也给不少村庄的孩子上学增添了麻烦。过去，在梨园中学时，孩子离家近，现在要跑到小溪河镇，一来一去就是一二十里地，许多孩子吃不消，就中途不念了；即便是设法在学校附近租房住宿，但孩子太小，自理能力差，有的在家还跟着父母睡觉呢，在那里早上没人喊，不能按时上课，几堂课缺下来，跟不上，也就不念了。这天，小岗、严岗、石马、梨园、车庄和韩赵六个村子的村民，一齐找到严宏昌，希望他能牵个头，设法解决越来越多的中学生失学的问题。严宏昌为这事跑过县教育局、县政府，也找过省教育厅、省人大，最后能不能跑成，那是另外一回事，只要事关村民们的切身利益，只要大伙需要他出面，他还是会尽力而为的。

严宏昌给我们谈起凤阳县燃灯寺水库综合治理的故事时，至今还十分激动。他说，那事儿，大了。它不光牵扯到一个小岗村，不光牵扯到一个小溪河镇，直接影响到凤阳县东部缺水地区的小溪河、石门山、黄泥铺、董铺、燃灯和红心六个乡镇农户的用水。水库还是“大跃进”的一九五八年上的马，一九七九年建成，距今已是二十多年，因为长年失修，工程设施严重老化，启闭的设备已锈迹斑斑，许多渠道严重淤堵，坍塌，跑冒滴漏。可它是周边十多万亩农田的生命工程和致富工程啊！再不治理，便严重危及十几万农户生活的提高和生产的发展。

严宏昌说，他在当省人大代表时，就曾为此提交过专门的议案；在当县政协委员时，也递交过专门的提案。

“可是，不知写过多少提案和议案了，当时这事看不出进展。谁知，等到我啥也不是了，这事却突然有了眉目。”

他说那是二〇〇二年元旦的前夕，何效平、孔少林两位副县长，和县水务局副局长朱士银，三人心急火燎地找到他，说：“快，一道进京！”

开始他不知啥事急成这样子，一了解，没法不让人高兴。原来当初他的那些议案和提案，最后都集中到了省水利厅，省厅在经过一段时间的调查研究后，认为燃灯寺水库灌区工程确实也已经需要综合治理了，于是决定将这一项目直接报到国家水利部，请求帮助解决。

严宏昌当时觉得挺好笑，如今不当村长了，却办起了比小岗村、比小溪河镇都大的大事来了！他简单地准备了几件衣服，揣上一千块钱，跟着他们就出门了。

严宏昌和三位县局领导赶到北京时，才知道分别赶去的还有省厅的四位领导，滁州市的三位领导，当天他们都下榻在离水利部不远的白云宾馆。

为了燃灯寺水库灌区的综合治理，省、市、县一下来了这么多领导，足见对这事的重视。严宏昌心里想，自己多年的这个夙愿终于要实现了。他真的替皖东地区十几万农民感到高兴啊！

作者与大包干带头人严宏昌在一起。 ★康诗纬 摄

第二天，一上班，大家就一起赶往水利部。也许向部领导反映问题不需要上去这么多人，仅省、市两级水利部门就来了七位领导，凤阳县还来了两位副县长；也许认为严宏昌是农民，而朱士银也只是个副科级干部，两人掺和在一起不适合，总之，领导们要朱士银和严宏昌就在外面等着，没让进去。

严宏昌的自尊心多少有些受伤，他不明白：既然用不着自己直接反映问题，为什么又要把他从大老远的小岗村喊来京城呢？

可是，省、市、县三级领导进去也没反映成问题，刚进去，很快就出来了。说这事部里不接待。因为水利部每年只能解决有限的几个水库灌区的治理问题，头年才帮安徽肥东县解决了一个水库的项目，凤阳燃灯寺水库即便需要治理，至少也要等到四年之后，才有可能轮到这事。

严宏昌听了，更加郁闷。既然几分钟就可以了解到的情况，干吗不通过电话事先问一问？一下跑来这么多人，浪费了大家的时间，更浪费了国家的银子。

结果白跑了一趟，领导们便打算上街买点儿东西，就打道回府。何效平和孔少林两位副县长问严宏昌："你是不是也马上回去？"

严宏昌想，好不容易来趟京城，就说："我还准备看看朋友，暂不回去。"

朱士银因为女儿在北京上学，也说："老严不急着回去，我也不忙，抽空去看看女儿。"

就这样，省、市、县三拨人马，各奔东西，只为严宏昌和朱士银预付了一天的房间费，别的一切全由二人自理。朱士银虽说是个水务局副局长的官儿，毕竟只是副科待遇，和严宏昌一样地住不起白云宾馆这样的饭店，和严宏昌一商量，第二天，二人一块儿转移到了万寿路附近原国家农委大院的一个地下室招待所。

严宏昌所以建议搬到这个大院来住，是因为《农民日报》总编辑张广友就住在里面。这些年，张广友常代表万里去看望小岗人，现在自己来京了，是一定要去拜访张总编的。可是不巧，一连找了两次，张总编都不在家，严宏昌感到非常的遗憾。

朱士银主要分管水库与灌区工程，又是个想干点事的人，跑到北京，虽看了女儿，但水库之事毫无进展，他显然有点不甘心地对严宏昌说："我们真的就这样白跑一趟？没有一点办法了？这样回去怎么交代？"

严宏昌说："领导都不当一回事，我们又能怎么办？"

朱士银叹了一口气，说："咱俩都是燃灯寺水库灌区的人，守着个大水库，年年缺水，年年收瘪稻，咱就不能替父老乡亲做点好事吗？"

严宏昌自从不干村长以后，"不在其位，不谋其政"，他确实很少再去考虑"宏大"的话题。这次跟来，除做个"随从"，他来北京也只是想轻松一下。然而，此刻，他却冷不防被朱士银这句热心热肠子的话，硬硬地撞了一下，不由抬起头，认真地看了一眼朱士银。

"你倒是说话呀，"朱士银见严宏昌躺在床上望着他，不言语。

这时严宏昌翻身坐起来，又认真看了朱士银一眼。虽还是没有说话，却已经变得激动起来。他何尝不想为父老乡亲把这件实事做好呢！否则，每次人大、政协开会，他就不会提那些议案和提案了。他知道，这项治理工程少说也要两三千万，凤阳县、滁州市没这个财力，省厅需要花钱的地方又太多，他提了，也是白提，可一想到当了一回人大代表、政协委员，就应该为父老乡亲"代表"一把，"政协"一回，管用不管用，那不是他考虑的，他就是要说，就是要喊，要叫！

朱士银忍不住失望地说："那我们上街再逛一天，后天回去吧。"

严宏昌终于说话了。他忽然问朱士银："你身上还有多少钱？"这时的严宏昌，已经感到有一股久违了的激情正在猛力地冲撞着自己；当年闹包干时的那种拼命的劲头，又回到了他的身上！

“我还有四五百块。”朱士银说。他不知道严宏昌怎么问起钱的事。

“那就试一试！”

“怎么试？”

严宏昌胸有成竹地说：“我身上也还有几百块，现在咱就开始省着用；明天再去水利部。”

朱士银说：“领导不都找过了，进去就被打发出来了，我们还要再去吗？”

严宏昌说：“他们去，是他们去；当时我们不是没进去么？成不成，这事是水利部在管，我们总得问个明白，这其中到底有哪些程序，闹清楚了，下一步才好进行。”

严宏昌分析得有些道理，朱士银还是有点犹豫。

第二天，一上班，二人就赶到了国家水利部。虽然顺利地进了水利部的大门，却被办公厅的同志拦住，他们有些奇怪：“你们安徽的一些领导昨天都来过了，情况已经说明了，这事不行。走吧，走吧！”

严宏昌说：“我找部长只说两分钟的话。”

“找部长？你要找部长？谁都可以随随便便找部长，那部长还能干工作吗？”办公厅的同志不耐烦地挥着手。“这不可能，走，走，走！”

严宏昌顺手从办公桌上取过一支笔，又拿起一张纸，很快写了一行字：“我来自安徽省小岗村，我叫严宏昌，请首长能耽误五分钟，给你汇报一点事情。”

他写好，又认真折叠了一下，递给那位同志，恳求道：“麻烦你，请你递给部长。”

对方将字条丢在桌上，看也不看地说：“这是不可以的。”

严宏昌见对方这样讲话，干脆在椅子上坐了下来，他招呼朱士银也找个地方坐下来。然后，态度诚恳地说道："我只是想请你帮这一个忙，不会为难你的。如果首长愿意见，我们就在这里等；如果实在不方便或不愿意，我们马上走人。"

对方看了看字条，寻思片刻，说："我拿去试试。"说罢就从边门走进一个房间。

很快，那个同志就出来了，他的身后跟出了另外一个男人，严宏昌心想，这八成就是部长。

果然是部长！

部长笑容满面地朝严宏昌走过来，热情地问："你就是凤阳县小岗村的严宏昌？"

严宏昌点头称是。

部长招呼严宏昌和朱士银进去坐。在部长办公室，严宏昌开门见山地把有关燃灯寺水库灌区的情况作了简单地汇报。

部长听完后，说："部里确实年年都有这方面的指标，可现在已经到年底了，实在没有办法了。"

"明年呢？"严宏昌不放过一切可能的机会，问部长，"明年能不能考虑呢？"

部长笑了："即便是明年安排，也要得到国家项目规划部门的批准呀！"

严宏昌一听，这事还有一线希望！他高兴地告别了部长，走出水利部，然后毫不心疼地拦了一辆出租车，他要立刻去找那个管审批立项的规划部门。正好这位司机知道那个地方在哪儿，这样，二人接下来就到了国家发展和改革委员会。

开始，门卫连这座大楼的大门也不准他们进。严宏昌解释了一番，才让登记进去。二人进了大门，正准备上电梯，又被两个战士阻止，不允许他们上楼。

“你们找谁？”战士的态度很和蔼，却明显带有几分质疑。

严宏昌说：“找这里的领导。”

“具体找谁？”战士问，“我可以先帮你们联系。”

严宏昌说不出具体的名字，战士就不让他们上楼。怎么解释，怎么说明，都没用。就在双方僵持之际，从电梯里走出来一个人，那人被严宏昌一口安徽凤阳的口音吸引，打量了一眼严宏昌，就走过来，不无意外地问道：“你是小岗村的严宏昌吗？”

“我是。”严宏昌说，他这才注意起从电梯里走出来的这个人，有些眼熟。

来人问严宏昌：“你准备找谁？”

战士把话接过去，叫了一声“首长”。就在战士说明情况的时候，严宏昌陡然想起来了，这个“首长”叫杜鹰，曾是国家农村改革试验区办公室的主任，他在杜老——原中共中央农村政策研究室、国务院农村发展研究中心主任杜润生的家里见到过，那时，这位“杜主任”还十分认真地向他了解了小岗村的情况。他想不到杜主任的记性这么好，而且，这么巧，杜鹰现在已是国家发改委农村经济司司长，正主管着农村水利工作。

杜鹰把二人领到自己办公室，严宏昌于是把燃灯寺水库的情况作了一番汇报。杜鹰听得很认真，但最后也只能说：“到年底了，不行了。”

“明年呢？”严宏昌又盯住不放。

杜鹰说：“明年也得按程序报上来。主要还是钱的问题，你们得找财政部。”

严宏昌这下犯了愁：“到财政部要找哪一位领导才行呢？”

杜鹰问严宏昌，财政部认识谁？严宏昌回忆了一下，说：“我只认识一个叫程微的女同志，她去过小岗，我接待过。”

杜鹰一听，高兴地说：“那就行，我认识的人还不如程微当家，你们就找她。”

告别了杜鹰之后，已经临近中午，二人就在街上随便吃了一点东西，这时严宏昌则把他的“联络图”掏了出来。这是他的一个习惯。这么多年了，凡是在小岗认识的，或是外出开会办事时结识的，只要是他认为今后会对小岗或自己有好处的官员、专家、学者和记者，他都会把他（她）们的名字和联系方式，抄在这个本子上。他把这些视为自己的财富。

现在，严宏昌很容易就找到了程微的手机号码，并把电话打了过去。

当时程微正在医院吊水，严宏昌带着朱士银赶到医院去看她，问候了一番后，严宏昌就把此行的目的说了出来。

程微对小岗村，以及对小岗村周围农村的发展，也非常关心，不过她为难地说：“我们财政部的钱确实是多，但也不能随随便便往下拨。你们的这个项目，必须要有全国人大分管农业的副委员长批示才成。”

严宏昌一听，心中不觉一沉，只差没有喊出声。分明是越找麻烦越大了。不由搔了搔头皮。

朱士银更是暗下叹气。他跟着严宏昌一直没说话，也插不上话，只感到越找，官越大，想不到这事还得惊动全国人大常委会副委员长。他一个小小的副科干部，平日去见县长、副县长还有些难，现在要找这么大个官，他是一点法儿、一点辙儿都没有。

他几乎是绝望地看着严宏昌。

离开医院，来到大街上，严宏昌又掏出了他的那个小本子，仔细地翻找着。

朱士银惊诧地问：“全国人大你也有认识的人？”

严宏昌没有理他，仔细地来回翻找。

突然，严宏昌惊喜地叫了一声，说："找到了！柳随年去过小岗，我接待过，这里有他的电话号码！"

"柳随年是谁呀？"朱士银茫然地问。

"原是物质部部长，在人大管过财经，现在估计就是在管农业和农村工作。"严宏昌回忆说。

朱士银简直有些不敢相信地望着严宏昌："他的电话你也有？他会见我们吗？"

严宏昌毫不犹豫地把电话打了过去，自报家门后，连他自己也不敢相信，电话的那头马上就传来了柳随年的问话声："你什么时候来的？"

严宏昌激动地说："到北京已经几天了。我想直接向您汇报一件事情，不知您是不是有时间？"

"行，"柳随年爽快地答应了。"明天吧，明天上午你来中南海墙西，到了以后，叫门卫给我打个电话，我会给门卫打招呼，你就直接到办公室找我。"

严宏昌把通话的情况告诉了朱士银，朱士银兴奋得跳起来。

第三天，二人来到柳随年说的那个大门口，请门卫把电话打进去通报一下，里面回了话，才知道，情况已有了变化，柳随年临时有事，去了钓鱼台国宾馆。

直等到中午时分，严宏昌才给柳随年的家里去电话，想不到，那边接电话的正是柳随年，原来他已到了家。

"来吧！来我家。"柳随年热情地说，同时详细告诉了住址。二人买了点香蕉和苹果，又抱了一个哈密瓜，赶忙乘车撵过去。

柳随年听了严宏昌的介绍，觉得他反映的问题也确实需要解决，想了想，爽快地说："这样吧，我给你写封信。"说着，便伏案写起来。

一会儿，信就写好了，他又看了一遍，放入信封后，交给严宏昌。

严宏昌接过信，激动地连声道谢。

两人走出大门时，柳随年关照道："如果不行，你再来找我。"

严宏昌非常感动，兴奋地说："柳老，有你这封信肯定行了。你的信不行，那找谁才行呢！"

谁知，柳随年回答得很认真："如果有问题，我还可以找总理。"

严宏昌认为这不是柳老的一句玩笑话。中国有两三千个县，凤阳县一个水库工程的改造，已经惊动了这么多高层官员，想都不敢想还需要一个大国的总理过问。

短短的两天时间，事情就取得如此重大的进展，两人都高兴得不得了，虽然手头上并不宽裕，还是决定要庆祝一下子。于是两人跑到附近的一家饭馆，美美地吃了一顿。席间，朱士银无限感慨地说："我一个小小的'县局'，这次跟着你宏昌算是开了眼界，一家伙见到这么多的京官，高官，不虚此行啊！看来这事真的是有希望了！"

二人回到地下室，发现整个招待所里空空荡荡，只剩下了他们两个。这才猛然想起，明天便是元旦，所有的国家机关和事业单位统统都要放假！元旦的假期虽只是一天，但常常会把两边的双休日也调过来，放在一块过，这就不是一天两天了。再摸摸腰包，此刻，二人均已囊中羞涩！

想到要熬过假期才能接着去办事，严宏昌和朱士银一下都打不起一点精神。

一个残酷的事实是：将两人的钱凑在一起，除去回程的车票和在京的住宿费，连两天正常的饭钱都不够，还怎么指望呆下来办事？

两人经过认真盘算，作出了一项非常的决定：从元旦起，每人每天只吃两顿饭；一天的伙食费不能突破十元钱；干脆哪儿也不去，这几天就待在地下室，熬，也要熬过假日！

当时他们下榻的，说是“老农委招待所”，房间却小得确实可怜，甚至比不上凤阳县的一般旅社。房间里两张床一放，中间的地方就只能走人；没有电视，没有电话，要打电话必须跑到地面上的服务台去打；没有窗户，大白天灯一关，屋里黑得伸手不见五指。这些，两人都能忍受，就是在里面呆长了，头昏脑涨，胸口发闷，每到这样的时候，只好钻出地面，来到大院里，或是走到马路上去散散心。散步只能拿眼睛四处看，啥东西也不敢买。严宏昌熬急了，不得不咬咬牙，从伙食费里再抠出点，去买了一包两块钱的“哈德门”，过过烟瘾。

呆在这样的地下室，当然啥事干不成，除去睡觉，便只能是没话找话地瞎聊。

这天，严宏昌发愁地对朱士银说：“就是这几天熬过去了，就是有了柳老的这封亲笔信，总还要去找财政部吧；财政部跑下来了，还得去找规划部门吧；规划部门假使也跑下来了，最后还必须去找水利部。这些地方跑下来，不会是三天五天、十天八天能解决问题的！”

朱士银也从最初的兴奋状态中冷静下来了，他也一直在想：这么大个事，两三千万元的一个综合配套工程，总得让人家做点调查研究吧。一个部门呆个十天半个月也不算多。无论怎么说，指望这次跑下来，几乎已不现实。但是，不盯紧，会不会“人一走茶就凉”了呢？

望着光秃秃毫无想象余地的天花板，两人陷入了长时间的沉默。

严宏昌突然坐起身，又翻出了那个小本子。他找出其中的一个电话号码，自说自话道：“我给朱秘书打个电话试试。”

朱士银心情沉重地问：“哪个朱秘书？”

严宏昌说：“我在想，柳老不是讲他这封信如果还有问题，就要找总理解决吗？从各方面看，都已经不允许我们再在北京就这样待下去，只有一个办法——咱自己直接去找温总理（时任国务院副总理）！”

朱士银像被电击了似的，一下从床上弹了起来，不敢相信地望着严宏昌，忙问：“你说见谁？见温家宝？……你有这个办法？”

严宏昌说：“赶到大家上班以后，我试试，同朱秘书联系一下。也只能这样，有当无吧。”

朱士银兴奋得声音都变了，说：“如果能见到温家宝副总理，我这辈子就太值了！”

终于，漫长的节假日过去了。严宏昌来到地面上的服务台，他用招待所的公用电话，拨通了朱秘书的手机。很快，电话那头就传来了朱秘书谦和的声音，问是哪一位？严宏昌连忙自我介绍，说有一件急事，需要面见温副总理。

朱秘书相当客气，告诉严宏昌，他正在河南有事，温副总理在北京，他要严宏昌把电话直接打给在京的田秘书。

田秘书接到严宏昌的电话后，没有犹豫，说：“好的，我马上向温副总理汇报。你不要离开，我很快就给你联系。”

朱士银在一旁直发傻，羡慕地问：“宏昌，你是怎么认识这些秘书的？”

严宏昌掏出“哈德门”香烟，点上一支，波澜不惊地说：“他们来小岗做过调研，有的还到过我家。”

严宏昌一支烟还没抽完，田秘书的电话就到了。他告诉严宏昌：“你明天上午八点半到中南海北门，有人接你进来，温副总理等着你。”

朱士银听到这个消息，激动得手舞足蹈，不知如何是好，一定要严宏昌到时把他也带上。

这天，天还没亮，朱士银就把严宏昌捣醒了。严宏昌说：“不急。”早上六点一到，朱士银还是急猴猴地把严宏昌拖起来了；没到七点，就催着他上路。

他们乘车赶到北海附近，见时间还早，就在附近溜达了一圈，等到八点半整，严宏昌带着朱士银这才向中南海的北门走过去。

走到门前时，警卫战士打量了一下二人，庄重地敬了一个礼，说：“请问，你们是哪里来的？”

严宏昌说：“我们是安徽省凤阳县小岗村的！”

警卫战士让二人稍候，不一会，就从里面走来一个人。此人中等偏高的个子，方头大脸，是一个长得很精神的年轻人。严宏昌老远就认出，来人叫黄守宏，也曾去小岗村搞过调研，他们早已经熟识了。

黄守宏说笑着，把他们带到一间接待室，说总理正在开会，很快就过来。

大概也就五分钟左右，只见温家宝带着大家在电视中早已熟悉的笑容，大步走过来。严宏昌和朱士银忙起身迎过去。

温家宝握着严宏昌的手，亲切地问：“你们住下了吗？”

严宏昌说：“住下了。”

“有没有什么困难？”温家宝同朱士银也握了握手，回头问严宏昌。

严宏昌想：自己的困难再大，那也是小事，不能让日理万机的总理为这些事操心。他高兴地回答说：“没有！”

“没有？”温家宝又认真地问了一句。

严宏昌再次郑重地回答：“我个人没有困难！”

紧接着，严宏昌就把小岗村，以及燃灯寺水库灌区十几万农民多年来热切的愿望，向温家宝作了最简明扼要的汇报。为不耽搁总理宝贵的时间，他掏出了一份只有几百字的“报告”。

这还是头天晚上，他从招待所讨来的一张公文纸，在地下室工工正正写出的一份“书面报告”；为便于联系，他还在上面注上了朱士银的手机号码。

严宏昌说："总理，您很忙，主要情况我都写在上面了。"说着递了过去。

温家宝接过信，说道："我现在不能答复你，明天我再和有关的同志协商一下。"接着，他把信递给黄守宏，交代说："你不要把它摞在文件上，就放在我桌上。"想了想，又说，"还是明天一上班，你就直接拿给我吧！"

严宏昌注意到，温副总理对自己这份极不正规的"报告"，是那么重视，他感动得眼泪都差点掉了下来。想想总理也见到了，"报告"也直接送到了，就说："总理，谢谢您！我们就不耽误您的时间了，以后再来看您。"

温家宝再次握着严宏昌和朱士银的手，说："好，你们就放心吧！"并叫黄守宏把他们送到中南海的大门口。

重新回到招待所，把住宿费结清了之后，又找到一个订票处，买到了当天到蚌埠的硬座客车票，这时，两人就只剩下了几块钱。车是晚上六点多钟才开，完全还有时间在北京再逛上大半天，但他们哪儿也不敢去，因为现在连吃饭都成了问题。这就意味着，他们乘地铁赶到火车站后，就只好一路上饿回去；至于到了蚌埠后又怎么转车回凤阳，也只有到时候再说了。

两人离开招待所，直奔车站而去。在车站的广场上，蓦然间，朱士银的手机响了起来。朱士银原以为是女儿打来的，一听，是位男士的声音，要找严宏昌。

严宏昌接过手机，也感到奇怪：竟是万里的秘书打过来的。但他很快明白过来，想到自己留给温家宝的"报告"上的联系方式，正是朱士银的手机。

王秘书在电话中说："老严，你到了中南海都不来看万老吗？万老叫你来一下，还叫你联系一下吴象同志，你们两人都去。”

严宏昌怎么不想去拜望万老呢？他和小岗人可都一直想念万老啊！可是，他和朱士银现在已经“弹尽粮绝”，再误了晚上的这趟火车，他们就连安徽也回不去。总不能见到万老开口就向他老人家借钱吧，那成了什么样子？

朱士银一听是万里秘书来的电话，要严宏昌到他那儿去，后悔得直跺脚，连说：“亏死了，亏死了，早知道这趟出来也多带点路费！”

严宏昌只得扯谎。他对王秘书说：“吴老的电话我联系不上，再说，我这趟是因公出差，回程的票已买好，马上就要上车了，急等着回去复命。下次来北京一定一定去看万老！”

就这样，怀揣着巨大的喜悦，也怀揣着巨大的遗憾；饿了一路，也激动了一路。到达蚌埠时，天还没完全亮。二人出了车站，就忙着去找出租车司机，商量把人送到地方再给钱。二人最后说动了一位司机，终于疲惫地回到了凤阳县城。

这时，天已经大亮了。朱士银从自己局里要了辆“桑塔纳”，叫司机直接把严宏昌送到小岗去。

谁知，严宏昌前脚才进家门，段永霞就告诉他，县水务局一个叫朱士银的人来电话找他，说有重要事，要告诉他。

严宏昌想不出才离开凤阳，刚刚分手，又会有什么消息这样急着要告诉他呢？他把电话打过去。

朱士银在电话中激动得声音都变了，高声大嗓门地嚷道：“老严，宏昌！行了！总理已经批了！”

“会这么快？”严宏昌简直不敢想象，“你是怎么知道的？”

朱士银说：“刚才有人打了我的手机，告诉我这个消息。我不敢相信，忙问‘你是谁？’他说，‘我是温副总理秘书。’”

温家宝的批示在第一时间就被电传到国家水利部；国家水利部马上电传到安徽省水利厅；安徽省水利厅又惊又喜，迅速电传到滁州市水务局。省厅、市局两级领导终于知道是严宏昌在北京为安徽省、为滁州市办成了一桩通天大事。于是，那一天进京的原班人马，再次乘机赶往北京，要去找严宏昌。

到达北京，四下里打听，却不见严宏昌的人影。于是试着往他的家里去电话。电话一打，才知道严宏昌早已回到了小岗村。

于是，他们又飞回安徽，连同凤阳县的两位副县长，一道驱车赶往小岗，去看望严宏昌。临走时，送给了严宏昌两条上好的香烟，以表达他们诚挚的谢意。

2. 小岗村终于变了样

我们这一次是二〇〇八年四月三日进入小岗村开始采访的。

去的前几天，小岗村刚进行了又一次新的合并。早在一九九三年春天，只有二十户人家的小岗生产队与相邻的大严生产队合并成了小岗行政村；这回，是以小岗村为中心，将周围的石马、严岗两个行政村也并了进来，小岗便由最初的二十户变成了一个有着一百二十户人家的大型村落。村长仍是关友江，村党委第一书记仍然是由省财政厅的下派干部沈浩担任。

显然已经临近“大包干”三十周年了，小岗村又空前地热闹起来，来采访的，搞电视剧的，写话剧编黄梅戏的，在村子里进进出出。我们在严宏昌家里就碰到了好几批。更火热的是，到处都在紧张地施工，一个村子俨然成了一个偌大的建筑工地。我们一走进小岗村，就被这扑面而来的火爆的“社会主义新农村”的建设热潮所感染。

小岗人都说：“大包干”二十周年时，江泽民总书记来了，那时茅草房改成了砖瓦房；这次三十周年，胡锦涛总书记再来，就已经是瓦房变楼房了。不光村子里面变，村里村外都在摇身一变，变得光鲜，让人眼睛一亮！

横贯全村的友谊路上，到处堆放着砂石和水泥，路两侧一个式样的两层楼都在同时地施工。村民说：村里给了每户两万元的补助，只要自己再拿出十万元，就可以住进一个一百四十多平米的新楼房，楼前还有一个几十平米的大院子。早先远离村落居住的二十六户人家，也享受到了这种优惠的条件，搬进了集中规划的住宅区，这样做的好处是，不仅使得村容整洁了，还节约了土地，更便于土地的合理利用，腾出大面积的土地也有利于规模化的农业作业。

小岗村大兴土木盖“洋楼”。 ★康诗纬 摄于2008年

三十年前十八条好汉召开“秘密会议”的严立华家那儿间茅屋，在一九九八年修建友谊路时就已被拆除，当时路基已占了一半，现在，在原址的另一半上，他女儿的新的楼房又拔地而起了。严立华就坐在还没有最后完工的新房中，心情很好地抽着烟，接受了我们的采访。他说：“那儿间茅草房扒了，太可惜。但住上这样的楼房，再想想那会儿的情景，一个天一个地啊！”

变化确实也是够大的。二〇〇一年的春天我们第一次走进小岗时，看到的还基本上是很低矮的小瓦房，现在那样的房子，小岗已经没有了。不过，我们也注意到，除严国品家两个在外打工的孩子，因为一个干的是水工，一个干的是电工，他们把在城里学到的手艺用在了村里的住宅上，室内电路走的全是暗线，外面还搞了化粪池，实现了厕所进楼，并添置了洗澡的浴缸，将过上城市人文明的生活，而其余的村民们基本上还谈不上室内装修，厕所依然是单独建在远离楼房的后院里，依然是原始的蹲坑式，并且和猪圈建在一起。因此，给人的印象是人虽住进了新楼，生活的习惯仍将是老样子。

仅仅利用友谊路两旁的宅基地，已远远满足不了小岗人居住的需求了。不说村子被并大了，这么多年小岗本身就增人添口不少。比如，曾经被批判成“资产阶级暴发户”的严金昌一家，当年是九口人，其中还包括两个女儿，现在两个女儿已嫁到了外村，今天在小岗的就已经增加到了二十三口人；最早站出来支持严宏昌包干到户的严学昌的一家，当年不过是八口，现在也有了十七口，差不多都翻了一番还要多。

于是，村里先是规划出一个村东小区，盖了四排整齐的楼房，住进了二十多户村民；随后又建成了村西小区，村西小区是商品化连体别墅式样的新型小区，紧邻一个大型集贸市场和一所卫生院，生活上十分方便，凡愿意在那儿买房的村民，都可以获得一万元的补贴。严学昌一家人不仅在友谊路的老宅基地上翻盖出两栋楼房，还在新型小区买了三套新楼。我们见到他时，他刚搬进新居，门口的地上落满了炸飞的鞭炮碎屑，乔迁喜宴的残汤剩菜仍堆放在八仙桌上，还没顾得上收拾。

小岗人盼了多年的一条通往外面的像样的公路，也终于动工了，它不再绕道小溪河镇，而是一条由国道直达小岗村的高标准的水泥路。这条便捷的水泥路将彻底改变小岗村原有的乡村格局，使它同外面的世界一下拉近。

当然，正在改变小岗村面貌的，不光是住宅与交通，村子西头拔地而起的小岗村信息中心，已初具规模，据说那是国家档案局和省档案局联手援建的；尽管还正在施工，其鲜明的徽派民居的风格已清晰可见，建筑面积将为一千二百平方米，总投资一百八十五万元。与信息中心隔路相望的，是省政府拨款二百万元将要建成的大型广场。到时候，高大的小岗村牌楼、别具一格的小岗村信息中心和偌大个小岗村广场就会连成一片，在村头蔚为大观！

而与村头遥相呼应的村尾处，则是一座耗资六百多万元的气势恢弘的“大包干纪念馆”。

“大包干纪念馆”六个苍劲的硬笔字，为万里亲自题写。

人类的历史其实就是一部反抗遗忘的历史。“大包干纪念馆”的建立，同样是要人们记住在这块土地上曾经萌发并张扬过的一种改革精神。它占地三十亩，建筑面积两千六百平方米。奇怪的是，不知为什么要把它设计成江南园林式的建筑风格，看上去很典雅，很秀美，却与粗犷和质朴的小岗村和小岗人并不和谐。整个纪念馆由主展厅、多媒厅、珍品展厅、餐厅及观景走廊组成，馆前还有一块八千平方米的绿色草坪，用于举办大型的文艺活动；两边是葡萄园；馆后是一万平方米的绿色园林与池塘，可供游人休闲和观赏。

气势恢弘的大包干纪念馆。 ★康诗纬 摄

毫无疑问，随着这座“大包干纪念馆”的落成，小岗村将被打造成凤阳县乃至滁州市旅游线路上最为耀眼的亮点，吸引五湖四海的客人前来缅怀历史、旅游观光。遗憾的是，建在小岗村的“大包干纪念馆”，展厅里有关小岗村包干到户的图片与文字却少得可怜，甚至，还在沿袭过去错误的宣传，依然把当年小岗生产队队长严宏昌，介绍为“副队长”；滁州日报记者汪强曾经为小岗人拍下过那么多的照片，那些照片我们早就在国内外的报刊上看到过，可“大包干纪念馆”里却见不到那些极其珍贵的历史镜头，展出的却多是各级党政官员视察小岗村的照片。我们感到疑惑：难道这种本末倒置的图片展示，真的更可以为纪念馆增光添色？

在北京，在访问老省长王郁昭时，他曾告诉我们：二〇〇五年四月三十日，他去万里家，请万里为“大包干纪念馆”题字时，八十九岁的万里一贯是反对题字写匾的，却碍于这位老部下当年追随自己奋起改革的特殊情谊，勉为其难地拿过纸和笔，就在膝盖上写下了以上六个字，然后有些动情地说道：“大包干承包经营制，否定了人民公社体制，这是安徽人民的功劳。它发源于小岗村，是小岗农民的光荣啊！”

不错，当时的凤阳县委曾根据本县马湖公社“联产计酬”生产责任制，总结出“大包干”的经验，并很快在全县范围内推行，但那种“大包干”，实则是“包干到组”，它与后来被全国仿效、并被万里一再肯定的小岗村包干到户的“大包干承包经营制”，完全是两码事。而充塞于展厅中的大量的文字和图片却极不应该地混淆了这两种“大包干”。

在回顾中国农村改革的伟大历程时，万里就曾深有感触地说过：“从不联产到联产，从包工包产再到包干；从最初的‘不许包产到户’，到后来的包产到户发展为包干到户，并且成为全国大部分地区主要责任制形式，这个变化真大啊！这是一个政策随着实践发展不断充实、不断完善的过程，也是一个集中群众意见，坚持真理、修正错误的过程。联产承包制的推行，是中国农民的伟大创造，决不能低估。”

万里的这些精辟的论述，本该成为小岗村“大包干纪念馆”设馆的题中应有之意，但我们看到的，只是它华美的外表，它所昭示于人的东西却是苍白而又模糊不清的！

走在到处紧张施工之中的小岗村，张扬雄起之心随处可见，却同时给人浮躁进取的强烈印象。这些，无疑都发生在小岗村，却似乎又都与小岗人无更多的关联。因为，我们分明发现，小岗人和我们上次见到的一样，依然是那样的实实在在，淳厚，且率直。谈到三十年以来具体的变化，一如当年闹包干到户时那样地“直来直去不拐弯”。

他们为我们总结出一组数字，一目了然：十八个小岗人摁下“红手印”的一九七八年，小岗村人均收入只有五十元；第二年跃到了四百元，从此脱贫。但是，当初只知道拼命种粮，人均收入的增长一直缓慢，整个八十年代产粮平均在二十万斤，人均收入徘徊在四五百元。九十年代小岗人调整了种植结构，开始点豆子、种花生，加强了副业生产，养鸡，养鸭，养猪，粮食产量也增加到四五十万斤，人均收入已升到了一千七八百元。这以后，在张家港长江村的帮助下，小岗村出现了葡萄热，不少人家都种了三四亩葡萄，尝到了种植经济作物的甜头，同时越来越多的村民外出打工，及至二〇〇三年，人均收入就达到两千五百元；二〇〇五年突破三千元；二〇〇七年人均纯收入就实现了三千五百到四千元。

面对这些数字，我们问严宏昌："现在许多报纸和电视上都在宣传'小岗村人均收入达到六千元，高出全国农民人均纯收入约两千元'，这么说，是宣传的数字有水分？"

严宏昌对"全国农民人均纯收入"的提法就感到可疑，"什么叫'人均纯收入'？中国沿海一带和中西部地区农村的贫富差距那么大，说这种'人均'又有多大意义？"他明确地回答："小岗人均收入没有那么高，也就四千元上下；报纸、电视上的那个数字是怎么来的，我不知道。如果一定要比较的话，我看，小岗村今天的人均收入，在全国只是居于中等偏上一点的水平！"

小岗村现任书记沈浩说了一句大实话："小岗人现在的肚子是饱了，钱袋子却仍是空的。"

这不光因为小岗村没有一家村办企业，"无工不富"，还由于目前农资产品的价格不断提升，已使得今天的农民难以实现既增产又增收。

严立学的进门女婿陈新彪，扳着指头为我们算了一笔账。他说，复合肥前年还是八十多元一袋，现在最差的也涨到一百四五十元一袋，好一点的已涨到一百六至一百八十五元；尿素原是五十元一袋，现在涨到一百多一袋；除草剂早先两三块钱一瓶，如今卖到十五块钱；柴油就更没谱了。就说种稻吧，一亩稻田插秧前就需复合肥八十斤左右，尿素二十斤；稻子长到一尺多高时，还要追加尿素三十斤；人工费用全不算，一亩水稻纯收入最多只有两三百元。种小麦若在旱地，一亩还能收个二百五六十元；种在水田，落不到钱，还得贴！

村长关友江说："都喊粮食涨价了，实际涨得很慢，往往粮价涨一毛，农资价格就涨到两毛，这对农民是不公平的。如今种粮国家给了补贴，但补贴的部分很快被上涨的农资冲掉了。现在稻子一斤只有八九毛，小麦才卖到七毛一斤，如果小麦每斤卖到一元五，稻子卖到两元左右，这对大多数农民才有吸引力。"

守着土地搞农业，农民要很快地富裕起来是很困难的。最捷径的办法是进城打工。小岗人说：现在种菜是种粮收入的三倍，打工又是种菜的三倍多。有的说得更具体："如果打工不欠工资，按每月一千元计算，一个月打工的收入，能买一年的口粮！"

我们在当年带头大包干的十八家现仍健在的十二户人家作了个调查，严俊昌的八个孩子和关友申的五个孩子，基本上都在家务农；严立坤的八个孩子，除老大严家红在镇供电所工作，其余都在务农；他们三家算是个例外，因为其余的各家都有进城打工的：严国品四个孩子，有三个连同他们的媳妇都去了江苏张家港；严立华三个孩子都去了浙江；严美昌女儿严彩虹一家三口去了江苏常熟，两个儿子去了福建；严金昌一家外出打工的孩子最多，老大严德文在南京，老二严德武在北京，老三严德彪在天津，老四严德凤在凤阳，老五严德双在上海，在江苏张家港的老七严德聪，现在已经在那里买了房子，定居下来；严金昌说，有段时间孩子们都出去打工了，他在家像开了个幼儿园，丢下来的六个孩子最大的才七八岁，小的只有一周多，老两口成天忙得像个陀螺团团转。

如今，出去打工的，已不仅是他们的孩子，孩子的孩子辈也往城里跑了。其实这是万里早就希望看到的，现在越来越多的小岗人终于体会到了走出去的好处。

当然，在小岗，也有不外出打工发达起来的。当年摁“红手印”时还是个二十多岁小伙子的严美昌，而今已快是“花甲”之人，却老当益壮；妻子徐善英，和他同岁，两人除种着分到的承包田外，还喂了二十多头品种猪，不是“太虎”、“长白”，也是“多罗克”；我们去看他们时，两人正忙着盖猪圈，准备盖上十四间，打算发展到一百头猪。已是六十岁的严学昌，越活越精神，望着他装饰一新的连体别墅式的新家，我们向他祝贺道：“你这是‘土枪换洋炮’，实现祖辈农民‘楼上楼下电灯电话’的梦想了！”他却笑道：“我不止‘楼上楼下电灯电话’，不瞒你说，家里光手机就有了十几部，孩子几乎人手一部；客车我也有了三台！”他家老大严德奎、老二严德根、老三严德书以及二女婿顾宗新，全在跑客运。一家人把小岗跑凤阳、跑合肥的客运就全包下来了。一个过去跑出去四下讨饭的小岗人，今天竟变成了一个客运“大老板”，他说，这在过去想都不敢想！

严金昌之子严德双夫妻在承包地里修剪葡萄苗。 ★康诗纬 摄于2008年

看到严学昌、严美昌、严金昌一个个老骥伏枥，奋斗不止，日子过得很红火，自然让人为他们高兴。但是一个个毕竟到了壮士暮年，许多事已力不从心。且不说当年的十八个英雄好汉，现在有六人已经离开了人世，健在的也大多是花甲老人；其中，有的还因为长年的积劳成疾，早丧失了劳动甚至生活的能力。

年届七旬的严立坤，连眉毛都白了，我们去时，他已卧床不起，严重的哮喘病使他痛不欲生。

严立学虽是当年“三大带头人”之一，到底是快奔七十岁的人，不能再下田干活，不得不在小岗小学的门口摆了个小摊，指望从孩子们那儿攒点小钱以维持生计。一次，我们路过学校的门口，发现他就坐在自己的小摊后面，双手缩在衣袖里，垂着脑袋，在寒风中已经睡去。望着他那被扭曲的样子，联想到他当年风华正茂挺身而出的英姿，我们在他的面前默默地肃立了许久，心中感慨良多。

据我们了解，已经或即将住进新居的小岗人中间，不少人都会因为这次乔迁，而背上一笔不小的债务；即便搬进了崭新的楼房，很多人也添置不起什么家具，有的可能仍然会家徒四壁。几位摁了“红手印”现仍健在的老人，一再希望我们代笔，反映他们晚年的困苦。

由此，我们想：中国《宪法》第四十五条就明确写着：“中华人民共和国公民在年老、疾病或者丧失劳动力的情况下，有从国家和社会获得物质帮助的权利。”但是，直到今天，中央财政每年支出的保障这部分，主要给了城镇居民。即便像小岗村这样一些曾为中国农村改革作出过特殊贡献的老人，已到了风烛残年，除依赖自己的子女，就只能靠硬撑着自救，那么，“老有所养、病有所医”的阳光何时能普照到中国农村老人的身上呢？

3. 与严俊昌面对面

这次去小岗，除了严宏昌，严俊昌同样是我们要重点采访的对象。这是因为，他在村里的领导岗位上待得最久，就很想通过他了解一下小岗村三十年来都有过一些什么样的故事？

二〇〇八年四月七日，这已经是我们采访严宏昌的第三天，上午，我们正在听他回顾当初冒着风险分田到户的往事，忽然走进来一位比严宏昌高，也比严宏昌魁伟，红颜鹤发，气度非凡的男人。他一手端只茶杯，一声不吭地在我们对面的椅子上坐下后，就带着狐疑审视的眼神凝视着我们。这使人奇怪，也让人感到极不舒服。但是这人一进门，严宏昌就不再讲话，微低着头，脸上似笑非笑。我们猜想他可能是县里的驻村干部，大概对我们这次来小岗事先没与他们“沟通”而不快，否则，干吗会那样瞅着我们，就问严宏昌：“这位是——？”

严宏昌忙介绍：“这是我小哥，严俊昌。”

这让我们有些意外。

望着面前这二位非同凡响的小岗人，我们在心里作了一个比较：严俊昌强悍，严宏昌儒雅，不能不承认，严俊昌在气势上盖过了严宏昌；而严宏昌则在气度上胜了严俊昌一筹。

上一次来小岗，我们主要是调查农民负担，凑巧村长又是严宏昌，就没想到要去采访严俊昌，这算是第一次照面了。看到他，我们似乎悟出了一条人生哲理，这就是，绝顶的聪明，是可以与文化或文凭无关的；大人物、大场面见多了，哪怕是在穷乡僻壤，甚或原本只是一个普通的农民，也是能够被陶冶得大气凛然，令人敬畏的。

严俊昌虽然只在严宏昌这儿坐了两分钟，气氛就有些尴尬，他谈了几句无关紧要的村里的事，便扬长而去。

我们意识到了严俊昌的来意，就对严宏昌说：“看来我们的谈话得中断一下，今天下午先找严俊昌谈谈。”

严宏昌不置可否地笑。

于是我们联系了严俊昌，他要求我们去“大包干纪念馆”里谈。原来，他和严宏昌都是纪念馆的名誉馆长。当这个名誉馆长，严宏昌知道是挂名，一般不去，除非组织上一定要他出面接待一批客人，他才会去；严俊昌却是按时去那儿“上班”，有来视察、参观和采访的，他随时都会以老队长、老村长、“小岗村大包干带头人”的身份，上去接待，接受访谈。难怪在中国改革开放三十周年到来之前，我们在报纸、杂志上看到的有关农村改革和小岗村的报道与文章，写的几乎全是严俊昌的故事。

我们就是在“大包干纪念馆”的会客室里，听严俊昌谈他和小岗村的故事的。

严俊昌在大包干纪念馆接受作者采访。 ★晨凉 摄

一开始，他对我们仍有敌意，一再声称，“对记者没感情”。待我们说明，我们不是记者，是作家，而且是住在镇上，每天中午在严金昌的五子严德双家吃“包伙”，言下之意是，我们并未吃过严宏昌家的一顿饭，气氛才明显有了好转。

他也简单地给我们介绍了大包干之前小岗村二十多年的情况。说，土改时小岗每人两亩多地，种高粱为主，也种点山芋，吃不到全白饭，都加杂粮；一九五六年一步走到高级社，收成还行，当时有一句顺口溜，“狗咬羊，鱼喷塘，小孩爬到井台上”；一九五七年那年没饿饭；一九五八年搞了大跃进，一天干到晚，大炼钢铁，炼出来的都是废铁，当时自己十五岁，已经懂事，就纳闷，怎么没有一个人敢站出来讲真话，干部都在干什么？一九五九年小岗的牛就死光了；到了六〇年，死的人就很多了，好几户人家都是一家死绝，也没人埋。他印象最深的是，妹妹在水边洗萝卜，一口萝卜还吃在嘴里人就没气了。那时候工作队员像皇帝，非常厉害，当时他就发誓，如果自己以后当了干部，决不搞特殊。

正讲着，村长关友江推门进来，好像有什么事要征求一下严俊昌的意见。严俊昌没起身，也没叫他坐，关友江就那样站着，赔着笑脸讲话。看得出，已不是村长的严俊昌，余威还在。

这让我们对他愈发感兴趣。

讲到“红手印”，他也不忌讳，到现在还坚持自己的观点。他坚持认为手印是摁在格子纸的作业本子上，严宏昌提供的那份是复制的。“我这人最讨厌争功！”他说。

他的讲述也还生动，尤其是胆大，难怪有的媒体称赞他敢讲真话，我们这次算是领教了。遗憾的是，他终归还是缺少文化，表达的能力有些差，以至话的跳跃性太大，叙述起来既没有时间，也没有地点，还没有逻辑，有时候，我们甚至不明白他说的是什么意思。

他说：“万里来小岗，问我是不是共产党员，我说不是。万里说中国这么多共产党员，都没有干，就你干了，干得好！”

他说：“我说到六十年代饿死人，万里流泪。万里说，人怎么死的？吹死的！”

他说：“万里听说县委书记允许我们包干到户一年，万里就说，县里批准你们一年，我再批准你们干两年。我说，万书记，你可能给我一个红头文件？万里说，我没文件给你，你只要为农民而死，历史迟早给你平反；不为人民服务，爬得高，摔得响！”

他的话让人摸不着头脑。我们有些不相信，就问他：“这些话是万里讲的吗？”

他不回答，依然沿着他自己的思路继续说道：“粮食打得多了，粮站不收了，拉到山东去卖，只卖到一毛四一斤。我就反映到中央，上边说严俊昌才吃几天饱饭，粮食多了怎能不收呢？”

我们正要问他是怎样“反映到中央”的，“上边说”的这个“上边”又是谁？可他话题一转，又扯到了别的事上去。

他说：“我反映下面干部腐败，政策不好，就给温家宝写了封信；温家宝下来视察，上面安排严宏昌接待。温家宝说，我是专门来找严俊昌的，别人谈的我不听。温家宝说，怎么农民种地种倒霉了呢？”

他在不断地讲述着，样子很严肃，很认真。我们不忍打断他，但思想却开始走神。忽然就想起我们在北京访问《农民日报》原总编辑张广友时的情景。张广友多次受万里委托来小岗看望乡亲们，但每次都很失望。他曾给我们看了他写在《万里与小岗》那篇文章里的极其复杂的内心感受：

去年（一九九七年）我两次到小岗村去了解情况，深深感到小岗是落后了，不要说就全国而言，就是在凤阳县也属于下游。全村适龄儿童还没有全部入学，上中学的很少。在村里碰到一个十五岁的女孩，顺便问了问她怎么没上学？读过几年书？她说：“没上过学，一年也没上过。”我问她：“为什么不读书，是不是没钱读不起呢？”她回答说：“不是，读书有什么用！是我不想读书的。”旁边一位三十多岁的妇女说：“念上个一两年，也和没念差不多，庄稼人靠劳动吃饭，读不读书没有多大关系。”

这也许是个别的现象，但现在小岗村农民的文化和科学技术水平不高，是个客观存在的事实。农村改革已经快二十年了，小岗村至今也不过是停留在兢兢业业地把他们的那几百亩地种好的水平上。因此生产结构不合理，多种经营不发展。粮食生产是大幅度增产了，但比较效益低、卖粮难、农民收入低、经济不发达。这与蓬勃发展的农业产业化和现代化的市场经济，很不相称。

小岗确实落后了，小岗村的一些干部对他们这种状况不是没有察觉。九十年代初期，严宏昌就跑凤阳，跑合肥，直到北京，到处问计求援。一九九四年春天，他居然来到北京，看望当年支持他们搞改革的老省委书记万里。万里听了他的汇报后，当即指出："一定要注意人才培养，抓好教育才有出路，人才问题很重要，要重视教育，重视人才培养，生产能否上得去，经济能否发展，归根到底取决于人的素质。""你们可以和上海等发达地区建立联系，有组织地派人到那里打工，订个两三年的合同。这样，既能赚到钱，又学到了技术，人才也培养出来了。""'无农不稳，无工不富'嘛，要发展工业，办好乡镇企业。"

其实，类似的话，八十年代中期，万里就多次谈起过，我也多次转达过，但是没有引起他们的重视。直到去年我两次去小岗，又问了问他们这方面的情况，发现他们一是不重视教育，二是不愿外出打工，依然墨守成规，土里刨金。我曾问过他们，为什么不到经济发达地区打工？他们回答说："不愿意离家，不愿意受他们'剥削'；以前外出是因为吃不饱，现在吃得饱、吃得好了，把地种好就行了。"我想，这正是小岗的经济发展缓慢的一个重要原因。

张广友对小岗村不重视教育、不注意人才培养的批评，一针见血。严俊昌本人没文化，这不怨他，他是一九四三年出生的，当时连饭都吃不饱，再说那时小岗也没有学校。可是，后来他自己的八个孩子，除严德友念到了初中二年级，勉强把小学读完了的也只有两三个；其余的都没上过几天学，而且，直到今天，他的六个儿子、两个女儿中，也没有一个愿意到经济发达的地区去打工，在赚钱的同时学会一门技术。

其实，张广友写到的这些情况，我们在村里也遇到过，有的孩子说起不愿读书的理由，显然比张广友听到的还要发人深省。他们反问我们："老村长读了几天书？不照样领导大家这么多年，再大的干部来了还不是他出头露面？严宏昌算是有文化吧，可他斗得过没文化的严俊昌吗？"

——"不读书没有多大关系"的这种观念，在小岗人的潜意识中打下了深深的烙印！

严俊昌还在那儿侃侃而谈，我们截断了他的话，希望他谈谈小岗村村长选举的事。

谁知，他的反应很快；他的率直，又一次令我们吃惊。他说："小岗的选举很黑暗！"看来，关友江和他的儿子严德友在村长的竞选中胜出，这事对他的刺激太大，至今仍耿耿于怀。

接着，他谈到了土地问题。他说现在村里房子盖得太多，有的七千元一亩就从农民手里把土地买断了，口号是搞新农村建设；就说盖商品房，搞农贸市场吧，大多也是外村人来买；还要搞一个大广场……他很担忧地说："小岗以后的土地就遭殃了！"他的坦率，对土地的真挚感情，对耕地大量流失的忧虑，都让我们为之感动。

接下来，他把话锋又转向了村党支部书记。"自从德友走后，书记就从外面调进来，全是来镀金的，从这里出去后都升官了。"他说得慷慨激昂，"港人治港，澳人治澳，小岗人的领导为什么就只能是从上边派进来？确实看不下去！"

他说的确也是事实。在小岗，我们注意到，县里派来的驻村干部确实不少，村民们说，不会少于四十人。既有来自公安局、检察院、法院的干部，也有来自工商、税务、水务、邮电、供电、城建部门的干部，当然，更少不了宣传、组织、妇联、共青团方面的干部，总之，县里有什么机构，这里就会有什么人员。有村民开玩笑说，这里其实已经是一个小型的县委县政府。

小岗村许多村民都外出打工了，我们在村子里碰到最多的，不是村民，正是这些驻村干部。他们的到来，到底给小岗村带来了什么样的实际帮助，村民们似乎并不清楚。

不过，我们后来也了解到，大部分小岗人对省财政厅的下派干部沈浩出任小岗村党支部书记的工作，还是给予了充分肯定的，说他确实为小岗人办了一些好事、实事。在他的任期已满时，许多小岗人自发地站出来挽留他，并专程把有九十多户人家签字摁印的《挽留信》，分别送到省委组织部和省财政厅，后来，省里采纳了小岗人的建议，让沈浩在小岗村继续留任村书记。

4. 严宏昌的大家庭

严俊昌，对我们来说，至今仍是一个谜！

在小岗村采访的日子里，我们住在小溪河镇一家私人小旅社，早出晚归。每天早上乘坐严德双的三轮车去小岗时，总会碰到早起去镇农贸市场买菜的严俊昌。我们常常就挤在一个狭小的车厢里，竟然发现，平日的严俊昌其实是个很质朴、很随和的人，也很有人情味。全家人一天要吃的菜，要用的油盐酱醋，都是他坐着这样通常篷满了灰尘，有时甚至可以把人颠散了架的三轮车去操办的。而且是，乐此不疲。一次，他带了孙女一道买菜回来，在车上顺手掏出一个苹果就给孩子吃。我们提醒，苹果没洗不干净，他听了笑笑，马上把孩子手里的苹果要过去，很认真地在裤子上擦起来，擦了几把之后，便慈爱地把苹果递过去，说：

“干净了，快吃吧！”

一个多么地道而可爱的农民形象！

每当我们晚上回镇，路过他家时，总会看到他端着个大碗，坐在门口的一条矮凳子上吃饭；又总会客客气气地喊一声：“到这吃吧！”

这些，都给我们留下了很深的印象。以至，我们甚至怀疑：小岗人描述中的那个“严俊昌”，是否就是眼前这个人？

严宏昌和严俊昌却是截然不同的两个人。

在严宏昌身上，已很难找到传统农民的那些习惯。更不用说，像严俊昌每天坐着那样的三轮车去买菜，操办过日子的那些琐碎小事，这些，他是从来不干的。他很注意仪表与形象，每次见到他，都是梳着整齐的头发，穿着很得体的西装，和保持得很干净的皮鞋。即便就是衬衫上靠领口的那个纽扣，他也不会忘记扣上，并且会把衬衫整齐地扎进裤腰里。这些细节他也是会一丝不苟的。

他讲述小岗的故事，是从容而又平静的。平静得就像在讲别人的故事。有些故事强烈地震撼着我们，却又几乎辨不出他在那些故事中的哀怨与悲愤。

我们更惊异于他的记忆。回首往事时，他对每一件重要事件的前因后果，时间、地点以及期间生动的细节，有趣的对话，都复述得非常具体，并且引人入胜。

他的表达能力是出众的，尽管接待各式各样的来访者已成为他生活中一项重要内容，但他并不是那种特别喜欢主动地说些什么的人。平日一般少言寡语，爱静静地坐在一处，默默地抽烟；或是在家里，或是在院子里，迈着不紧不慢的步子，想着谁也猜不透的心思。

在中国任何一个农村家庭，人丁兴旺，后继有人，都是被看做一个家庭兴盛不衰的标志。严宏昌有五个孩子，三个儿子，两个女儿。严宏昌创业未遂的故事，已潜移默化地激励着这个家庭年轻男人们前赴后继地离开土地，到外面的世界去寻找机会，繁重的农活于是就全依赖着这个家庭中的女人。

最先出去拼搏的，是长子严余山。他继承了父亲沉默寡言和爱思考的性格，也想和父亲一样地干出一番大事业。他先是去上海学习养殖，技术学到手了，就雄心勃勃地开始搞起来，他要饲养的是泰国鸡。订购的鸡苗也运回小岗了，却因为没想到伺弄这种长肉快的泰国鸡成本非常高，等好不容易把购买饲料的钱凑齐了，谁知老鼠又将装了农药的纸箱子咬破，撒了一地的农药竟把鸡苗毒死了一大片。祸不单行，幸存的泰国鸡眼看着就被喂养得可以出售了，偏偏又赶上一场百年不遇的淮河大水，生鸡的收购点关了门，结果害得母亲和姐姐天天挑着鸡去集市上叫卖，严余山试图靠养殖业发家致富的第一个梦就这样破灭。那以后，他在父亲严宏昌的帮助下，到广东东莞一个外资工厂当过保安，干过企业管理；随后又像当年父亲一样，独自去江浙一带贩运粮食，还做过建材生意。几年以后，为给洽谈生意撑起场面，他用赚来的第一桶金买了一辆黑色的“帕萨特”，这给严家挣来了很大的面子，使严家成为小岗村首先拥有了小轿车的家庭，当严余山从浙江把车开回小岗时，严家在村口放鞭炮迎接，竟然让段永霞兴奋得泪流满面。

二〇〇一年秋天，次子严德宝从部队退伍回来，担任了小岗村党支部副书记；同年，五十二岁的严宏昌也从村长的位子上退了下来。那时严宏昌曾对严德宝寄以莫大的期望，考虑到他是从县里专门培养乡村干部的学校里毕业的，在学校读书时就入了党，又到部队锻炼过，便希望他在村里的领导班子中好好工作，好让严家在小岗村成为有话语权的家庭。可是，人各有志，事与愿违，连严德宝的媳妇舒则玉都说德宝“老实得让人生气”，他一见领导就讲不好话，台上台下讲一样的话，成天还一副标准农民的打扮；他对当干部没有一点兴趣，感觉比种田还累，他宁愿跟泥巴打交道。严宏昌虽然感到失望，也不得不改变对他的定位，再想到自己和段永霞逐渐老去的现实，家里的几十亩地也确实要人打理，严德宝既然对种庄稼这样感兴趣，在部队又学会了开车，拖拉机和收割机在他的手里一捣鼓便会，于是就放手让严德宝接管了这个家，严德宝也就成为严家农业收入上的顶梁柱。赶到三秋四夏，农活捆手，严德宝常常累得走不回家，在田埂上就睡着了。他最乐此不疲的一件事，就是爬到楼顶的平台上，远远地去看自家地里的庄稼，他说："看见那儿一片绿油油、黄灿灿的，就特舒服，就感到心满意足！"

三儿子严德锦，跟两个哥哥都不一样，自小就爱读书，爱写写画画，见进出他家的很多记者都背着扛着照相机和摄像机，他就立志长大要做个记者。其实还没等到长大，读小学时就当上了滁州市《农村孩子报》的小记者，发表了文章，还拿到稿费；十八岁那年，他离开小岗，进了合肥的一所大学。严宏昌给严德锦的使命就是闯荡。严德锦先是在合肥电视台当经济记者，后又去了深圳一家影视制作公司。这以后，便满世界跑。我们注意到，在严家堂屋特别具有展示性的照片墙上，除严宏昌被各界领导人物接见的照片外，最显眼的，就是严德锦站在一台摄像机旁边的照片。据严宏昌介绍：现在严德锦已是加拿大多伦多大学的博士，人总是在新加坡，一般很少回来。看得出，严德锦给严家留下的想象，甚至比他出现在小岗村还重要。"小五子"严德锦，已成为严宏昌最大的骄傲。

长女严德凤是五姊妹中最大的，早在一九九三年就嫁到邻近的石马村的袁家；小女儿严小兰也于二○○○年从打工的广东东莞回到凤阳，许配给了本县石门山前庙村的盛家，婚后的第九天她就去了丈夫盛吉明打工的上海市闵行。

严宏昌当村长的那几年，五个孩子没有一个在身边。其实，这种情况，在今天的中国农村已经十分普遍，奇怪的是，现在小岗村许多人家的孩子不仅“远走高飞”了，孩子们一旦成了家，也就分开单过了，可卸去了村长职务的严宏昌，一家老小却重新聚合在了一起，组成了一个有着三代、二十一口人的大家庭！

《三联生活周刊》副总编李鸿谷在采访严宏昌时，曾这样感慨：“住在严家，最深切的疑问便是为什么一家人又重新聚合——与当年分田到户完全不同。”并把它称作“新合作主义”。我们这次去小岗，不仅同样注意到了，也确实感到意外。

且不说长子严余山和妻子张静，次子严德宝和妻子舒则玉，都先后带着自己的孩子回到了大家庭中生活；即便依然在外闯荡的“小五子”严德锦，他已经在海口市找到工作的妻子、有着大专学历的郑晓，自从二〇〇三年在小岗村举办过婚礼之后，就再没回海口，而是留在了严家。五年来，郑晓除了每天仍会着意戴着结婚时的项链和耳环外，已看不出和本地人有什么区别：不仅可以说出一口道地的凤阳话，可以像小岗村所有能干的媳妇一样地下田干活、抚养儿子，而且也已经能够独立

大学生邢秀云（右）在小岗蘑菇园创业。 ★晨凉 摄

地讲述严家的历史，成了维护严家传奇故事的一员。

长女严德凤，有如长子严余山继承了父亲严宏昌的性格一样，她则继承了母亲段永霞的命运。虽然也曾经尝试过外出谋生，但城市的生活她却感到格格不入，半年后又回到小岗村。她出生在“文革”动乱的年代，生下没几天就被段永霞绑在背上外出要饭，赶到大包干以后，生活开始变好了，帮家里干农活和照看四个弟妹的任务又落在她的肩上，以至没有读过一天书。她嫁在石马的袁家，袁家也不富裕，后来两位老人相继去世，袁家为给两位老人治病、送终花掉了全部积蓄，还背上了一屁股的债。严宏昌很心疼这个女儿，深知她为这个家付出最多，为了补偿，就让女儿和女婿一起回到小岗，并给了她十几亩地。成了严家“进门女婿”的袁世强，凭着在上海打工时学来的手艺，在小岗村开了一间小铺子，给村民们修理农机具，以补贴家用。

小女儿严小兰在严家排行老四，如果说大女儿是因家庭所累无法读书，那么小女儿严小兰也没读书，就是严宏昌多少有点重男轻女了，她五岁起就开始放牛，读书是她不敢奢望的一件事情。长大后，她相继在上海和东莞打过工，找的对象盛吉明，在盛家八个兄弟姐妹中是最小的一个，家中人多地少，穷得连间砖瓦房也盖不起来。盛吉明很早就去了上海，在闵行一个公墓切割大理石，工作虽然很稳定，但夫妇二人随着孩子的出生，大都市高昂的消费使他们难以为继，严宏昌在了解了她们的窘境之后，为了弥补当年没有让她念书的亏欠，也建议严小兰带着孩子回小岗村的娘家，吃住不要她花钱，这样，严小兰夫妻一个月也就能节约一笔钱，派点别的用场。

三代人在一口锅里吃饭，拢在一起生活，这样的大家庭，已经不大可能再在今天的中国城市里见到；即使是在小岗村，也就只有严宏昌一家。我们在严家呆了八天，首先让我们感到惊奇的就是一个家庭有这么多的小孩子，严宏昌的五个儿女一共生养了九个小孩，有好几个看上去都是三四岁或四五岁的样子，我们到最后也分不清谁是谁的孩子。小孩子们在院子里跑来跑去，吵吵闹闹，严宏昌却一点儿不嫌烦，就好像根本没有听见。

我们问严宏昌：三十年前，你刚从县城回到小岗时，当时只有二十户人家的一个生产队，已经分成了八个作业组，这些作业组不是父子也是兄弟了，可你依然认为分得不彻底，要把父子与兄弟的作业组也拆开，包干到每一个小家庭，为什么二十多年后，你反而把已经各自成家的儿女们集中在一起，小灶并成大灶，重新吃起了“大锅饭”呢？

严宏昌的解释是：“现在农民的日子过得依然不容易，在很多情况下没有安全感，个人抵御不了的事情还太多。”

他说：长子和小五子都还在创业阶段，他们需要没有任何拖累地在外面闯，妻儿们留在父母身边，他们放心，即便创业失败了，将来回到小岗，也能有一口饭吃。大家庭，可以大大节约小家庭养育子女的成本，再说了，今天中国农村的医疗、教育及社会福利等等方面的现状还一时不能尽如人意，集中一个大家庭的人力和物力资源，也能够防范来自社会以及自然界不可预测的风险。

严宏昌平静地说：“凭孩子们各自的力量，很难做成各自的事情，至少这个阶段团结起来很重要。”

这样的大家庭，最辛苦的还是女主人段永霞，她不仅每天要去镇上买回来二十多口人的菜，而且每顿都要准备上两桌饭，我们每天去她家，见她差不多都忙在厨房，身上很少有干净的时候。她虽然和严宏昌的年龄相仿，看上去却显然比严宏昌大了许多，齐腰的长发，也已经花白了不少，但她却天生了一个乐观的性格，虽忙，虽累，却毫无怨言。

一向低调而又胸有成竹的严宏昌，一大家人又重新聚合，好不热闹，这种与常情、与惯例完全不同的情形，在小岗村一时众说纷纭。

比严宏昌的这种“新合作主义”更让我们感到意外的，还是在这次采访行将结束时，我们听到小岗人提到的一件事。而且，这件事，又是被严宏昌和他的那些老伙伴们所证实了的。

这就是，当严家两代人都从小岗村的权力中心淡出之后，严俊昌和严宏昌终于走到了一起，不能说前嫌尽释，却开始了和平相处，似乎过去那不愉快的一切全然没有发生。但凡严家哪个后生结婚，或者哪家办事，他俩准会相约，领着众伙伴，热热闹闹地前去捧场。特别是解决当年冒死大包干的老伙伴们的实际困难，二人同心协力，一齐找到了县委，他们的这种联合行动，显然也感动了县委书记马占文。尽管这事上面并没有具体的政策，凤阳县的财政仍旧捉襟见肘，但马占文还是主持召开了一次专门的会议，决定为小岗村当年十八位“大包干带头人”，每家每月给予五百元的生活补助。

大家在夸马书记终于解决了十八位“改革功臣”老有所养的难题的同时，也就把严宏昌和严俊昌联手促成的这件好事传为了佳话。

5. 胡锦涛来到小岗村

二〇〇八年九月三十日，中共中央总书记胡锦涛来到小岗村。这消息，头天午饭后严宏昌就知道了。先是副省长赵树丛，随后是省委副书记王明方，相继来到小岗，严宏昌跟着他们去看了“大包干纪念馆”。

随后，在滁州市委书记韩贤聪和凤阳县委书记马占文的陪同下，赵树丛又来到严宏昌家，告诉他，当年搞大包干时现仍健在的十二个老同志，到时一齐参加胡总书记的座谈。

消息知道得早的，还有严俊昌和严立学。严俊昌和严宏昌一样，当时也是被通知陪同省领导去纪念馆时就知道了的；严立学得知此事，比较间接，村里给他大女儿严美打了招呼，说胡锦涛来小岗时，严美将作为年青一代的小岗人参加座谈会。严立学听了很激动，没想到这样一件天大的喜事，她女儿也有份；既然女儿都有份，他们这些参加了“秘密会议”，签订过“生死契约”的老家伙，不用说肯定在邀，况且，他还是“三大带头人”之一呢。

但是这事忽然就有了变化。

第二天的座谈会，组织上是安排由严宏昌代表小岗人向胡锦涛汇报工作，但怎么汇报，却让严宏昌犯难。最近不少报刊已经在宣传，说小岗村三十年来的变化怎么怎么大，现在的人均收入已达到六千元，高出了全国农民人均纯收入两千元。这不是睁着眼睛说瞎话么！有的还报道小岗办了许多村办企业，一个个效益好得很——这些企业都在哪儿呀？没有，会有个啥经济效益呢？还宣传说，小岗已将村里一千八百亩土地重新集中起来，将其中的一千四百亩土地以集体的名义，按每亩五百元的价格租给了上海一家禽畜养殖公司，建设商品猪养殖基地，村民已参与分红；剩下的四百亩则是以公司加基地加农户的经营方式种上了葡萄；此外，还通过土地的流转及政策的扶持，发展蘑菇大棚二百多亩，亩产的收益上万元……不错，村里的土地是租给了上海的一家公司，有这回事，但那不是“一千四百亩”，而是二百亩；每亩五百元的租金，也属实，问题是，上海那家公司租了三四年，却至今没付一文钱，这“屁股”还是由村里自己“擦”的。蘑菇大棚也不是报纸上吹的“四百亩”，而是八十亩；更不是“每亩的收益上万元”，事实是，蘑菇大棚和长江村搞的葡萄示范园，全是贴钱的买卖，全成了“烫手山芋”！小岗村三十年的变化确实很大，这是老辈人做梦也想不到的。但是，怎么可以这样凭空臆造，向总书记汇报这些不着边际的东西呢？胡锦涛和温家宝都是较真的人，这般弄虚作假能瞒得了他们？

严宏昌对镇村领导明确表态：“要我汇报，我只能按事实讲。别说小岗大严，就是凤阳，谁还不知道小岗村的实际情况？给总书记说了瞎话，我严宏昌今后出门还不被人骂死！”

晚上，具体分管小岗村工作的镇党委副书记兼村书记的史学亮上门告诉他，经研究，从前带头“大包干”的那十二个人，决定只让其中的四个人作为代表，去见总书记，并参加同总书记“共商农村改革发展大计”的座谈。被确定的这四人分别是：严宏昌、严俊昌、关友江、严金昌。此外，作为新一代小岗人的代表，则是由严宏昌之子严余山、严俊昌之子严德友、关友江之子关正锦和严立学之女严美四人出面。

严宏昌很是诧异，也难以接受。他说：“当年大家不怕杀头跟着我干，现在有了荣誉我却跑到前头！我怎么可以这样做人？”

可是，这是组织上的决定，史学亮希望严宏昌能够理解。

严宏昌无法理解。他只得对史学亮说：“既然那么多的当事人都不能到会，这会我也就不参加了。”

严宏昌有他自己的做人准则。他认为，这样的“代表”他担当不起，与当年的弟兄共进退的传统思想也决定了他不可能去充任这样的“代表”。尽管作出这样的决定，就意味着将主动放弃面见总书记的机会，无疑会是自己人生中的一大憾事，但他也只能这样做。

九月三十日，胡锦涛即将来小岗的那天，一大早，史学亮再次找到严宏昌，动员他作为当年十八个“大包干带头人”的代表之一，去参加座谈会。这时的严宏昌主意已定，还是婉言拒绝了。

没想到，这事被逐级汇报到了安徽省委。紧接着，省委副书记王明方给严宏昌打来了电话，也希望他能够参加座谈。接到王明方的电话，严宏昌确实意外，也有些感动。他坦率地说明了自己为什么不便做这样“代表”的原因，希望王书记能够理解。他说：“当年搞大包干时，明知有杀头坐牢的风险，大家都是参加了的；上次江总书记来小岗，大家全都参加了座谈会的。这次原本也是安排大家一齐去见胡总书记的，大家盼着这一天已经很久了，情绪都很高，现在却突然说许多人就不去了，只找几个人做代表。做这样的代表，我不好说话。”

王明方好像也有些意外，在电话里说了一句：“怎么这样安排呢？”

严宏昌听王明方这样一说，才知道这种安排并非省委的意思。

王明方停顿了一下，又问道：“那好吧。你不参加了，那你认为谁代替你合适呢？”

严宏昌首先想到了严立华。因为三十年前的那个“秘密会议”，就是在严立华家开的。他到会，有着一定的代表性，别人不会有意见。于是他向王明方作了推荐。

放下电话后，严宏昌的心情依然很沉重。他想，“大包干”二十周年时，江泽民来看望小岗人，十八条好汉就只剩下十四人，关庭珠、严家芝、严家其和韩国云，四人已经不在了；这次“大包干”三十周年，胡锦涛来了，当年的伙伴又有严立付和关友章二人驾鹤西去；赶到“大包干”四十周年，即便还有总书记会来，即便就是像江总书记来时那样，让大家全都出面，谁能保证今天的十二个人就还都健在呢？这次那么多人都不能面见总书记，也许就是终身的遗憾！

这多伤大伙的心啊！

二〇〇八年九月三十日上午十时许，胡锦涛走进了小岗村。严宏昌后来得知，胡总书记先后深入到小岗的田间地头、蘑菇大棚，看了村貌村容，参观了“大包干纪念馆”，最后，在村长关友江家的院子里坐了下来，同小岗村的村民代表见面并座谈。

参加这次谈话的，有计划中的关友江父子、严俊昌父子；严宏昌没去，他的长子严余山也就没去；当年老人代表除了严金昌，还有严宏昌向省领导推荐的严立华；此外严立学的女儿和严立坤的儿媳也参加了，算是新一代小岗人中的女性代表。

严宏昌虽然没有出门，但还是把屋子和院子里打扫得干干净净，像亲自接待了胡锦涛一样地激动。他想：胡总书记百忙之中来看望小岗人，这是党中央对小岗村带头实行家庭承包经营的进一步肯定。这一届中央政府已经把“三农”工作放在各项工作的“重中之重”，连续五年了，中央的“一号文件”谈的都是农村和农业工作，颁布了一系列的惠农政策：免除了农业税及农业特产税，免除了农村孩子义务教育阶段的学杂费和书本费，初步建立了农村的医疗保险制度，还给种粮和购买农机的农民以政策性的补贴……这一桩桩，一件件，给亿万农民带来了看得见、摸得着的实惠！

直到午后将近一点钟了，严宏昌才听到外面有响动，他猜想，这准是胡锦涛一行已经从关友江家的院子里走出来了。他一个激灵，慌忙走到自己家门口朝西看，发现胡锦涛一行人乘坐的车，正缓缓驶向村头的牌楼。

他就这样一直目送着，直到车队在公路的拐弯处消失。

刚回到家里，严宏昌一支烟还没抽完，他预料到的情况便出现了：那些没参加座谈的“老战友”，一个个气呼呼地找上门来责问严宏昌：“这究竟是怎么回事？为什么上面派警察堵着门，不许我们去见胡锦涛总书记？”

严宏昌并不知道这中间竟会有这样的“故事”发生。听大伙七嘴八舌一说，才知道：为了阻止这些老同志出门，严立学、严学昌和严国品家里分别都派去了两个警察看守着；派有三个警察“严防死守”的，则是严美昌、严付昌和关友坤三家。

在这些人中，严美昌是最感到委屈的一个，因为上次江泽民来，他就错过了时间，跑到小溪河镇邮局取钱，为这事，肠子都悔青了。正因为有了上回的教训，这次大家都说胡锦涛九月要来，整个九月他就那儿都没去，呆在村子里，就盼着胡锦涛来小岗的这一天。

终于，他得到了准信，胡锦涛明天要来了，他早早就把那套很少穿过的西装，擦洗干净，在墙上挂了起来；头天晚上，就睡不着觉了，他把胡子刮了又刮，还把一次也没上过脚的那双解放鞋也翻拾出来，提前做好准备。今儿个，天刚亮，他就爬起来，把猪圈里的活儿紧手快脚地忙拾完以后，便待在家中，静候来人通知。谁知，等来等去，他等到的竟是不许出门的警察。他火冒三丈地问："我们盼望胡书记好久了，那个不想去见一面；你们警察来干什么？我犯了什么错误，犯了啥法，要你们这样对待我？"

总之，这事对这些老人的刺激太大。想当年，他们提着脑袋把田分了，包干到户，虽然并不知道这样做对后来的中国改革会产生那么大的影响，不说有功，但至少不是犯了啥罪吧，为什么总书记专程来看小岗人，警察却把他们隔离起来？

他们要严宏昌领着他们找上面要说法，严宏昌却平静地说道："谁都不要找了，我也没有参加。"

一会儿，关友江来了，严宏昌的家里很快就充满了笑声。关友江送走了胡锦涛一行之后，一直还沉醉在那个激动人心的座谈会的氛围之中。他给大家回忆着，兴奋地说："胡锦涛总书记又一次肯定当年小岗村搞的'家庭承包经营'，特别指出'以家庭承包经营为基础、统分结合的双层经营体制是党的农村政策的基石。'"

有的没听明白，严宏昌解释说："一句话，总书记是在强调现在的土地承包关系长久不变！"

"还说了些啥？"有的急着要听下文。关友江说道："这次还给出了新政策，允许农民以多种形式流转土地承包经营权，发展适度规模经营。"

严宏昌认真地听着，默默地琢磨着，他意识到，胡锦涛总书记在小岗村农家小院里的这次讲话，使得中国农民的未来，或者说，使得中国社会的未来，都开始变得清晰而明朗起来。三十年前，改革开放是"摸着石头过河”，现在我们已经明确了市场经济体制的改革方向，然而，如何实现科学发展、促进社会和谐、增进社会的公平与正义，这些课题更宏大、更长远、更根本，而且，更加迫切。甚至可以说，胡锦涛在小岗村的讲话，这是继三十年前小岗村分田到户实行“大包干”以来，在中国农村经济体制的改革中又一重大突破！

严宏昌想：土地承包经营权今后以各种形式真正流转起来了，农村经济的这一盘棋就变活了，中国农村“发展适度规模经营”成为可能，中国经济体制和政治体制深入改革的动力也势必将随之而来。因为，农村实现了规模经营的结果，是显而易见的，这只能是多数人的命运归于平淡，奇迹只发生在少数人那里，要想让更多的人富裕起来，那就必须有自己的工业，而让中国的每一个村庄都办起相当规模的工业企业显然又是不现实的，因此，现在中国农村中的大部分人口必将走向大城市或新兴城市。这是世界上一切发达国家和地区的必由之路。不推动以工业化、第三产业大发展的服务业为手段的城市化进程，不转移农民，减少农民，中国农村就依然没有出路，农民的富裕就只会是多数人的梦想，农业的现代化就没有现实的条件，中国的现代化也就没有希望！当然，这会是一个漫长的过程。胡锦涛在小岗村的这次讲话，其实已经预示着，一场意义更加深远的城乡统筹的改革，已经开始！

是呀，三十年弹指一挥间，日子过得太快！小岗人当年不怕杀头闹起“包干到户”，只是为了不饿肚子。这其实是一件很可怕的事，说明我们国家权力结构的设计存在着明显的缺陷，不从根本上认识和解决这一问题，显然就无法保证绝对权力在今后不会以同样方式犯下巨大错误。其实，我们国家从“反右”开始，到“反右倾”，再到“大跃进”，一直到“文化大革命”，一个失误接着一个失误，人民却无力扭转这一局面，这对一个国家和一个民族是多么大的损害啊！小岗村的十八个农民无疑是幸运的，他们的幸运是“四人帮”垮台了，党和国家新的领导人支持并肯定了他们的做法，于是“大包干”便迅速走向了全国。其实在他们之前，很多地方，很多农民，都表达过这种要求，但都失败了，或默默无闻，成了历史进步的牺牲者和铺路石。因此，可以说，小岗村事件，从根本上讲，不是十八户或二十户农民创造了历史，就算小岗人不挺身而出，也会有大岗人挺身而出，前赴后继，直到成功。因为他们的诉求代表了历史的进步。这是人民赢得的胜利，是人民创造了历史！

严宏昌相信：新一轮的农村改革已经拉开了大幕，只要小岗人改革的精神不死，只要在拼搏，不要再折腾，小岗村还是会再次崛起的！

本文写到这儿就已经结束了。

为核实文中的一处事实，我们照例给严宏昌家里打去电话。他妻子段永霞说他又去了北京，因为什么事，并不清楚。我们连找数日，亦无果，他的手机一直处于“关机”状态。

一周之后，他终于回到家。一问情况，令人振奋。不过，转而一想，这不仅不奇怪，而是功至名归的事情。原来：二〇〇八年十一月七日，在北京人民大会堂，由中国改革报社、国务院国有资产监督管理委员会研究中心、国家发展和改革委员会中国经济导刊杂志社、人民日报中国经济周刊社、经济日报中国经济消息杂志社以及中国企业报社六部门，联合举办的一次评选工作正式揭晓，严宏昌作为“小岗村大包干带头人”被授予了“影响中国改革三十年三十人”的殊荣，且居于榜首！

我们向他表达了由衷的祝贺。忽然想起地问严宏昌：“你的入党问题解决了吗？”

电话那头，寂然无声。

“喂，喂！”我们原以为电话出了故障。

“没有。”他说，“我（上世纪）八五年开始写申请，一直写到去年，二十三年拢共递交了六十份申请书。”

我们听了，一时竟不知该说些什么。

“喂，喂！”他在那边唤了起来。

我们说：“我们在听呢。”

他依然是那样平静地说道：“最后的一份，我是这样写的：‘我无悔地追求中国共产党。至今虽没有进入党的大门，还不是一个共产党员，但这些年我一直都在按照共产党员的标准要求自己。’……”

二〇〇八年八月，动笔

二〇〇九年五月，四稿

图书在版编目（CIP）数据

小岗村的故事/ 陈桂棣，春桃著.—北京：华文出版社，2009.9

ISBN 978-7-5075-2836-7

Ⅰ.小… Ⅱ.①陈…②春… Ⅲ.报告文学-中国-当代 Ⅳ.I25

中国版本图书馆CIP数据核字（2009）第164632号

小岗村的故事

著　　者：陈桂棣　春桃

责任编辑：李庆

特约编辑：苗洪　王楠

出版发行：华文出版社

社　　址：北京市宣武区广外大街305号8区2号楼

邮政编码：100055

网　　址：http：//www.hwcbs.com

电　　话：010-58336230　010-58336259

经　　销：新华书店

印　　刷：北京温林源印刷有限公司

开　　本：700×990　1/16

印　　张：20.75

字　　数：200千

版　　次：2009年9月第1版

印　　次：2009年9月第1次印刷

印　　数：1—50000

标准书号：ISBN 978-7-5075-2836-7

定　　价：32.00元